知書房
電影閱讀03

告別大師

外語電影 1990-1996

聞天祥 著

目　錄

目錄

3

如電如影　似水流年

聞天祥

　　把攝影機視作電影人（導演）的筆（基本創作工具），不是什麼新鮮的見解了。

　　不知在他們心目中，實際拿筆寫文章的影評人，老將電影碎屍萬段的作法，是不是更像一台停不下來的絞肉機？

　　或者改從影迷的角度觀看，那些只懂得作賤人性的電影，才真的是把攝影機當作絞肉機在用吧！

　　當你把一本影評集的書名取做《攝影機與絞肉機》的時候，是否宣告了它既不可能是本寫給電影的情書，更不可能是本夢書呢？雖然記憶裡堆滿了彌足珍貴的聲音和影像，告知我電影作為偉大藝術的潛力；但是回到現實，面對傑作其實鳳毛麟角，而更多非電影的因素一再操控電影時，看電影的心情確實不再同前。

　　當我還是高中生時，英文生字簿和生活週記是我最早的「練筆場」。沒有目的，只是一時衝動有感而發，沒想到這「一時」可以維持這麼久。多虧我的級任導師不但沒打壓，還擺明鼓勵我這種把無聊作業當成遊戲發洩的作法，仔細想想，如今每週都有截稿壓力的生活沒教我崩潰，還真可能奠

基於當年交週記的甘之如飴、提早實習。

　　幫忙加油添醋的，還有我的同學。電資館館長黃建業說他一頭栽進電影，是因為當年一群壞同學拉著他曉課看電影造成的。而我卻是當了多年好學生，考上建中，選了社會組，才有大轉變。那時候念社會組還是很多同學的禁忌，非得被「自然淘汰」不念，偏偏我班上每個人都極有個性，非但不認為讀社會組是種失敗，還理直氣壯得要發揚光大，全班（不是一群人而已）花了一年辦刊物不算，還鼓勵追求自己的專長和興趣（所以我們導師放任我用週記寫電影不是特例），而我只不過在校刊寫了一些現在看了會臉紅的電影文字，就成了所有電影訊息的供應站。上了大學，又在幾個同學的起鬨下，一起創辦電影社，愈來愈離不開電影。

　　我自認不是積極而富有革命性的人，只是一旦投入，就難以自拔。要不是念了社會組，遇上開明的老師和意氣風發的同學；要不是考到輔大，而輔大竟然沒有電影社；要不是我媽媽——喜歡看電影的家庭也許很多，但會鼓勵孩子熱愛電影的可能少之又少；電影不僅在我和母親之間扮演不可或缺的角色，更在她離開後的日子，成為我最私密的支柱。

　　但從來不是工作。

　　寫影評，如果從正式發表開始算，建中人、建中青年和世界電影的讀者影評園地，勉強可以算是起點。但是就一般讀者對影評人的印象來論，最早還是從中時晚報起家。

很久以前，我就有閱讀每個影劇版的習慣，大致對影評生態和各報處理影評的態度稍有把握。一九九〇年九月，我把一篇《麻雀變鳳凰》的影評投給中時晚報，當時中晚的版面容有各類藝術批評文字，尺度又寬，猜測或許可以接受我大放厥詞，沒想到他們還真的接納我的文章。投稿，似乎永遠是搖筆桿的求職信。而它最大的好處是除了文字，別人對你一概不知，管你美醜胖瘦、高矮老少，再公平不過。寫《麻雀變鳳凰》的時候，我二十歲，負責版面的黃寤蘭在陸續刊了我好幾篇影評後跟我見面，才瞭解「真相」。類似情況，一直發生在我跟其他媒體的來往經驗裡。

　　在中時晚報寫了一年多，量也逐漸增加，但是當年只要是舉辦「中時晚報電影獎」期間，版面大部份都必須留做刊載評審過程，影評幾近停止。於是在一九九一年底，我改把影評投給自由時報，重心也隨之轉移。自由時報最教我興奮的是幾乎從不刪稿，對九〇年代的影劇版和影評人而言，這簡直是天方夜譚。有趣的是到了今天我都還沒見過曾讓我在自由時報暢所欲言的羅炯烜，我們的溝通用信比打電話還多，簡直可以用「淡如水」來形容，卻絕頂「自由」。

　　我的運氣不錯！常用這句話解釋自己的影評生涯，也調侃其他不足為外人道的挫折。即使如此，當時還是沒打算作一個影評人。你可以算算台灣到底有多少人是完全以影評為業，雖然領這個頭銜的比拍電影還多，那又如何？影評體制

的不完善，讓我這種體制外的人得以進入，但同樣的，進去之後就是一場冒險。大學時代寫影評，爲的是不吐不快，雖然每篇都很認真，卻沒認真想把它當成工作，直到聯合報找我。

這是一個重要的轉捩點，當時先由還是記者的藍祖蔚問我，面談後還要看我以前寫過的作品，並試寫一篇，我還記得片子是《審問》！然後就在大學畢業典禮當晚，我被通知加入聯合報影評陣容。很多人聽到這段淵源後都笑說誇張，那有寫影評還像過十八銅人陣，但你想想當時聯合報要用我用這種既非科班出身、羽毛也還沒長硬的小伙子做班底（我們已有李幼新、王瑋、曾偉禎等堅強班底，而易智言、蔡康永正在淡出），還是要有點勇氣的。

所以我畢業後也沒找過工作，就這麼一路寫來。雖然影評並不在報社編制內，而是計件論酬，根本接近家庭手工，但之後民生報、聯合晚報、工商時報、中時晚報也找我寫，再加上雜誌的專欄、特稿，和偶而到副刊插花，反而變成沒時間做電影以外的事情，自然而然成爲職業了。

但多半還是無心插柳。寫聯合晚報，肇因於一次傳真的錯誤，由於影視組的組長潘秉新無意間看到我該傳給公共電視月刊的「電影狂和他的四個情人」（收錄在《影迷藏寶圖》一書），才有機緣找我固定寫一些非單片影評的電影文字，甚至有段時間連作了一百多天「電影日記」！我不曉得自

己何德何能，但別人對我的抬舉跟厚愛，遠超過我的想望，卻是事實。或許正因爲如此，當工商時報的大銀幕版突然消失得無形無蹤時，我突然懷疑起影評的能力。

當我開始寫影評的時候，影評的黃金時代就已經過去，我是有幸還抓住一點尾巴的末代，其情況一如影評彩色版被放逐到黑白版，格局與字數一再縮小的現實。曾經，工商時報創大銀幕版，以整版作電影評論，並容許大塊文章、大膽議論的作風，不但滿足了寫作的成就，更可貴是它也滿足我閱讀的快感。那種誠實、熱情、理想、恣意，不正是我們寫影評的初衷嗎？邀稿的胡再華老是和我們一塊絞盡腦汁兼出題目的積極，不像辦報紙，更像搞社團運動。有段時間，我認爲這是影評界最後一片淨土。對於嫉「評」如仇的人來講，工商時報有沒有這塊版面，可能影響不大；但對我而言，這相當於一株電影人文主義花朵的夭折。

聽說國外有以憎恨電影聞名的影評寫作者。但我相信：無論採取何種策略，出發點應該還是愛看電影吧！我的經驗是就算一篇大加韃伐的文字，也是護衛對電影的情感和夢想而發。在這裡似乎回答了前面提過的問題——心情雖然不同以往，但電影夢，依然揮手可見。這是外在環境如何變化，影評還能寫下去的唯一理由。

過去寫影評，從來沒有結集的打算，即使現在編印成書，旁邊的人還是比我熱心。這點懶惰真的是該道謝又道歉。

《攝影機與絞肉機》這本華語片影評集做起來還輕鬆點，只不過一些大篇文字的編排格式，可能讓編輯頭疼；但是外語片影評集要怎麼取捨，就教我傷腦筋了：哪些該刪？那些該留？作成一本？還是兩本？都難以下決定。直到奇士勞斯基死訊傳來的那一天，莫名所以，突然整個豁然開朗，我一口氣抽掉將近三分之一的篇幅，連排列順序都換新，整個過程還頗像奇士勞斯基的電影情節。這位大師的作品向來對我啓發良多，相對他的過世與影響，我把外語片影評集定名《告別大師》，應該不算爲過。

　　偉大的影評家安德烈巴贊，曾爲自己的著作寫序道：「在日後一日草草急就的一大堆文章中，只配付之一炬者爲數甚多；而另一些文章，只是對當時電影狀況有過小小的參考價值，如今恐怕也只有歷史意義了。」一位替「電影是什麼？」留下開創作性見解的批評巨人都如此嚴厲看待自個兒的意見，我想在透過影評回顧自己過去的淺陋同時，還期望能找到自身的（電影）激情和（文字）節奏。

輯 I

人文電影的追尋

小逃犯

小小偷的春天

何處是我朋友的家

生生長流

橄欖樹下的情人

野戀

折翼母親

亂世浮生

尤里西斯生命之旅

小逃犯

Le Petit Criminel

一篇過時的少年電影日記

導演：Jacques Doillon

編劇：Jacques Doillon

攝影：William Lubtchansky

演員：Gérald Thomassin, Richard Anconina,
　　　Clotilde Courau

　　一九九二年十一月三十日，中午場，戲院裡的冷空氣，從頭到尾只有我一個人呼吸著，隔廳銀幕的槍砲聲，隱約還能聽到幾聲回應，肯定是這輩子第一回，在只有一個觀眾（那就是我）的戲院看電影，那部寂寞的片子叫做《小逃犯》（Le Petit Criminel）。

　　凌亂的開場，是母親歇斯底里地質問家裡怎麼會有把槍，少年指說是繼父所有，要母親擺回去，不要聲張，接著一通電話鈴響，打電話的人說自己是這家人的女兒，少年從來不曉得有個姊姊存在，他偷拿繼父的手槍，到雜貨店搶了五百塊（但是洗髮精付了錢！），決定去找這個素未謀面的姊

姊。走沒多久，就被一個好事的警察攔路盤問，他乾脆威脅警察充當帶路，載他去找姊姊。姊姊起初生氣不認他，後來又跟上車，要求警察放弟弟一馬，但是警察早先就已通報過局裡……。一趟公路往返，大概就道盡了所有情節，你甚至可以說他是沒有「故事」的電影，它沒有仔細蘊釀後的千篇埋由，而是發生後再沈澱情感。片中的偷槍、搶劫、盤問、綁架、逃跑，都不是好萊塢類型電影那種「理所當然」的邏輯設計。巧合加上衝動，似乎要比一百分鐘的精打細算更貼近真實生活。想想《斷了氣》那場楊波貝蒙槍殺警察的戲，劃時代的剪接不也是以突忽其來的連續大特寫，來傳達主角非預設的舉止反應嗎？

這份外觀的閒散不見得容易辦到，失去公式做為憑藉，反而更要考驗電影導演對於電影語言的見解與控制，《小逃犯》看似即興的場景和人物關係，其實是精確操控下的不落痕跡。從母親醉臥的窄小房間，到姊姊裸泳其中的大海，少年尋姊的心理彷如一種逃開，母姊的對比在醉倒／運動、封閉／開放等等場面調度的元素中展現，所有的挺而走險都朝向一個新家庭結構的重建。少年偷了繼父的手槍，也象徵性地把自己的地位抬高，以至於得以和姊姊並置，取代在銀幕上失蹤（父親、繼父從未出現過）或無能（媽媽只會酗酒）的雙親地位。至於少年原屬的子女位置，則由被寄養在育幼院的妹妹小絲代替。少年、姊姊、妹妹，重新組構成一個家

庭遠景，也成了少年一再喃喃自語的理想。

　　從家庭開展到社會，「警察」這個角色就饒富趣味。導演賈克杜瓦用（Jacques Doillon）設計這名警察因為「盡責」而被少年綁架，反而遭象徵威權制裁的槍和手銬給制伏。一路上，他也有生氣，也對形象的破滅而懊惱，但是他的「不稱職」反而更討人喜歡，杜瓦用直接戳破警察的假面，這是一項秉著「凡人」心性來幹「超人」任務的職業。片中的警察逐漸與少年認同，甚至在最後向少年表示要娶他的姊姊，唯一橫亙在中間的是「警察」和「犯人」的必然界線，這是社會機器強加於上的枷鎖，他最後還是得把少年送進警察局，因為：「我是一個警察！」。這句不斷出現的道白，到了片裡竟然成了人性的阻礙。《小逃犯》在少年、警察、姊姊你來我往、主動被動的交談中，凝結出來的就是體制的反人性傾向，所有的爭論到了臨界點的時候，都不得不被它打回來。

　　同樣的畸況也出現在學校。面無表情的校長始終不明白（或是不想去了解）「恢復父姓」對少年的重要（他一直是冠繼父的姓），只顧叫少年坐好等警局派人來，也不願發表「個人意見」。老師也許亦想不到他在作文簿上隨手劃下的一個問號，竟會傷害到學生的自尊而不願再去上課。杜瓦用細膩的觀察，使得影片在丟掉生命哲學後，還能體現少年敏感的心理，以及缺乏知覺的社會現實。

《小逃犯》顯然從楚浮的首部經典《四百擊》得到不少養分，兩片主角的文學狂熱都遭到來自師長的挫折，兩片雙親自身問題的種種困擾，也讓他們的獨子連帶遭殃。主角逃學、逃家、借住朋友家，最後也都理所當然地被送入少年感化院。更加不能略過的，是兩片同有如豹尾般有力的結束：《四百擊》尚皮耶李奧（　Jean-Pierre　Léaud）回頭注視攝影機的凝鏡，已經是電影中的里程碑。《小逃犯》則把少年的臉疊在城市街景上，「我將來要把小絲（妹妹）從育幼院接出來，和姊姊三個人一起生活。」少年夢想的告白對比冷陌的街景，同樣已超出舔傷的自溺，對整個環境做出控訴。小品的格局無礙其翻騰的力量，恢宏的視野在於深切的同情和觀察的敏銳。電影語言的善用，也能達成對人性的真誠尊重，這是《小逃犯》證明的。

　　觀影的感動，已夠激切；太多外表金碧輝煌的「假史詩電影」，我們是需要像這種內裡不是敗絮的作品。然而眼看它在本地「翻船」，心情就更加沈重了。影評在此似乎發揮不了作用，它上檔的急切令人措手不及，下片的快速也教人無力回天。聽起來像是寫影評的推託之詞，但事實上也的確受制於現況，多家報紙在改版後，不僅把影評從彩色版放逐到黑白版，篇幅字數的刪節也已到了「速食」的極限，更制式化的是刊登時間也成了規定，週六與週一成了影評唯一見天的日子。想在週六見報，沒有預先試片是絕對不可能的；

較人性的週一見報，也必然在上週六之前就決定好片子；新聞性較低、宣傳較弱的電影很容易就成了漏網之魚。現在的影評寫作者，大多只能在這種種限制下，自主簡短的內容而已。怕就怕這群人自滿於這個情況，甚至間接造成佳片蒙塵，那麼其職業水準（如果這能算職業的話）和寫作態度就值得懷疑。

令人納悶的是台灣觀影生態的比重失調怎麼會這麼嚴重？去年度幾部值得一看的法國片，除了《小逃犯》，還有《理髮師的男人》和重映的《戰火浮生錄》完整版，都擠在相近的時間上檔。而同時金馬獎國際影展正如火如荼地舉辦著，那廂電影資料館也推出品質卓越的「亞藍鄧內電影展」，偏偏片商也在這時將握有的良質影片送上院線當犧牲品，明知一定會被糟蹋，除非擺明是用做墊檔，否則其經營心態也未免不智！

分身乏術的電影發燒友，該不會都留在金馬獎國際影展的長春戲院吧？國際影展的熱絡，好像表示有一大群影迷渴求另一種非同於市場主流的電影；但是從侯麥的《綠光》到杜瓦用的《小逃犯》在影展一票難求，上院線卻門可羅雀的情況看來，又不免形成「隱形觀眾」的假象，該不會想看的人都在影展喝采過了！或者像多位大學電影社的同學所說，早在半個月前就買好國際影展的票，已經沒有預算和時間趕場？看來，國際影展和院線生態的良質影響還沒建立好（這

並不表示影展在搶戲院的生意！）；精緻小眾電影的發行網脈也付之闕如（多年前的藝術電影院早成泡影！）。像侯孝賢的《戀戀風塵》在日本連映多時，細水長流，結果以口碑打破藝術電影院的票房紀錄，甚至登上「電影旬報」年度最佳外語片導演的經驗，在我們這裡大概還是天方夜譚吧！

一部《小逃犯》帶出我對這個電影環境的諸多迷惑，我倒不擔心有所得罪，或是招致築夢烏托邦之譏，借用劉森堯寫過的一句話：「影癡最大的樂趣就是不斷談論自己喜愛的電影，最大的滿足就是有人對你所談的電影發出共鳴。」這也是為什麼私密的電影日記，不必害怕公開的原因。

註：「藝術電影院」從一九九六年一月一日再度開始營運，能維持多久，仍是個未知數，只有期待吧！

⊙原載於1993年1月〈影響〉

告別大師

小小偷的春天

Il Ladro Di Bambini

新寫實主義光環的再現

導演：Gianni Amerio

編劇：Gianni Amerio, Sandro Petraglia,
　　　Stafano Rulli

演員：Enrico Lo Verso, Valentina Scalici,
　　　Giuseppe Ieracitino

　　一九八八年才開始舉辦的「歐洲影展」，義大利導演姜尼艾美里歐就拿了兩次最佳影片，一次是《開門》，一次是《小小偷的春天》。

　　《開門》是一部關於死刑的電影。男主角孜孜矻矻的不是法律條文，而是死刑犯為什麼會謀殺他人，如果這是人性中的忍無可忍，又當如何懲治呢？從這部電影就可以看出姜尼艾美里歐對「寫實」的概念相當透徹而且厲害，他可以像一般寫實主義導演一樣，準確而不煽情地呈現外在現實，但是他卻有另一股能耐，找出它們暗潮洶湧的內在意義，擴張寫實的境界。

這種特質在《小小偷的春天》更加明顯，因為《開門》的探討、論述味道很強，不像《小小偷的春天》更貼近生活，尤其《小小偷的春天》選擇的「前事件」極為聳動，更加深導演冷靜處理的難度。

這裡所指的前事件，是母親逼迫小女孩賣淫一事，由於東窗事發，母親和嫖客雙雙入獄，才有輕騎警（男主角的職稱，有點類似憲兵跟警察的混合）奉命護送這名小女孩和她的弟弟前往兒童之家的後續事件。

導演對於「前事件」的處理相當簡潔有力，只看到一個母親拼命趕兒子出門，甚至給錢叫他買糖去（反常的行為！），然後這個小兒子意興闌珊地坐在門外樓梯，對進門的男性似乎既熟悉又厭惡；而後有一隻大手去撫摸一隻小手的特寫；當小男孩試著要加入鄰舍小孩的遊戲時，忽聞警車聲大作，媽媽、姊姊和那個男人都被抓了；然後立刻進入前往兒童之家的旅程。

母親逼迫女兒賣淫的慘絕人寰，當然更具戲劇性，導演刻意簡略帶過，是不必贅述，也是提醒我們注意後續的事件。男主角是個吃公家飯的年輕人，代表體制保護這對姊弟，在社會新聞中，這可能是最美好的結束了，姜尼美里歐卻把它當做一個更痛苦的開場。

首先是教會辦的慈善機構不願收容小女孩，又挑剔遣護証件不夠齊全，擺明了是擔心小女孩的「不潔」會影響到其

他兒童。這個考慮在道德上不見得有錯，但用為多數著想的藉口去傷害少數，就算仁慈嗎？早熟的小女孩刻意裝出一付不屑為伍的模樣，看似不以為意，其實又受了一次強暴。可怕的是幾乎所有人都以為有過這種「歷鍊」的小女孩是經得起如此對待的，就連男主角的同事也利用和女孩談論流行歌曲的機會，輕蔑了她一頓。代表維護公眾權益的體制，真能善盡其責嗎？

男主角是裡面最有同情心的，在到處吃閉門羹後，他決定帶著兩個小孩順道回老家一趟，也讓兩個小孩體會一下家庭氣氛，而碰巧他們也遇上了教友聚餐。然而就在小女孩幾乎回復到應有的童心，和其他女孩打成一片時，卻又殺出個手拿八卦雜誌揭穿她身份的多事女人。這個社會的不仁，幾乎躲藏在任何一個有人的角落，動不動就跑出來吞噬比他更弱的人。唯有躲開了這些，剩下男主角和姊弟兩人泅泳在大海之間時，才出現全片最爽朗的一刻。這和法國片《小逃犯》極為類似，都以海洋做為擺脫社會枷鎖的慰藉，也是對體制的莫大諷刺。

而這一趟海邊鬆懈，才算徹底解開大夥的心結。小男孩把男主角當做日後的目標（頗有代父的味道），小女孩也結識一對完全不認識她背景的法國女子，大家快樂地享受義大利的陽光和古蹟。然而陰錯陽差，男主角英勇地制伏了一個想搶劫的流氓送往警局，卻反而被長官海削一頓，只因為他

沒準時把兩姊弟送達兒童之家，可能惹上「綁架」的罪名，真是好心沒好報，荒天下之大謬，卻完全像體制下的結果。當男主角受令立刻送孩子走的時候，背景出現一道關上的鐵門，神來之筆般地象徵了彼此（體制 V.S. 人性）的隔絕。

最後是最讓人痛心的，百般委屈的男主角一語不發地開著車，悶氣卻傳給兩個無辜的孩子。男主角的反應絕對合情合理，但是孩子呢？姜尼艾美里歐最犀利也最殘酷的地方，是告訴我們：即使像本片男主角這麼富有同情心的人，也可能傷了別人而不自知。

片尾兩個小孩從薄曦中醒來，留下依然沈睡的男主角（由此暗喻兩者仍有隔閡），獨坐在街邊揣想未來。小男孩不再收藏男主角小時候的照片，只能希望前往的兒童之家至少有足球隊，在放棄與盼望之間，幾乎教觀者無地自容。這是一部拍給大人看的電影啊！尤其是慈善家、公益組織、以及所有自以為是的好人，在你以為仁至義盡的時候，有沒有想過什麼才是別人真正需要的？

《小小偷的春天》讓我直覺聯想到義大利了不起的「新寫實主義」傳統，倒不見得是實景，非職業演員這些表面皮毛，雖然這幾方面的執行的確很成功（尤其是飾演姊弟的兩個小孩，令人聯想到一堆傑出的兒童經典），但更重要的是內在那股深切誠摯的人道主義精神，才是最難得的。

這是真正的人道主義電影，因為它揭發一切以美德為藉

這部電影讓你看到善意也能造成剝削，而剝削者還往往自以為是。

海與歡笑，本片最明亮的時刻，卻也將帶出一個更撼人的結局。

口的煽情是何等剝削，也逼使我們反省自己仁慈的底線。到底它的形式風格多類似四、五〇年代的新寫實主義，當然容有探究、爭論的空間；無庸置疑的是其中的感情深度。

⊙原載於1994年1月29日〈工商時報〉

何處是我朋友的家／生生長流

Khaneh-Je Doost Kojast?／Van Zendegi Edameh Darad

經驗一次無法設防的感動

何處是我朋友的家

編/導：Abbas Kiarostami

攝　影：Farhad Saba

演　員：Babak Ahmadpour,
　　　　Ahmad Ahmadpour,
　　　　Khodabakhsh Defaie

生生長流

編/導：Abbas Kiarostami

攝　影：Homayun Pievar

演　員：Farhad Kheradmand
　　　　Pooya Pievar

　　在一九九三年金馬獎國際影展看阿巴斯·基亞羅斯塔米
（Abbas Kiarostami）的電影，是個甜美又震撼的經驗。他
讓我從一板一眼的批評角色釋放出來，回到當年看《單車失
竊記》、《大路》或是《童年往事》的感動。那是一種簡樸
到類似生活紀實的單純，但含蘊的智慧大度，卻有足以讓所
有花枝招展的影像落荒而逃的威力。

　　你相信「歸還作業簿」可以拍成一部電影嗎？《何處是
我朋友的家》的小男主角因為拿錯了鄰座的作業簿而無功奔
波了一個黃昏和晚上，他幹嘛這麼著急？因為他親眼目睹隔

壁同學因為沒把作業寫在規定的本子上而被老師責罵，甚至警告再犯就得開除（太嚴重了吧！），而同學的本子就在他的書包，他能不趕著還給他嗎？

阿巴斯的鏡頭實在棒極了！課堂那場戲，老師「盡責」地開罵（他的舉止就像百分之九十九的老師），被罵的學生看老師把他寫在紙上（不是本子）的作業撕掉，忍不住哭出來。中景、特寫交互地使用，小孩的淚眼讓人回想起幼時也有過的恐懼；（沒按規定寫作業的心理反應，應該是「恐懼」而非「羞愧」），而小男主角忐忑不安的大眼睛和尾角斜劃而下的雙眉，顯示他對老師向同學的恐嚇感同身受的心情。阿巴斯的神奇在於他不需要靠嚴密的分鏡來「製造」氣氛，我們距離孩提太遠了，又怎麼去指導孩子表演呢？那份恐懼只有他們最能體現，阿巴斯只是去捕捉它們來提醒我們。

代表我們的是一再命令小男主角做事的媽媽、責怪他不聽話的婆婆、相信小孩應該每天抓來打一頓的爺爺、不搭理他的爸爸、嚴格要求學生的老師，以及所有不去聽小孩說話的大人。他們全是些好人，孜孜矻矻努力於生計，都沒想去了解小男孩非把作業本還給同學的嚴重性？當阿巴斯用大遠景與畫龍點睛的音樂來呈現夾著作業簿在曲折山路奔跑的男孩時，我突然覺得電影的英雄有了新的定義。

小男孩並沒找到同學，還不成本子，紅著雙眼，連飯都吃不下去。隔天早晨，檢查作業的時候，那個沒有本子又寫

告別大師

阿巴斯電影裡的小孩幾乎感受不到任何鏡頭的干擾，生動自然得接近奇蹟。

歸還作業簿也能拍成一部電影！

在紙上的同學看來又要哭了（老師一定不原諒他的「累犯」），就在老師一個一個檢查，快輪到驚慌者的時候，小男主角即時趕到。雖然早已猜著他會替同學把功課作好（這是唯一的辦法！），但是翻開作業簿，裡面夾著一朵小花的鏡頭，讓我無法設防地感動莫名，因為這朵花是小男主角急著找同學的路上，一個老人送給他夾在簿子裡的。最後這個不經意卻有情的鏡頭倒不在歌頌友愛的偉大，而是孩子之間的善意。阿巴斯莊重地看待此事，也為我們反省流失的誠真。所以簡樸的形式是絕對有必要的，因為這份可貴就藏在簡簡單單的瑣事裡，讓它自然地流洩最好不過，技術上也許沒什麼大不了，但選擇這種方式的背後，卻是一位創作者深厚的自覺，哪裡是容易的事！

這股流動在《何處是我朋友的家》的氣質，延續到了《生生長流》。兩片的關係尚不止於此，因為《生生長流》所拍的，就是尋找《何處是我朋友的家》主演的兩個小男生下落的過程。相信大部分的觀眾都像我一樣「煽情」地希望這兩個可愛的孩子能在伊朗大地震後安然無恙，尤其是當《何處是我朋友的家》片中一再緬懷過去的老人，和一個上課時老喊背痛的綠眼珠男孩「意外」地出現在這部片中時，更讓人昇高這層渴望。

「尋找」依然是《生生長流》表面上的母題，但是導演要找的就只是那兩個孩子嗎？從壅塞不動的車陣到斷垣殘壁

原本是對天災的凝視，最後卻成爲伊朗人民生命力的見證。

的災後實況，《生生長流》找到的竟然是一股強韌的生命力！它存在於難民興致勃勃地架天線看足球大賽的熱切中；也存在於新婚夫妻克儉的蜜月裡；當小男孩煞有介事地對在地震中失去女兒的婦人講：「你的女兒很幸運，至少她不用上小學和寫回家功課。」天真而不做作的童言童語，竟可以鬆動親美媒體報導一向抹黑伊朗民族性格的刻板印象，這是電影的魅力，更是好電影進入人心的通行證。

　　它讓我想起侯孝賢在《戲夢人生》也闡釋過類似的生命源力，是在李天祿（林強）患了瘧疾還是請求上台搬戲的時刻，更是在片尾眾人敲打報廢的飛機金屬，打算賣了籌錢請布袋戲表演酬神時臻至頂峰。這些了不起的導演超乎常人的

境界，爲電影開啓了諸多可能性：包括簡樸形式所能負載的訊息幅度遠超過我們所預期；以及電影在紀錄人類活動之外，探求形上思維與心理信念的無窮潛力。更令人興奮的是，能從作品見證不同角落的創作者都能對電影做出如此動人開發的事實，而更加堅定做爲電影狂熱分子的幸福。

國際影展放映的場次有限，以後能否再見到阿巴斯的作品也很難卜，我打算跟到台中、台南、高雄再看看《何處是我朋友的家》和《生生長流》；瘋狂嗎？比起那個急著還簿子的男孩和尋找男孩的導演（或他的化身），這算得了什麼！

⊙原載於1993年12月4日〈工商時報〉

橄欖樹下的情人
Au Travers Des Oliviers
圓一個電影與愛情的夢

導演：Abbas Kiarostami

編劇：Abbas Kiarostami

攝影：Hossein Djafarian, Farhad Saba

演員：Hossein Rezai, Mohammed Ali Kershavarz

　　伊朗大導演阿巴斯基亞羅斯塔米的《橄欖樹下的情人》是描述在大地震後，一組電影工作隊來到百廢待舉的小鎮拍攝《生生長流》時，所發生的一段小插曲（阿巴斯真的在一九九二年完成這部電影，但此段故事卻是虛構的）；他們派給當地一名年輕的泥水匠一個小角色，但令他興奮莫名的是在片中扮演他新婚妻子的女孩，正是他愛慕多時的心上人；女孩的祖母曾因他目不識丁又沒房子而婉拒了他的求婚，而他決定再次利用拍片不得不接近的機會，等她一個真心的回答。

　　阿巴斯非常擅長利用長單鏡頭與非職業演員來塑造類似紀錄片的真實即興，但是整個故事又都是在他高度創意下所

掌控的虛構情事。由他的作品，我們幾乎可以同時看到電影最簡單和最複雜的一面：簡單的是好像攝影機一擺，什麼都可以成為電影；複雜的是爭論不休的電影本質究竟是接近真實，還是接近表現，到他手裡已經融會貫通，並為不悖。

然而最最重要的是阿巴斯不是一個形式主義者，他對生命人情的練達，以至於化為質樸影像的那種渾然天成，才是今日大師地位的由來。

《橄欖樹下的情人》要講的故事其實很簡單，男生愛女生，夢想與執著而已。但是阿巴斯創造了兩個最彆扭的情侶，女的高學歷卻囿於禮教與成俗，男的目不識丁卻生性浪漫。男主角的死纏爛打，幾乎到了無所不用其極的地步，但是從他口中吐出來的文字，卻又天才橫溢地自成愛情的宇宙。他發誓不再做泥水匠，但願意為她蓋房子；他鼓勵女主角繼續念書；甚至在端茶給她之前，都先從屋裡翻出個木箱充當茶几，茶盤上還擺著一朵小花；花，在阿巴斯的電影裡，化成了純潔善意的象徵，不只是屬於《何處是我朋友的家》的兒童們，也是《橄欖樹下的情人》取自天地的証物。

不過我最喜歡的，還是阿巴斯電影裡的「路」。那些長得像閃電形狀、無止無休的路，或險峻，或崩塌，卻都阻擋不了他的主人翁。與其說它們是寫實的始然，還不如說它們是代表角色強大意志力量的具體成形。《橄欖樹下的情人》片尾那組男主角穿越橄欖樹林的長鏡頭，就是最好的証明，

路，是阿巴斯電影不可或缺的場景，因爲它是意志力量的具體成形。（春暉影業提供）

阿巴斯電影總有一些固執到令人讚嘆的人物。（春暉影業提供）

人體彷彿化做綠林裡相隨相近的白點，卻又同時繫住觀眾的期待，單純卻直撼人心的力量，正好說明大師和技匠的分別。

而阿巴斯雖然不是個形式主義者，卻相當擅長開發形式之於電影的潛力。《橄欖樹下的情人》一開始，就有一個演員面對鏡頭說：「我在這部電影當中飾演導演。」然後他還必須「演出」指導另一位在本片飾演《生生長流》導演的戲分，但是在這些東西後面，我們都知道真正的導演是阿巴斯！如果《橄欖樹下的情人》也可以被當成一部講述拍電影／導演過程的電影，那它至少有三個不同的層次——片中片、本片、拍本片，可供玩味。

另外，做為《何處是我朋友的家》、《生生長流》這套帶有「連續性」的三部曲的第三部，《橄欖樹下的情人》雖可獨賞，但也不乏一些專門為前兩部作品的忠實影迷所設計的「玄機」。像是《生生長流》的片尾並沒告訴我們《何處是我朋友的家》的小男主角是否在伊朗大地震後倖存下來，也沒交待到底找到了他們沒有，卻故意安排已經長成青少年的他們在《橄欖樹下的情人》客串演出借花盆給電影工作小組的中學生。這個小段落也許對情節影響不大，但是只要看過《何》、《生》兩片的人，想必在看到這兩個大孩子入鏡時，都會忍不住低叫。看！藉由阿巴斯的電影，我們竟然真的愛上一個原本陌生的國家和人民，正如同黑澤明讚美阿巴

斯是上天刻意安排來繼承已故的印度電影大師薩雅吉雷的人選，也是看到了他的可敬和可愛。

阿巴斯來台參加金馬影展時，透過了這個故事又衍生出的另一個小故事：當他把《橄欖樹下的情人》帶回拍攝的小鎮放映時，女主角看著看著竟然哭出來，頻問男主角現在如何。原來她拍片時「入情」太深，拍完了卻當真，而這個銀幕上下、電影人生的互動真偽，極可能就是阿巴斯下一部作品的素材。

能見到阿巴斯的電影正式上映，而不再只是影展崇敬的神祇，實在很高興。卻遺憾阿巴斯另一部經典級的作品《何處是我朋友的家》不能一起、甚至更早於《橄欖樹下的情人》上映（中影早就買下《阿》片版權，可惜沒連《生生長流》一起買下），無論對影迷或對阿巴斯風格，都有所缺憾。尤其是當日本不但一次發行《何處是我朋友的家》、《生生長流》、《橄欖樹下的情人》三張一套影碟，還挖出阿巴斯另一部八〇年代的作品《特寫鏡頭》上映，兩相對照，無疑是對台灣看待電影藝術的一大諷刺。

阿巴斯隨《橄欖樹下的情人》出席一九九四金馬國際影展時，博得了滿堂彩聲，他在當場不禁盛讚台灣觀眾在品味、熱情及問答的深度上，都是第一流的。究竟如何？到了戲院，才能見真章吧！

⊙根據1995年1月5日〈民生報〉與1995年1月8日〈聯合晚報〉改寫

野戀

Les Roxeaux Sauvages

青春的痛楚與歡愉

導演：André Téchiné

編劇：André Téchiné, Gilles Taurand,
　　　Olivie Massart

演員：Gael Morel, Stephane Rideau,
　　　Elodee Bouchez, Frederic Gorny

　　好久沒見過這麼迷人的成長電影——泰希內導演的《野戀》，是青春、是懷舊，更是一個時代的呼吸與印記。

　　時間是六〇年代，法國西南部的住宿學校，此刻法國政府正為了阿爾及利亞的獨立戰爭攪得焦頭爛額，而四個高校男女就在這種氛圍中試閱彼此的人生。有同性戀情慾得到誘發後的喜悅以及看不到清楚遠景的焦慮；有徬徨於他愛的、愛他的兩者之間的猶豫；幾乎每份情感的投射，總免不了有所缺憾，即使是情投意合，下一分鐘又有未完的旅程逼著他們要分開。誰說只准成人的世界才有複雜可言，正因為男孩女孩的莽撞和清新，才更顯得人生問題的難以答覆。

像蘆葦吧！《野戀》的片名原譯爲《野蘆葦》，正說明這群孩子有時不得已被吹得低頭，但生命不就是在歷經種種磨難才成就的嗎？難得的是導演的體貼和豐厚的道德觀，讓不同性向、階級、性別的人，都得到獨立的尊嚴。看似迷惑與矛盾的組合，已接近道德的最複雜面，泰希內的厲害在於不露痕跡地就把它們包容在電影裡。所以它不是個人的牢騷，而是大生命的側影。

更有甚者，你可以從《野戀》發現泰希內驚人地將形式從技術、包裝釋放出來，變成情緒和生命的禮讚。我至少可以指出在同性戀男孩向一直待他好的女孩道出自己的同性戀傾向，女孩不以爲意，依舊拉著他去跳舞，當他們舞蹈時，圍繞著兩人運動的手提攝影，彷彿透露著男孩的放心、喜悅和感動。對比於此的，是最後女主角也失去她的愛情後，攝影機跟她一起奔跑到同性戀男孩面前，不停地擁吻他。敏感的運鏡勾起我們先前的回憶；莽動的節奏，有如恣意卻難安的青春；相似的運鏡手法，則表示了這份相知與依賴，不只是男孩對女孩的，也是女孩從男孩身上得到的。然而全片最美的一組鏡頭，應該是同性戀男孩和心儀的對象一起騎著一輛小機車進城時，那個捕捉他在後座的神情和一路濺起水花的時刻，不在富麗堂皇，而是因爲長時間、跟拍、取鏡，所捕捉到的哀愁與寄託，是那麼地真切自然，猶如角色心理的運動。什麼才是好的技巧？《野戀》爲合宜而非炫技，提出

青春、柔情、痛楚與歡愉，《野戀》看似平實無華，卻是成長電影的頂尖之作。

了上好說明。而泰希內從四個青少年的成長，側寫時代的影響與風貌，也展示了「以小寓大」的高段手法。

電影結束前的那一場戲，是在會考成績放榜的下午，四個少男少女在溪中戲水、在湖畔說情，人與自然的結合巧妙無比。同性戀男孩沒有得到他渴望的答案，辜負他的人也只從女孩身上找到否定，和女孩與愛人不得不分離的必然結局，一起道盡每個人生的成長都要有的傷痕，但是泰希內吸收得盡乎完美，痛楚與歡愉原來可以靠得那麼近。

四個青年演員都相當出色，但是看得出來泰希內在同性戀男孩身上投注了較多的認同，也因為如此，泰希內不再像《鍾愛一生》那麼冰冷。他的電影語言依然精鍊準確，卻多了經驗與感情在裡面，彼此調合得恰到好處。我從沒這麼喜歡過泰希內的電影，《野戀》改變了我對他的一些看法。

⊙原載於1995年6月18日〈聯合晚報〉

折翼母親

Ladybird, Ladybird

以淚水嘶喊誠意

導演：Ken Loach

編劇：Kona Munro

攝影：Barry Ackroyd

演員：Crissy Rock, Vladmir Vega

　　《折翼母親》（Ladybird, Ladybird）的導演肯洛區（Ken Loach）是我最尊敬的英國導演之一。而金馬國際影展幾乎是唯一能親炙他作品的機會：一九八七年的《再見祖國》、一九九〇年的《致命檔案》、一九九一年的《底層生活》到本屆的《折翼母親》。肯洛區最令我佩服的地方是不論處理多麼平凡通俗的題材，他都能在淚水與嘶喊之外，深探到最根本的「人與體制」的問題。我討厭電影說教，肯洛區卻教我們懂得思考。

　　以《折翼母親》這部肯洛區自己聲稱是部「愛情故事」的作品為例，相信好萊塢甚至香港都能拍得一樣聲嘶力竭。女主角瑪姬從小自家庭暴力中長大，結交的男人又多對她拳

打腳踢。一場意外的火災，以及社會福利局對她的調查結論，讓她以「智力不高、自制力弱」的理由，失去四個孩子的監養權。好不容易當她認識一個拉丁美洲政治難民左格，有了共同建立一個家的希望後，社福局又來搶走他們新生的嬰兒。

瑪姬（克莉絲洛克飾演）失去孩子時的歇斯底里是震撼的；她夾緊雙腿，不讓第六個孩子從她的子宮生出來的非理性時刻（因為又會被社福局搶走），則令人心碎。然而肯洛區的過人之處也在塑造這個角色的形象時湧現，他不會吊書袋地以心理學的口吻來說明童年經驗對女主角的影響，也不爲博取認同而讓她故做小鳥依人的無辜狀，她是暴躁、她是常搞不清楚就跟那些原本對她好的男人上床，但這些就表示她沒有做爲人母的能力與權力嗎？

《折翼母親》最厲害的地方是讓我們看到人心最大的打擊竟來自一個號稱爲民謀福的組織。肯洛區倒不是隨隨便便就反對的人，事實上，人的制度無論再完美，都不及人的複雜所能比擬。如同社福人員先入爲主地以爲男女主角的異國組合有缺陷，自然而然地挑選對他們不利的證詞，而原代表公義的法庭又毫無疑問地以社福組織的調查爲信，你能意外這當中所造成的層層剝削嗎？如果沒有肯洛區的這番演繹，相信我們也很可能靠資料認定女主角無能做個母親；而條文之外的真相呢？我們所忽略的人性呢？肯洛區所有的電影都

不在批判哪個人，而是人們如何依賴制度而遺忘了人性的荒謬。

　　看了《折翼母親》，讓我對嚴浩忝得東京影展兩項大獎的《天國逆子》嗤之以鼻；一如當年由於《致命檔案》，而顯得《誰殺了甘迺迪》活像齣外張內虛的嘉年華會。肯洛區是另一位教我五體投地的電影大師奇士勞斯基眼中極少數稱得上藝術家的導演，果然，在他的映照下，幾乎每個人（尤其是些花俏的技匠）都無所遁形。

　　或許，金馬影展有機會可以替他做個專題，他那部二十二年前完成的《凱司》（Kes）一直被國際譽為曠世經典，是我無緣以見，但夢寐一睹的。況且能夠長期維持如此高水平的創作還不媚俗、不鬆懈的電影人，也實在是鳳毛麟角了。（肯洛區在一九九四年獲得威尼斯影展的終身成就獎，《折翼母親》則獲一九九四年柏林影展國際影評人獎，最佳女主角、天主教人道主義精神獎。）

⊙原載於1994年11月26日〈工商時報〉

亂世浮生
The Crying Game
蠍子與青蛙的故事

導演：Neil Jordan

編劇：Neil Jordan

攝影：Ian Wilson

演員：Stephen Rea, Miranda Richardson,
　　　Forest Whitaker, Jaye Davidson

從前從前

有一隻蠍子請求青蛙揹它過河

青蛙怕被毒蠍刺死而不肯

蠍子保證不會

因為如果牠刺死青蛙

自己也會淹死

所以青蛙答應了

等它游到一半

青蛙突然感到背脊一股刺痛

青蛙大叫

你為什麼這麼做

現在我們兩個都會死了

蠍子說

我不得不如此

「本性」使然

　　這個「蠍子和青蛙」的故事在《亂世浮生》（The Cry-
ing Game ） 出現兩次。第一次是由被綁架的英國黑人士兵
裘弟（佛洛斯特惠塔克 Forest Whitaker）告訴負責看守他
的北愛爾蘭共和軍份子福格（史蒂芬雷 Stephen Rea）。福
格雖然參與綁票，卻在看守的時刻與裘弟交談，又不忍心見
他罩著頭套呼吸困難而將它拿掉，甚至幫裘弟掏出那話兒小
便，裘弟說，這些都是福格的「本性」，雖然他身屬北愛共
和軍，卻改變不了善良、同情的天性。

　　裘弟的話就是導演尼爾喬丹（ Neil Jordan）的看法？
北愛爾蘭共和軍就不該出現「本性善良」的人？在追索之前
，我們可以先參考兩部九〇年代電影的觀點。一九九二年的
《愛國者遊戲》（Patriot Games） 把北愛組織形容為嚴密
守紀但凶殘暴力的恐怖份子（以史恩班飾演的殺手為典型）
，但是這部電影在詮釋的時候露出一大截馬腳，因為美國中
情局的所做所為，以及哈里遜福特的報復，事實上和北愛共
和軍、史恩班沒有兩樣，除了「大美國主義」外，是沒有什

男主角是蠍子也是青蛙，是天性也是抉擇使然。（春暉影業提供）

尼爾喬丹豐厚的暗喻，一舉推翻政治、種族、性別的圍牆。（春暉影業提供）

麼可信的立場的。一九九〇年的《致命檔案》（ Hidden A-genda ）則是一記回馬槍，在深入北愛頑固的中心時，卻揭露了另一個足以顛覆大英帝國國本的秘密，所得出的結論大意是「政治這回事就像剝洋蔥，愈剝愈想掉眼淚」，最後並沒對北愛共和軍做正反判斷，卻質疑了假民主藉口迫害異黨的行止。

　　只片面就一席對白認為尼爾喬丹是站在「反北愛爾蘭共和軍」的立場的話，那麼《亂世浮生》不過是另一部迂迴的政宣片，偽善如《愛國者遊戲》，相反的，尼爾喬丹的好處是他沒有說斷，而保留事件曖昧的部分。如果我們視福格這個角色為導演希求觀眾認同的人物，也就是俗稱電影中的好人的話，從福格是志願加入北愛爾蘭共和軍看來，導演並未推翻北愛共和軍的政治主張，福格之所以逃離組織，改姓換名，並非是在英／愛之間倒戈，而是人性與政治理念遭遇矛盾時的逃開，他無法認同囚犯遭受的待遇，同情無辜者為政治機器替死的悲哀，更難過自己不得不擔任劊子手的任務。而導演安排北愛共和軍綁架的對象是黑人，很明顯的就是要刺激這份兩難，黑人裘弟為英軍效力，是否就代表英國呢？在職業上，對的；但是裘弟又以板球為例，自嘲自己是難得一見的好投手，到倫敦卻發現板球只是白人專享的運動。他並不認同自己可以等同英國，北愛組織卻視他為英國，之間是否有同根相煎的荒謬呢？福格沒殺死裘弟，裘弟卻在奔逃

時被英國軍車輾斃，與其說福格為此自責、躲避，不如說他已無力分辨整個事件的是非，這種剝洋蔥般的難過其實更貼近《致命檔案》，是個人良心信念面對龐然政治機器時的苦楚與痛恨。

所以他逃開了，到倫敦換了名字身家當建築工（工地正好面對板球場），並且試圖接近裘弟的女友黛兒（傑伊戴維遜 Jaye Davidson），是好奇（裘弟生前一再提及黛兒的好）也是替代（替代裘弟）。這個新的生涯藉「剪髮」展開，福格第一次接觸黛兒，就由黛兒為他剪髮（有趣的是尼爾喬丹的處女作《血腥天使》，男主角也在肇事後找人剪髮，男主角同樣由史蒂芬雷飾演），然後漸漸愛上了黛兒。後來北愛的舊伙伴以黛兒性命相逼時，換成福格替黛兒剪髮，好讓人認不出黛兒，還要黛兒穿上裘弟生前的衣服（板球裝）。從福格／裘弟 V.S.黛兒，變成福格V.S.黛兒／裘弟，身份的疊合與可變，帶出的正是絕對性的幻滅。

這份崩解從福格對裘弟的善意開始，在福格對黛兒的愛意達到高潮。當黛兒解下羅衣，露出男性生殖器的時刻，「她」變成「他」（可惜這次非色情的裸露勢必遭電檢修理而折損影片必要的完整性），令福格一驚之下忍不住嘔吐起來，原來，之前黛兒出入駐唱的大都會酒吧「大有文章」，而我們都蒙在鼓裡！這是在政治、種族後，對傳統價值與既定印象的另一個打擊。福格無法忍受和一個男人做愛，但是卻

在最後代替黛兒受罪坐牢，黛兒前去探監時，換成福格講了
「蠍子與青蛙」的故事，他告訴黛兒他的犧牲是「本性」使
然。

　　不過這個「本性」也受到很大的挑戰。在黛兒供出男兒
身之前，福格對黛兒的激情總是千真萬確的吧！如果沒有那
話兒，這份激情就通行無阻，問題就在於福格見到黛兒正身
後的嘔吐是天性嗎？還是體制教導下的反應？黛兒是個「意
外」的角色並非嘩眾取寵的噱頭而已，他既挑逗出性慾對象
與社會機制的關係，其自身的心態與行為也頗堪玩味。他向
福格說自己天生如此，有什麼辦法？男性是他的軀殼，女性
是他的本性。如果說得通，傳統的性別定義就大有問題。連
帶黛兒以女性出發的一些論調（如：女性為男性做的犧牲已
經夠多了……）也留有先天本性與後天訓練的思辯空間。發
展開來的話，逼迫福格的舊日同志又豈是「本性」使然？毋
寧說他們堅持政治信條比人性更多要來得恰當，否則女同志
也不必為頭目刺殺英國法官事成身亡而氣急敗壞（多麼人性
的一刻啊！）。福格超越的，也可能是對單一政治團體而言
不足的，是他那股人道的良質常常泛濫過界線，令相反對立
的陣營顯得尷尬。回到前頭，也就是為什我以為不宜用「反
北愛共和軍」的觀點來看尼爾喬丹的《亂世浮生》的理由，
福格的出現不是反對北愛，而是動搖那些貌不可破的規條，
那些用來區分北愛／英國、白人／黑人、男性／女性的緊箍

咒。愛人可以變敵人，男人可以變女人，就像尼爾喬丹喜歡在安樂的場所埋伏驚心的事端（《奇蹟》的海水浴場、《亂世浮生》的遊樂場），在鄙夷的地方營造純潔的奉獻（《蒙娜麗莎》的花街），刻板印象非僅不可靠，更可能是扼殺的力量。尼爾喬丹一舉震斷政治、種族、性別的緊繩，還與人道的寬容，是《亂世浮生》駭人又省人的所依。

亂世浮生，福格一路走來，沒當成革命家，也沒成為聖人，只是一味如盡其本性的蠍子一般散發他的尊重與關愛。裘弟只說對了一半，福格不但是遏阻不了本性的蠍子（幸好他是一隻不毒的好蠍子），也是明知危險又願意扛著威脅的青蛙。因為溶合了兩者的特性，福格才能見證事實的複雜與價值的混淆，他的選擇在現實中顯得有些天真、笨拙，卻是導演在狂風巨浪中眼見唯一的浮木，雖然不能保證解救得了你，卻提供了希望。

其實，尼爾喬丹的電影歷程也是另一則「蠍子與青蛙」的故事，在《血腥天使》（Angel，1981）、《狼之一族》（The Company of Wolves，1984）、《蒙娜麗莎》（Mona Lisa，1986）奠立名聲後，他也接受了好萊塢的召喚而泅泳其中，並且被《興高采烈》（High Spirits，1987）、《我們不是天使》（We're No Angels，1989）狠狠螫了兩下。所幸尼爾喬丹並沒有因此淹死在好萊塢，重返愛爾蘭發揮本性完成《奇蹟》（The Miracle，1991）挽回聲譽。《亂

世浮生》可能是他至今最好的劇本，適度的幽默感（譬如福格追求黛兒時，老夢見裴弟穿著球裝投球，但是發現黛兒是男人的當晚夢境中，裴弟卻沒把球投出，而露出狡獪的微笑）及其悲憫的態度，也足以調和他過往作品裡對於象徵符號過度依賴的情形。下一章的前奏已經出來了，好萊塢勢必再度召喚尼爾喬丹再游一回；面對沈浮未定的命運，他願意再當一次青蛙嗎？

⊙原載於1993年4月〈影響〉

尤里西斯生命之旅
Le Regard D'Ulysse
一瞥，僅僅一瞥

導演：Théo Angelopoulos
編劇：Théo Angelopoulos, Tonino Guerra,
　　　Petros Markaris
攝影：Yoygos Arvanitis
演員：Harvey Keitel, Maia Morgenstern,
　　　Erland Josephson

　　透過台北金馬國際影展這十多年的引薦和放映，希臘導演西奧・安哲羅普洛斯（Théo Angelopoulos）就算沒有費里尼、布紐爾的蓋棺盛名，也是近年歐洲電影的狂熱份子心目當中，最有份量的大師人選。

　　做為一位希臘導演，安哲羅普洛斯自然深受其民族古老的文化藝術傳統薰陶，但是影響他更多的，可能是這個世紀伴隨他成長的各種政爭與戰亂。所以，安哲羅普洛斯沒有一部電影不是和史詩或悲劇遙相呼應的，但同時，它們也都和近代、甚至當下，關係密切。「我的電影看起來好像都在處

理過去的歷史，和現在的問題，實際上未來也就在這裡面。」安哲羅普洛斯在金馬影展座談會上如是說。用以連繫這些從過去到未來的辨證對映的，往往是寓言體的內容，疏離手法的敘事，以及曖昧晦澀的象徵和隱喻。錘鍊精工後，再以神乎其技的長鏡頭美學表現出來。如此，構成了安哲羅普洛斯個人的電影特色。

以《尤里西斯生命之旅》（Le Regard Dúlysse）做為台灣觀眾透過商業院線認識安哲羅普洛斯電影的第一部，感覺是相當弔詭的。在樂觀其成外，我所好奇的是這部帶有「集大成」色彩的長篇鉅構（長達一百七十分鐘），是如何被過去從未看過安氏作品的大部分觀眾所解讀？而已經接受他電影洗禮好久的影展發燒友，又是用什麼方式來「消化」這部足以喚起許多對安哲羅普洛斯創作印象的電影？這種全然陌生與溫故知新的截然感受，或許正可以標示出整個觀眾生態的歧異、多元、以及可開發性，間接證明藝術電影院或另類經營態度的必要——如果有心的話。

《尤里西斯生命之旅》的開場，是一段有關馬那基雅（Manakia）兄弟之一，為了等拍一條藍色的船，終於在攝影機背後倒下的故事，畫面從黑白而彩色，就像電影史的進展一樣，而聽到這個故事的導演Ａ．（哈維凱托Harvey Keitel），決定除了重返老家希臘參加他的電影的首映外，也將循線尋找傳說中馬氏兄弟從未被沖印出來的三卷底片。

在「初始電影」（電影發明～一九一五）時期，馬那基雅兄弟（也有譯成馬維奇兄弟）橫越巴爾幹半島諸國，用電影紀錄了當時的風土民情，這是藝術家透過攝影機對巴爾幹半島所做的第一個「凝視」。時值電影百年，正當巴爾幹烽火漫天的時候，安哲羅普洛斯「導演」了另一個導演去尋找這個「凝視」的故事，在意義上變得相當豐富婉延。片中導演Ａ的旅程，彷如千年前尤里西斯返鄉的困阻重重，但唯有透過這趟旅程，他才找到想要的底片；甚至，反芻馬氏兄弟當時踏遍巴爾幹的感受。這段前後電影人的神往交遊，可以從一場Ａ在邊境接受盤察，被請到房間等候，隨著長鏡頭的緩緩移動，彷彿通過一道黑暗的長廊，扮演Ａ的哈維凱托突然變成了馬氏兄弟本人，時間跳躍至一〇年代，Ａ／馬氏兄弟被控意圖謀反，判處死刑，執行前才得到保加利亞皇帝的特赦，從此流亡海外。安哲羅普洛斯混淆時間和人物的用意，充分透露政治和戰爭是如何扭曲人類和電影的面貌，百年未變。即使Ａ已經是個知名的國際導演，他的電影在家鄉放映時，仍然在宗教狂熱份子、軍隊、鎮暴警察的對峙下，不了了之。我非常喜歡安哲羅普洛斯處理對峙場面的手法，在一個懾人的大遠景裡面，除了看到一位導演在場面調度上的精準無誤外，更厲害的是他只用一個鏡頭就舖陳出宗教與政治立場對巴爾幹半島浩劫的強烈影響，為影片展開一道明晰有力的序言。

尋找底片，是實踐電影的熱情，也是找出人類的軌跡。

隨著旅程的進行，《尤里西斯生命之旅》揉捏了個人的、電影的、民族的、政權的歷史於一爐，有一景是導演A在火車上遇見兒時印象中的媽媽，他隨著回家，拖著九〇年代的身軀，加入了一九四五、一九四八、一九……的新年舞會，每個人都如記憶般年輕，只有他帶著現實裡蒼老的皮囊。安哲羅普洛斯大膽地將時間在同一空間裡瞬時凝結又瞬時奔湧，而對一個歷經滄桑的人來講，「時間」的意義不就是如此可變的嗎？舞會裡的歌還唱著、舞還跳著，祕密警察卻不時進來打斷，拿走傢俱，押走家人，如同華爾滋節奏般的連密迫害。為什麼A要被設定成流亡導演，答案應該很明顯了。然而最後當家族要留下一張合拍的相片時，隨聲入鏡的A

卻回復到孩童的面貌，返老還童、回歸純真，再次又和這趟旅程要找到三卷初始電影的題旨不謀而合。

到底找到了沒有？馬氏兄弟的底片因為混亂的政局，從來沒被成功地沖印出來過。導演Ａ卻在最混亂的塞拉耶佛，找到了這三卷底片。一個極端諷刺但刻意安排的巧合。在Ａ的熱切鼓勵下，擁有這三卷底片的當地電資館館長也燃起再嘗試將它們沖印出來的企望，甚至找到了處方。這是安哲羅普洛斯對兩顆電影心靈的最大歌頌，他們凸顯了「電影不只是電影」的敏銳、夢想。

然後，起霧了！只有在起霧的時候，全城的人才會跑出來，有人在演奏，有人在演話劇，似乎唯有藝術才能超越戰火和政治的殲毀，它們是生命，它們也是良知。但是旋即未久，Ａ也是在一片霧裡，親眼目睹館長祖孫三代遭軍人莫名其妙殺害的暴行，戰禍的迫害並沒有因為他鍥而不捨的冒險和堅定而稍減，馬氏兄弟時如此，Ａ的童年記憶如此，Ａ的旅途見證如此，或者應該說：安哲羅普洛斯對這世界的觀察如此。有人樂此不疲地干擾和平與和諧的可能，因而有戰爭；有人永不放棄地追尋透視與溝通的美好，所以有藝術。這兩造到底哪個才是人類的終點？難道永遠分割不開？就像Ａ攜回這些初始影像的同時，也終將帶著沿途吸納過的死亡氣息，喃喃自語。這教人不禁敢問：在馬氏兄弟那些看似質樸的紀實影片中，是不是也有類似複雜的疑問？

這一路上的女人都由同一人飾演，是導演眼中的女性原型？還是最初的記憶？

偶像倒塌了，獨裁崇拜消失了，也不能確保和平的再來。

我不認爲安哲羅普洛斯找到了解決的答案，否則他不必要哈維凱托／Ａ最後面對著鏡頭／觀眾，道出迷惘的獨白。我們是透過Ａ的淚眼、安哲羅普洛斯的鏡頭來看見的啊！看到的是電影可以穿越時代的魅力神話，但也看到電影對當下的爭亂無能爲力。電影，它既反映了理想主義者可敬的人道主義光環，它也暴露了他們的局限。《尤里西斯生命之旅》並沒因逢在電影一百週年就故做輕鬆狀，相反的，它將電影抬到政治、歷史、藝術、人生的位置，來做更複雜的考量。苦難並不會因一部電影的完成而結束，但電影教人思考。就算塞拉耶佛可以通過協商而維持表面的暫時性和解，安哲羅普洛斯在《尤里西斯生命之旅》所提的問題，即使在未來，也勢必纏縈於這塊土地之上，或許這也是爲什麼安氏認爲他的電影不只是在講過去和現在，也包括未來在內的道理。

　　而面對著這道浩瀚的凝視時，我所抓到的，彷彿也只是一瞥而已。那尊倒臥在船板上，像極格列佛身陷小人國景況的列寧石像，以及在沿岸不時對著船膜禮的人民，婉轉地訴盡偶像崇拜的迷思，以及政治以權力論英雄的現實。而同一位女主角，分別扮演了Ａ在旅途中所相遇相戀的每個女子，是男性的情意結，還是導演對愛情的態度？……許多許多，宛如尤里西斯的旅程一樣，還有待更進一步的探討與摸索，則不在本文這短短的「一瞥」之中。

◎原載於〈開麥拉〉創刊號

告別大師

告別大師　奇士勞斯基

愛情影片

告別大師　奇士勞斯基

　　奇士勞斯基（Krzysztof Kieslowski）是近幾年來最偉大的導演之一。他死了，就跟大部分偉大的導演一樣。

　　一九四一年六月二十七日生於波蘭華沙的奇士勞斯基，畢業於知名的電影學府——洛茲（Lódz）電影學院。在此之前，他則經歷過令他深惡痛絕的「消防隊員訓練學院」，以及帶給他許多收穫的「劇場技師學院」，而洛茲電影學院則是他考到第三次才考上的，這所名校向來只從一千名考生中選個五、六人而已。

　　畢業之後，奇士勞斯基被分派到華沙紀錄片廠當導演，七〇年代，即以紀錄片小有名氣。在波蘭，至少是當時的波蘭，紀錄片不是用在電視墊檔的東西或者官僚宣傳的工具，它不但在電影院上映，甚至吸引了不少人來看這股「真實」。但奇士勞斯基發現：「並不是每件事都可以被描述的。這正是紀錄片最大的問題。拍紀錄片就好像掉進自己設下的陷阱一樣，你愈想接近某人，那個人就會躲得愈遠。」「我害怕那些真實的眼淚，因為我不知道自己是否真有權力去拍攝它們。碰到那種時刻，我總覺得自己像是一個跨入禁區的人。這就是使我逃避紀錄片的主要原因。」（一三四頁，註）

奇士勞斯基，我的大師，這本書告別的就是他。（春暉影業提供）

正因為被攝者在面對攝影機的時候，往往把最誠實、最秘密的那一面關閉；拍攝者在開動攝影機的時候，也不免質疑自己的正當性（這種關係後來成為奇氏第二部劇情電影《影迷》探討的主題）。於是從一九七三年開始，他先從一部半小時的電視片換方向，一九七六年拍了第一部劇情電影《疤》（The Scar／Blizna），此後重心即移往較能自由揮灑的劇情片了。

提到波蘭電影，或因地處邊陲、或因資訊封閉，一知半解的我們也許以為盡是共產黨的教條宣傳品，可就大錯特錯！波蘭的電影工作者不僅在二次戰後就躍上國際舞台，頭角崢嶸；在國內也一直扮演批判督促的藝術良心角色。其中，地位崇高的大導演華依達（Andrzej Wajda）領導的「X集團」（Cinema Group X）的辛辣深刻的政治社會電影享譽全球。贊努西（Krzysztof Zanussi）為首的「托爾」（Tor）則是後起大宗，以拍攝「道德焦慮電影」為主，奇士勞斯基就是其中一員健將。

說來諷刺，奇士勞斯基的電影生涯雖然可以上溯至一九六八年，轉進劇情片領域後，也旋即以《影迷》（Camera Buff／Amator, 1979）獲得莫斯科影展大獎，但是國際影壇真正注目他的不凡，卻是一九八八年以後的事。原因很複雜，一則他的電影在戒嚴時期動輒被禁；即使沒禁，不同陣營造成的乖隔，也讓其他世界的影迷對東歐一片陌生。不過話

又說回來，也因為這段時期絲毫未受西歐、北美的電影重商主義影響，東歐電影保持的藝術純粹性及民族電影風貌，在鐵幕打開時，立刻令人嘆為觀止。反而是九〇年代開始交流後，東歐電影卻交不出幾張傲人的成績單。

一九八八年，奇士勞斯基帶著《殺人影片》（A Short Film About Killing／Krotki Film o Zabijaniu）參加坎城影展，短短九十分鐘不到的片子，卻把殺戮行為的無所不在，與死刑懲處的可議性，做了極盡深刻的詮釋，全片黃綠陰森的色調與鞭辟入裡的省思相輔相成。儘管較保守的評審團只頒給他一座「評審團獎」，評論家們卻給予「希區考克拍杜斯妥也夫斯基」（技巧、思想的最上乘）的至高評價。

而幾乎在同一個時刻，其他影展也傳來有一部叫做《愛情影片》（A Short Film About Love／Krótki Film o Milos'ci, 1988 ）的「奇作」出現了。影片只不過是描寫一個大男孩每天用望遠鏡偷窺對面公寓的女子，卻有著至情至性的刻劃和大師般的過人手筆。而這一部電影的導演也叫奇士勞斯基。

更驚訝的還在後面，原來《殺人影片》和《愛情影片》不僅都是奇士勞斯基的手筆，而且只不過是他從作品《十誡》（ The Decalogue／ Dekalog）當中抽出其中兩誡加以延長罷了！《十誡》是他為電視台拍的電視電影，十條誡律全以華沙的某個社區的人物生活來詮釋。由於資金不只來自波

生命是脆弱的，因為有時候連人都無法掌握。

蘭電視台，還包括文藝部以及外國，所以奇士勞斯基答應從
裡面挑出兩誡拍成較長的電影版，他自己先選了第五誡：「
汝不可殺人。」文藝部挑了第六誡：「汝不可姦淫。」這就
是先推出的《殺人影片》和《愛情影片》。沒想到這十分之
二就已經收服全天下最挑剔的影迷，原本為電視而拍的《十
誡》；立刻成為各影展的搶手貨，甚至連不知道該怎麼為將
近十個鐘頭的全系列安排檔期的片商，也寧可買著待價而沽
（包括台灣在內）。

　　很多人以為奇士勞斯基的電影進入台灣，是奠基於一九
九〇年金馬國際影展把他的《十誡》列為「導演焦點」。其
實早在一九八九年歲暮到一九九〇年初這段時間，《愛情影

片》、《殺人影片》就已先後在台北公開上映了。我永遠記得第一次看完《愛情影片》，整顆心、整個腦袋像被電擊一般，人只能癱在戲院座椅上，久久不能自己的經驗，從那時候開始，我就成為奇士勞斯基的信徒了。

《十誡》之後，自負頗深的法國人趁東、西歐開放交流，立刻把奇士勞斯基挖到法國拍片，通常我對這種情形多半憂過於喜，因為很多導演一離開自己的土地就拍不出好電影，我怕奇士勞斯基也重蹈覆轍。但是一部《雙面維若妮卡》（ The Double Life of Véronique ／ La Double Vie Véronique, 1991 ）又好得教人放心。

很難說明白這部電影在「講」什麼，它的清明通透，已超過故事所能涵蓋：兩個維若妮卡，一個在法國，一個在波蘭，雖然互不認識，但法國的維若妮卡到波蘭觀光時，曾無意間拍到波蘭的維若妮卡的照片；波蘭的維若妮卡在演唱中途猝死後，法國的維若妮卡竟無端感到難過，甚至決定放棄了歌唱。其目的不在賣弄巧合玄奇，而是感受人與人之間那種超乎邏輯想像的聯結和影響，既強調個人主體性的價值，又視生命中微妙的悸動感應為可貴的能力。奇士勞斯基把《十誡》以降，網脈複雜的人際關係，抽剝拋擲到不同國度，甚至陰陽兩隔的個體間。然而無論從女性自死亡經驗裡重生，波蘭、法國兩地的辨證譬喻，或是兩個生命的相似相承來看，《雙面維若妮卡》都像接下來的「三色」系列的先聲或

序曲。

　　好電影要和好朋友分享，可惜奇士勞斯基的電影並不容易看到。《愛情影片》、《殺人影片》叩關的時候，不識貨的人太多，其他作品也只能在金馬獎國際影展演個幾場，向隅者眾。而國內片商雖然買了《十誡》，卻只肯在自己戲院辦的奇怪的「周五影展」演了兩遍，之後拖了幾年，乾脆出錄影帶了事。一直要等奇士勞斯基宣佈開拍以法國國旗三色意義（自由、平等、博愛）為題的電影，首部成品《藍色情挑》（ Blue／ Blewe, 1993 ）又在威尼斯影展拿下金獅獎，國內才另有片商一口氣買下這套「三色」系列，《藍色情挑》也成為眾多台灣影迷認識奇士勞斯基的第一步。至於《雙面維若妮卡》則要到「三色」全部上映完畢，才姍姍來遲，還在屁股後面加掛副標變成《雙面維若妮卡之今生今世》，反倒成了上映順序的「完結篇」。

　　用「看故事」那套方法來欣賞奇士勞斯基的電影絕對行不通，否則《藍色情挑》不成了一部傷心婦人重溫第二春的電影？想想女主角在丈夫、女兒車禍死後，打算埋葬一切回憶，結果卻從皮包摸到女兒留下的棒棒糖，而她剝開糖果紙，像跟牙齒過不去地用力咀嚼的痛楚；想想她晚上受不了老鼠的吱吱叫聲，卻對那一窩剛出生的小老鼠下不了手（又是母子情結）；她要等丈夫死後，才了解他的秘密；原以為生命結束了，才發現丈夫的骨肉已在另一個女人的腹中生成。

還有什麼比讓靈魂肉體解脫桎梏，更接近「自由」的真諦？（春暉影業提供）

《藍色情挑》所引發的小熱潮，使得更多人回頭去認識奇士勞斯基較早的經典。（春暉影業提供）

他安排女主角在逃避「過去」以後，才發現心靈的桎梏並不因此而解脫。奇士勞斯基似比我們多一對眼睛，才能看到生命映像不時在角落重演，我們需要的是感性，去領受他從其中悟出的精萃。如果要細究下去，就連音樂、攝影、剪接，都在裡面化爲了一種精神。

得到柏林影展最佳導演的《白色情迷》（White／Blanc, 1994），標示的是「平等」。奇士勞斯基似乎不認爲男歡女愛有所謂天生平等這回事，平等既不可量計，還必須跌跌撞撞，甚至用點狡猾，好激發對方愛的回應，是肉體，亦是精神的。他找來《第十誡》的主角齊伯尼查馬修瓦斯基（Zbigniew Zamachowski）飾演旅居巴黎的波蘭美髮師，他美麗的法籍妻子因爲他性無能而訴請離婚，他只有狼狽地回到祖國，卻以投機的方式加入資本主義遊戲，發了大財，再詐死騙前妻趕回繼承，然後陷構她於罪。有趣的是透過這些險惡的、挫敗的真相，他卻找到了兩人真正的愛情。奇士勞斯基宛如替楚浮（Franccis Truffaut）沒拍好的《騙婚記》（La Sirene du Mississippi, 1969）找到了更好的表現形式。利用一對冤家，解構愛情的同時，卻塑造了愛情的神話。

奇士勞斯基是於《白色情迷》柏林參展的記者會上，宣告要退出影壇的，在這個時候，大家已先獲知「三色」系列的完結篇《紅色情深》（Red／Rouge, 1994）將會是他的

茱莉蝶兒難得展現一個非關純潔的女性形象。（春暉影業提供）

告別大師

《白色情迷》竟然讓我們看到愛情中「黑色」的那一面。（春暉影業提供）

封鏡之作。（許多消息都誤以為奇士勞斯基是在《紅色情深》坎城記者會上宣佈息影，而認為奇士勞斯基是因為《紅色情深》未在坎城得獎才失望退休的說法更是無稽之談。）

很難厘清當時我收到這個消息的感覺。見好就收，當然是個美麗的句點，也不是常人所能為。但是對一位創作力如此旺盛的藝術家而言，淡出影壇實在可惜。

做為「三色」系列的尾聲，或是個人電影生涯的總結，《紅色情深》都教人為之肅然起敬。奇士勞斯基讓兩個抱持完全不同生命態度的個體，在執著與互動之間，展開了複雜的對話。光說它的結局就好！善良的模特兒（伊蓮雅各）在老法官（尚路易特罕狄釀）的建議下，決定搭船去英國，氣象報告說晴空萬里，一千四百名乘客的郵輪卻翻覆在大海上。然後一陣風吹倒了老法官擱在球檯上的酒杯，他從模特兒送給他的電視上聽到了這個惡耗。在鏡頭裡，感情的投射是由一個物到另一個物的，但它們卻反映出角色、甚至導演交織難測的情感。就好像當電視播出模特兒被救起的畫面，剎時她身後一面屬於救難船的紅色旗幟隨風揚起，此景和她為口香糖廣告拍過的平面攝影如出一轍，但感情卻有天壤之別，這個對比不是巧合，它既是母題的重複呼出，也是導演對生命無常的看法。

但我不叫它做「宿命」。我一直反對奇士勞斯基電影是宿命的說法，他確實悲觀，未必宿命，「超越宿命的悲觀論

《紅色情深》是奇士勞斯基留給我們的最後一瞥。（春暉影業提供）

告別了，奇士勞斯基。（春暉影業提供）

者」應該是更恰當的形容。眼尖的觀眾不難察覺《紅色情深》最後在船難中被救起的除了模特兒和一個有如老法官年輕翻版的男人，還有《藍色情挑》、《白色情迷》的男女主角，以及一個陌生人。這是導演的宣示，正如一個人的良心無法拯救全世界的苦難，他無權告訴你死了多少人，救了多少人，但是他可以為自己所創造的角色負責，這是「三色」主角最後現身的原因，那個陌生人，則是導演也不能給答案的未知。這當中既有感於生命的龐大，然而在知命之外，也毫不鬆懈。老法官在片尾流的那串眼淚，像是奇士勞斯基的，流給天命，也流給眾生。

我必須承認：每次在寫奇士勞斯基的時候，都要猶豫再三。我的才華有限！就像面對所有我鍾愛的作品，都覺得文字的解讀多餘而且有所褻瀆，套句奇士勞斯基的話：「基本上，如果是一部好電影，而我也喜歡它，那麼我比較不會去分析它，不像看一部我不喜歡的電影。」（六九頁，註）

如果一定要說明對奇士勞斯基作品的感覺，我寧可再借用他的一段話：「對我來說，藝術富含品質及風格的徵兆，在於當我讀、看或聽它的時候，能夠突然強烈而清晰地感到某人把我曾有過的經驗或想法明確地表達出來，雖然那些經驗和想法是一樣的，但是作者卻能夠運用我所想像不出來的、更好的文句、想像安排及聲音組合。不然，就是它能夠在剎那之間，給我一種美或喜樂的感受。」（二百六十頁，註

）奇士勞斯基電影之於我，亦然。

　　一九九六年，春節過後，突然想再看一遍《愛情影片》（雖然已經看過好多遍了），看完以後，想到新學期該為輔大電影社開的課程，乾脆就做奇士勞斯基研究好了。三月十三日，第一堂課，先介紹他的生平，然後看了《十誡》的《第一誡》：一個被關愛的生命無故殞折的悲劇。下課後，繼續和同學一面喝茶，一面聊著奇士勞斯基電影的種種。回家的路上，因疲憊而半睡半醒，不知道車子停了多久，睜開眼睛時，竟發現一列火車動也不動地停在平交道上，也不知道是壞了還是怎麼樣，堵得長長的車龍面對這種超現實般的景像也動彈不得，整整捱了半個小時，轉啊轉地，才兜出了圈子。回到家裡，搜出了幾篇自己以前寫的關於奇士勞斯基但都不滿意的文章，邊檢閱邊聽電話留言，因為有意無意的延宕，多了幾通報社找我、十萬火急卻沒說明事由的留言，然後聽到：「奇士勞斯基過世了！」眼睛正好盯到一篇「暫別大師」的文章，這是奇士勞斯基宣佈退休那陣子我寫的，因為不捨，所以不寫「告別大師」，而是「暫別大師」。

　　想著這一晚如同奇士勞斯基電影情節的經過，呆坐了好幾晌才找出紙筆，終於寫下了：

　　告別大師，奇士勞斯基（1941.6.27-1996.3.13）。

註：文字註明的頁數，指的是《奇士勞斯基論奇士勞斯基》

一書頁次， Danusia Stok 編，唐嘉慧譯，遠流出版社。

⊙原載於1996年4月〈世界電影〉

告別大師　奇士勞斯基

愛情影片
Krótki Film o Miłości
愛情通俗劇裡的大師身影

導演：Krzysztof Kieslowski
編劇：Krzysztof Kieslowski
攝影：Witold Adamek
演員：Grazyna Szapotowska, Olaf Lubaszenko，
　　　Stefania Iwinska

　　《愛情影片》（ A short Film about Love ／ Krótki Film o Miłości, 1988 ）是波蘭電影大師奇士勞斯基（ Krzystof Keslowski ）第一部在台灣上映的電影，也是我最珍貴的觀影經驗之一，猶記當時為了多親炙幾回大銀幕才有的感動，在首輪的台北真善美戲院看兩遍不夠，還特地追到二輪的永和戲院再看它兩遍，遑論出了錄影帶之後。

　　做為他的影迷，我該慶幸是這樣展開的認識。

　　這份震撼以及匪夷所思，或許是和它「既簡單又複雜」如此矛盾的形容有關。

　　簡單的是它表面上的情節：19歲的少男湯姆，愛上住在

對面公寓的成熟女子瑪姐，每夜，他都用望遠鏡偷窺瑪姐，她卻以挑逗愚弄的方式回敬，於是造成湯姆割腕自殺。你不覺得無論是用說的或是用寫的，這都只不過是個不太特別的愛情通俗劇嗎？而奇士勞斯基最高明的地方往往也就是別人習以為常的簡單習題，透過他的詮釋，總能開展出驚人而複雜的格局。

打從電影一開始，湯姆破窗而入，偷了一架單眼望遠鏡，奇士勞斯基就打破了愛情純潔性的迷思。他行竊，而且偷窺；見瑪姐和別人親熱，就惡作劇地打電話報警謊稱瑪姐住處瓦斯漏氣，壞人好事；甚至偷塞領款通知單在她信箱，害她老是到郵局領不到錢還遭惡劣的郵局主管羞辱；你可以察覺愛情背後有多少陰暗成分。但是換個角度看，倉庫裡有更多值錢的東西，湯姆卻只拿一架望遠鏡；而他害瑪姐來郵局撲個空，只是為了近一點，想要多看她幾面，況且當瑪姐受辱奔出時，他立刻追出去認錯，承認這麼做只是因為她昨晚在哭的緣故；你又不由自主地認同這個十九歲少男的純情。湯姆是個會在惡作劇之後，點根煙吞雲吐霧，然後拿自己的拳頭跟櫃子過不去的人；也是個為了親近所愛的人，寧可每天早晨五點鐘痛苦地爬起床，拉著他幾乎無法控制的牛奶車爬樓梯的傻小子；而他為了感同身受瑪姐哭泣時的痛楚（早熟的他，已經忘記為什麼要哭），拿剪刀戮自己的手掌的行止，說他極端嘛！他卻令我想起了楚浮（ Francois Truff-

aut ）電影中至情至性的癡情種。光從這個角色身上，就得
以見識奇士勞斯基旺盛的創意與驚人的透視力，他既呈現了
愛情手段的不當，又突出背德動機的高貴，無疑推翻了正反
二分的單調準則，愛情通俗劇到他手中，也能充滿道德複雜
性，誰說形式可以做為藉口呢？

　　更有甚者，就算把好萊塢類型電影最愛套用的「三幕劇
」結構拿來看《愛情影片》，你都可以直接見識「化腐朽為
神奇」的實證。

　　前面三分之一，主要是透過湯姆的偷窺，交待望遠鏡內
外的關係。奇士勞斯基和攝影師韋多德亞達麥克（ Witold
Adamek）用長鏡頭拍三百厘米、甚至五百厘米的鏡頭，靈活
地傳遞了望遠鏡的視覺空間，宛如默片般地記載了瑪姐香閨
來往的生活情況，也許她曾經純真，相信過愛情，但至少在
湯姆望遠鏡裡看到的，是個決定再也不要去愛的女人，或許
對湯姆而言，這個意義是她更渴望被愛吧！望遠鏡外的部分
，則呈現湯姆的生活：他是個孤兒，和好朋友的母親住在一
起，因為好友出國遠遊，他就像兒子一樣，雖是房客身分，
和房東卻情同母子。這位房東是個蠻曖昧的角色，她看似從
不干涉湯姆的生活，但是從她提醒湯姆如果交了女朋友，可
以帶回來，並告誡他女孩雖然假裝很隨便地和人親嘴，其實
她們喜歡體貼的男孩看來，她應該不是一無所知。白天，湯
姆在郵局上班；晚上，就在家自修語言。他的鬧鐘永遠轉到

八點半，時間一到，他就在書桌前窺視剛回家的瑪姐。

　　然後隨著湯姆追出郵局後的表白，影片就不再是單向的偷窺了。先是湯姆被瑪姐的男友之一痛毆一拳，待他黑著眼圈去送牛奶時，又被正好開門的瑪姐用門把撞得跌倒，瑪姐好奇地問他到底想要什麼，而湯姆除了「我愛你」，什麼也不要。之後，他衝上天台，拿起夜裡結成的冰塊貼在耳腮，然後下樓按瑪姐的門鈴，跟她說：「我想請你去咖啡店，吃冰淇淋。」從接著湯姆瘋狂地拉著牛奶車轉圈，連攝影機都隨之做圓形運動的美妙技法裡，奇士勞斯基毫無贅筆地交待了首次約會的結訂。在對手戲裡，兩個「不可能」的人有了互動。最弔詭的一個轉折是在他們步出咖啡店時，一輛巴士剛好到站，瑪姐提議：「如果我們追上了車，你就去我家；如果沒趕上，就各自回去。」當他們跑到的時候，巴士開動了，原本以爲沒望，開了幾公尺的巴士卻又停下來。這是個相當重要的「奇士勞斯基筆觸」：生活充滿了各種可能性和難以預料的意外，而人所做的就是選擇。

　　到了瑪姐家，兩個主角都在同一內景，望遠鏡應該沒用了吧！奇士勞斯基卻在這裡拍進了一個房東太太從望遠鏡偷窺湯姆和瑪姐的鏡頭，這倒不見得只是爲了母題的重覆呼出，或者只爲營造突梯的喜感而設，更有趣的，是一種處境的調換，原本窺視人的湯姆，這回一起成了被窺視的對象，而其實在前面的情節，觀眾就一直在扮演著「偷窺湯姆的窺視

」的地位，而此處則故意突出了這層關係。

　　打從約會開始，瑪姐就不是認真的，在她的挑逗下，湯姆射精在褲子裡，她告訴他：「這麼快！這就是愛情。」湯姆推開瑪姐衝回去，然後，割腕。這是湯姆第二次默默地為瑪姐流血，第一次是她在哭的時候，他用剪刀戮傷手掌和她一起痛苦，這一次他用更絕對的方式，回報她的羞辱。瑪姐很快就後悔了，她把湯姆留下的外套送回去，是老房東開的門，而瑪姐並不曉得湯姆已經送去了醫院，她只是在畫板的背後寫下「對不起，是我不好，歡迎你再來」，立在窗前，希望湯姆能用望遠鏡看到。

　　剩下還不到三分之一的尾聲，是奇士勞斯基做為一位大師的證明書。他已經把湯姆塑造得如此動人，但是他並未因此放棄瑪姐，相反地，他花了不短的篇幅，切入這位世故女子心裡的灰色地帶，當瑪姐期待湯姆音信落空，整部電影的角度也為之逆轉。這跟整部電影最前面的三分之一，宛如完美的對襯，從瑪姐一再等著湯姆打電話、送牛奶，或者寄張領款單也好的盼望，到她也開始拿起望遠鏡窺看對面公寓，希望能見著湯姆的舉動，是在世故一層層剝落之後，逐漸浮現的純真。這已經不是單純的內疚，導演在瑪姐身上所展現的是一名女子在歷險人事後對感情的懷疑，以及驚覺錯失真情後的悔恨，當她無意且不時地重複湯姆曾有的行徑時，可以看到奇士勞斯基的哀矜大度。

也許這還不夠，奇士勞斯基進而挑釁了通俗劇電影最通俗的結局：雖然房東有意阻瞞，瑪姐還是見著了湯姆。發展至此，鏡頭呈現的是沈睡中的湯姆和紮著紗布的手腕，瑪姐忍不住想要撫摸，卻被房東太太的手擋住。傷害／後悔／保護，是這三角關係的角力結果，也是另一個開始。如果不健忘，你甚至會發現這組鏡頭也是這部電影的序場鏡頭，奇士勞斯基絕大多數的電影都會有這種類似「楔子」的提示安排，是謎題，也是謎底。

　　雖然不能和湯姆接觸，瑪姐卻瞥見了桌上的望遠鏡，她從湯姆固定好的方向，眺望回自己的住處，然後閉起了眼睛，畫面上出現了一組慢動作鏡頭：瑪姐跟男友爭吵分手，回到屋內，脫掉高跟鞋擺桌上，卻不小心弄翻了牛奶，然後忍不住趴在桌上痛哭失聲。這也是之前出現過的戲，就是湯姆為她戳傷手掌的那一次，也是他因此偷塞領款單在她信箱的那一次，但是奇士勞斯基此時突然插進了一隻手的特寫，那隻手輕撫著瑪姐的頭髮，隨著瑪姐抬頭，我們看見了是湯姆，在望遠鏡這端，閉著眼的瑪姐，迷人地笑了。這個出神入化的收尾無需對白，全靠靈活的場面調度完成，奇士勞斯基化女主角的自省為生動的影像，昇華的力量令人感動得久久不能自己，把一個通俗劇電影，翻騰為大師級的氣魄之作。最後這場戲絕對可列為影史經典調度。

　　後來才看了同樣是奇士勞斯基導演的電視電影《十誡》

（ The Decalogue ／ Dekalog, 1988），驚訝地發現《愛情影片》乃是根據當中的《第六誡》延長而成的，多的三十分鐘，大概就是《愛情影片》最後這三分之一，所以嚴格說起來，還是兩部不同的作品。《第六誡》的結尾是讓女主角去郵局遇見了傷癒後的湯姆，而沒有她自省與昇華的部分，然後湯姆告訴她：「我不再偷窺你了！」這個結局也許比較接近現實生活，但依據奇士勞斯基的說法：簡單明瞭，可是無趣。《愛情影片》的結局則充滿可能性，導演本人也認為這樣更具魅力，實際上也是如此。

　　《愛情影片》可圈可點的，當然不僅於此。普烈斯納（Zbigniew Preisner） 的配樂，簡樸但完美，利用吉他和鋼琴分別代表男、女主角，從各自出現到最後合而為一，充分達成電影配樂的點睛功能。而本片的美術雖然盡力寫實，但是從覆蓋在望遠鏡上的紅色絨布，到望出去所看到瑪妲用的床罩，以及背景的毛玻璃，都是紅色，不露痕跡地引出慾望與危機，正如湯姆為她奉獻的血液與熱情一樣。而望遠鏡頭在這部電影占有的重要地位，以及明暗對比強烈的打光，再再證明形式技法與內容精神契合無間的典範可尋。演員更不用說了，我實在無法挑剔莎波露絲卡（瑪妲）或路柏森可（湯姆）一絲一毫，尤其是路柏森可，你怎麼能相信當時演這部電影的他，也才只有十九歲！卻有如此低沈的嗓音與深邃的演技。

而奇士勞斯基充滿道德思辨與人道襟懷的大家風範，則為被低估的通俗劇形式，找到一個極有開發潛力的方向。

⊙原載於1996年4月〈世界電影〉

英國 · 戲劇 · 文學

長日將盡

都是男人惹的禍

瘋狂喬治王

美麗佳人歐蘭朵

瑪麗雪萊之科學怪人

長日將盡
The Remains of the Day
文學電影的無盡姻緣

導演：James Ivory
編劇：Ruth Prawer Jhabvala
攝影：Tony Pierce-Roberts
演員：Anthony Hopkins, Emma Thompson

　　從一九六三年的《Householder》算起，《長日將盡》已經是詹姆斯艾佛利（導演）、伊斯麥墨詮（監製）、露絲鮑爾賈華拉（編劇）第「十四」度的合作了（前兩者更是三十年從未拆夥！）

　　加上攝影師東尼皮耶羅勃茲、配樂李察羅賓斯這些熟悉的班底。看他們的電影，就像和老朋友見面一樣，期待之外，還有幾分親切。

　　而《長日將盡》也毫不浪費《此情可問天》留下的深刻印象，不但延用了出色的男女主角，就連故事都同樣從一棟英國華邸講起。安東尼霍普金斯飾演房子的總管，隨著世代的變遷（約三〇年代中期～五〇年代末期），他目睹了二次

大戰前後的盛衰消長，事奉的主子也從英國爵爺換成美國議員（好一個政治實力的暗喻！）。然而做為一個歷史的見證者，他卻選擇了「沒有意見」，僅忠於自己的職守。

這種冷眼旁觀的人生態度，亦延續到他的感情世界，包括面對父親的衰老與猝逝，以及愛慕他的女管家別嫁他人，別說是一滴眼淚，就連一句惋惜也沒有，不是微微張口欲言又止，就是用「感覺有點累！」一語帶過，然後又是一張冰臉回到工作崗位。我們除了看到一個理想管家的典型，也將發現這一切的嚴謹盡職和無動於衷，其實懷有更大的恐懼，而被當做阻止感情洩露的掩飾罷了！

所以《長日將盡》把時空定在二次大戰前後，絕非平白無故。安東尼霍普金斯事奉的爵爺在華邸召開國際會議，提議給予德國和平、壯大的機會時，正好也是安東尼霍普金斯父親去世的時候。待爵爺更進一步密請首相支持納粹的當晚，則是女管家決定嫁給別人的關鍵時刻。列強在這棟大宅所進行的秘密會談對日後促成歷史活動的影響，為現在所盡知。文學與電影則把這份「已知」做為背景，反過來強調同一棟大宅裡頭的下人也在進行心靈的征戰，無關歷史，卻同樣慘烈。而上、下階級的對照、影響，則在物換星移後產生交集，爵爺在晚年終於後悔他一廂情願的人道思想所犯下的錯誤，和男主角日後拜訪女管家想「彌補錯誤」的心態，其實異曲同功：前者的抱憾而終，也暗示後者日後勢必面臨的處

外在的戰爭，內在的掙扎，上層與下層的對照，《長日將盡》喻意豐富。

　　就改編的技巧來講——《長日將盡》雖不比《此情可問天》來得複雜，露絲鮑爾賈華拉的成績卻也幾近完美。電影敘事由「現在式」和「過去式」平行發展，現在式是安東尼霍普金斯驅車前往拜訪離職多年的女管家艾瑪湯普遜，過去式則是他們昔日共事的吉光片羽。這種手法的好處並非架於難易程度上面，而是彼此碰撞出的電影張力使得表面平靜無波的情節也能令人有所期待，由於主角過去的壓抑，教人更加盼望能在難得的戶外戲現在式裡面，見到主角彼此的坦白。而這份令觀者悸動的效果，事實上是從電影組段的連接得當而來，而非單純的文字魅力。編導稱職的割裂、重組，使得《長日將盡》在改編文學的過程中，充分表現電影的創意

長日將盡

。另外，把男、女主角魚雁往返的信件利用畫外音在「現在式」中表現出來，也幫助了本片結構的緊湊完美。我們不妨比較同樣的搭檔在十年前的作品《熱與塵》，在類似的形式架構中，《長日將盡》才是真正脫掉重重的文學外衣，建立新美學實體的成功典範。

拍了三十年「文學電影」的導演詹姆斯艾佛利是個「稀奇」的創作者，他不是那種一鳴驚人的天才縱橫，而是愈老愈醇的成熟長者。其作品境界的推展往往和他對人世悲喜的逐步接納成正比，也許不相容於年輕人的血氣方剛，但是檢視他在批判之餘猶留下的和諧殷望，其實不是保守，而是一種寬容。就像《長日將盡》走到最後，好不容易才重逢，女主角卻發現分居中的丈夫竟是最需要她的人，她也領悟自己是愛著丈夫的，況且女兒懷了孕也要她照顧，只好婉拒男主角邀她復職的誠意，彌補錯誤的機會也沒了。對與錯、得與失，導演全不下判斷，許多事情都會隨著時間發酵，不復原樣，這大概是詹姆斯艾佛利作品至今最成熟的一刻，不抗拒時間，還能讓感情不斷的流洩，彷彿接納了所有的改變而咀嚼其味。

雨夜送別那場尾戲拍得極好，平日老是脫班的電車偏偏在最不巧的時候準時，透過大雨淋漓的車窗，可以瞥見艾瑪湯普遜的臉上爬滿了淚水，正如她宣佈婚訊的那晚，兩個時空，同樣心境，連雨聲都變得刺痛。而安東尼霍普金斯還是

一樣有禮地揮帽告別，再度把心聲吞嚥下去。當鏡頭重回大宅，一隻不小心飛進來的鴿子急欲闖出，鴿子到底飛出去了，男主角卻把自己關在窗戶裡，隨著漸拉漸遠的鏡頭，他變得比鳥還渺小，再也解不開這座牢籠。

詹姆斯艾佛利雖然是美國人，但是他的電影一向是英國演員的最佳競技場／伸展台。茱莉克莉絲蒂（《熱與塵》）、凡妮莎蕾格烈芙（《波士頓人》、《此情可問天》）、瑪姬史密斯（《窗外有藍天》）、艾瑪湯普遜（《此情可問天》）都有過「演技示範」。這回輪到安東尼霍普金斯為我們「上課」，他的表情、動作、聲音的控制已到了爐火純青的地步，那種被問到痛處而半晌答不出話的神情，連空氣都被他凍結住。即便是戲份較少的艾瑪湯普遜也令人嘖嘖稱奇，光是兩場「流淚」的表演，全世界大概有一半以上的女演員要重頭學起。

不過我仍然相信再天才的表演也應納入場面調度等元素一併來討論。是特寫鏡頭讓艾瑪湯普遜顫抖的雙唇變得震撼，豆大的眼淚不哭也哀。同樣的，導演也毫不吝嗇地使用特寫和中景來呈現安東尼霍普金斯硬如石膏的臉部線條，徹底反映他對感情的壓抑，然而又彷如不經意地借古堡氛圍、幢幢暗影來洩露他的偽裝。艾瑪湯普遜把安東尼霍普金斯逼到窗前，把他按在書本上的手指一支支扳開那場，就得力於光影與鏡位輔助表演，變得挑逗異常。

說穿了，還是回到文學改編電影的「對等語言」問題上，在追求建交的自主與尊嚴時，除了「忠實」的理想外，鏡位、光影、剪輯、運動、色彩、表演、場面調度，都是詮釋者的藝術手段。把《長日將盡》擺在這個角度來看，更能顯示它做為一部電影傑作的理直氣壯。

⊙原載於1994年4月〈影響〉

都是男人惹的禍

Much Ado About Nothing

莎士比亞的微笑

導演：Kenneth Branagh

編劇：Kenneth Branagh

攝影：Roger Lanser

演員：Kenneth Branagh, Emma Thompson,
　　　Robert Sean Leonard, Michael Keaton,
　　　Danzel Washington, Keanu Reeves

　　莎士比亞（William Shakespeare, 1564-1615）的劇作搬上銀幕，向以悲劇、歷史劇爲主，《李爾王》、《馬克白》、《哈姆雷特》、《奧塞羅》、《殉情記》、《亨利五世》、《凱撒大帝》，都不止一次被電影拿來詮釋。喜劇方面只有零星如《馴悍記》稍具知名度，《如願》和《仲夏夜之夢》雖然也曾被改編爲電影，但都是早在三〇年代的陳年舊事。相較之下，喜劇無論質或量，都是大爲遜色的。

　　有種說法是莎翁的悲劇人物既有現代及不上的高貴心靈，又有引人認同的性格弱點，所以不會過時；但是他的喜劇

顯然跟不上現代快速的腳步與價值觀破碎後的犬儒風尚。其實這多少也是不知如何反芻經典的籍口，譬如彼得格林那威取材莎劇《暴風雨》而成《魔法師的寶典》，就高明地運用電影在時空上的自由來豐富語言、書寫的意義，而對於原劇的階級剝削意識，格林那威卻似乎沒有改良或批判的企圖，所以《魔法師的寶典》的改編，只有外在的革新，而缺乏內在的省思。

同樣出身於英國，但是肯尼斯布萊納對《庸人自擾》的詮釋就令人喜歡多了。首先，肯尼斯布萊納本身就是莎劇行家，在劇壇有「勞倫斯奧利佛第二」的稱譽，也是以莎劇電影《亨利五世》一片震驚影壇，在處理莎劇體裁上，自有其分寸。其實從他選擇《庸人自擾》拍成電影《都是男人惹的禍》，就能看出他的巧思匠心，一則本劇乏人問津，並沒有什麼珠玉壓力在前；二來這齣劇暗地裏包藏了不少電影基本原型在其中，把它挖掘出來，自是功勞一樁。

先從情節裡的人物關係說起：唐貝羅親王打了勝仗凱歸，同行者包括他的左右手班內狄克和克勞帝歐，以及曾經背叛過他的異母弟弟唐約翰。奏捷的年輕英雄和迎接他們的名門淑女間，勢必另有一場愛情戰爭要打。莎翁安排高貴優雅的克勞帝歐與莊主的閨女希柔為一對，另外又讓心高氣傲、彼此針鋒相對的班內狄克和碧翠絲跌入愛情陷阱，然後再教懷恨在心的唐約翰暗中搞鬼。戲劇衝突就來啦！

有趣的是觀察這兩對戀人的關係，會發現日後眾多浪漫喜劇和通俗劇電影都在裡面取得不少養分。譬如見了面就吵架、不留餘地譏諷對方的班內狄克和碧翠絲，很可能就發展成了「一板之隔」的愛情喜劇類型，如《一夜風流》（一九三四）的克拉克蓋博和克勞黛考爾白；或是《十字街頭》（一九三七）的趙丹與白楊；也有可能是影響《賣花女》（一九三八）及《窈窕淑女》（一九六四）的前身。它們都是利用主人翁被迫共處一個空間而冤家相對，互生不滿；然而表面上的對立卻加強彼此之間的吸引，習慣彼此的存在。鬥嘴其實是一種愛情的過程，男女雙方的唇槍舌劍，實際保持了張力的不弛。

　　另外被視為天造地設的克勞帝歐與希柔這一對年輕愛侶，在別人蓄意破壞下，令男方以為女方不貞，憤而毀情拋愛的典型，也出現在眾多通俗劇電影裡，變身成一種要命的誤會，譬如《金玉盟》（一九五五）因為不能赴約而造成終身遺憾；《北非諜影》（一九四三）也避免不了類似公式，可見藝術也有其模式與規則。莎士比亞在《庸人自擾》一劇中以四兩撥千斤的功夫把它們揉進一個賞心悅目的劇作中，肯尼斯布萊納的《都是男人惹的禍》則將這些發揚光大。

　　在眾人設計讓伶牙利齒的班內狄克和碧翠絲都以為對方其實深愛自己只是不敢表達的戲裡，肯尼斯布萊納利用活潑的交插剪接來呈現眾人做戲／當事人躲在旁邊聽得心兒蹦蹦

跳的兩組反應。偶爾攝影機還會充當主角的眼睛去「偷看」
眾人在講些什麼。當兩個人都上了當，一個發瘋似地高舉雙
臂，跳進噴水池中狂舞，一個快意忘形地笑盪鞦韆到半空，
也被疊影成一個畫面並呈出來，充分表現出戀愛中人的歡愉
。而這些創意都是屬於電影的！肯尼斯布萊納不僅能發掘莎
劇原本的好處，也能表達它做為一部電影的藝術獨特性，改
編手法稱得上漂亮成功。

　　如果我們再注意肯尼斯布萊納大量採用高調的光線拍片
、選用白色系服飾，以及邀請美國黑白膚演員一同演出的「
叛逆」行為，會發覺他的野心一點都不小。前者是想把電影
從劇場裡釋放出來的嘗試，配合仔細的分鏡與大量外景場面
，可見到他在尋找戲劇／電影的對等語言方面所下的工夫，
努力打破舞台劇的框框。美英、黑白演員組合則是要打破莎
劇長久以來被賦予的嚴肅面貌的限制，所以我們看到丹佐華
盛頓（《黑潮》、《光榮戰役》）和基努李維（《驚爆點》
、《男人的一半還是男人》）演異母兄弟，《蝙蝠俠》米高
基頓變成邋遢的甘草人物胡塗小巡官……，創造繼梅爾吉勃
遜演《哈姆雷特》之後，又一次莎劇電影的驚奇。不過演技
拿捏得最好的，當然還是出身英國劇場的肯尼斯布萊納和艾
瑪湯普遜「前」夫妻檔。豐富的表情、層次分明的念白以及
絕佳的默契，把班內狄克與碧翠絲從針鋒相對到你情我愛的
過程，表演得生氣勃勃，是他們長期搭檔中，最令人喜歡的

一次。至於因此吃掉美國演員的戲，則是魚與熊掌不得不爾
。

　　儘管這只是一次小品的嘗試，但是對於電影現代感的捕
捉，以及莎劇永恒性的掌握，相信莎士比亞看了也會微笑的
。

⊙原載於1993年12月11日〈工商時報〉

瘋狂喬治王

The Madness of King George

瘋狂與正常之間

導演：Nicholas Hytner

編劇：Alan Bennett

攝影：Andrew Dunn

演員：Nigel Hawthorne, Helen Mirren,
　　　Ian Holm, Rupert Everett

許多瘋子都說自己是國王，或許在他們的世界裡，他就是國王。而一個做了半輩子國王的人發了瘋，會把自己當成什麼？上帝、天使、還是脫下皇袍後也只是個糟老頭罷了！

改編自舞台劇的英國電影《瘋狂喬治王》（ The Madness of King George ）就對「瘋狂」做了一回幽默而有深度的詮釋。

這不是一部心理學電影，事實上它還對醫學做了相當的諷刺。編劇亞倫班奈特（ Alan Bennett ）所做的是針對歷史的一點小漣漪投顆魔石，讓它成為一股厲害的漩渦還不罷手，喬治王的瘋狂遂成為英國人與英國史的集體印記。

尼傑霍桑（Nigel Hawthorne）飾演的國王喬治三世，在位長達六十年。英國的王位繼承是國王（女王）若不宣布退位，王儲勢必等到他駕崩後才能登基，而往往在王儲最躍躍欲試的階段，國王依舊老神在在，抓著權位不放，又擔心子嗣不肖，乾脆採取打壓教訓的方式對待。以至於「王儲最恨的永遠是國王」成了這個「第一家庭」的循環宿命。尤其是喬治王這一代，六十年內，他面對過北美獨立、拿破崙興敗，以及遠航中國的壯舉，卻仍然不肯放棄在歷史上駐留更久一點的特權。結果在他執政後期，因為受到一種腦神經系統病毒的摧殘，時而正常，時而顛狂，終於提供了造反的機會。

　　諷刺的是喬治王的瘋狂是他個人無法克制的行為，但國王發瘋卻不是一個人的事情，整個內閣、整個體制也都開始感染。等不及的王儲妄想趁父親發病時晉身成為攝政王，實際掌握權力；逢迎的政客也盤算著要投靠哪個陣營，才會有利可圖。如果把喬治王的病當成一種病毒來看，其實是他的病激發了這些貴族、閣揆、議員們的潛在瘋狂。喬治王控制不住的是他的排泄和表達能力，這些人則無法自拔日漲的野心與歪曲的道德。當導演尼可拉斯海特納（Nicholas Hytner）用一個鏡頭把這群份子圈在裡頭的時候，還真像是瘋人院的隱喻。

　　喬治王並沒被宮廷裡的御用大夫給療好，治好他的是個

沒有執照的草地醫生，他摘去國王驕傲的自尊，逼迫君王像平民一樣守規矩，隨著白鬍子的出現，喬治王逐漸從驕矜的國王變成平凡的老人。這部分是全片最值得做為「演技範本」的一段，王后（ 海倫米蘭 Helen Mirren，她以不多的戲分得到一九九五年坎城影展最佳女演員）的憂心，和醫生（伊安霍姆 Ian Holm ，他也曾以《火戰車》得過坎城影展最佳男配角，影展一般不會設配角獎，偶有例外）的霸氣，都演出了性格演員的個性和功力。然而最最精彩的還是游移在正常與瘋狂之間的喬治王尼傑霍桑，由他聲音表情的豐富層次，彷彿再次宣告「演員」是英國戲劇、電影界最驕傲的成就之一。

就在喬治王病情漸趨穩定，身外的爭權奪利也進行得如火如荼。有一場戲設計得巧妙，王位即將被篡奪的喬治三世在湖畔與侍官、閣臣朗誦著莎士比亞的《李爾王》劇本——一個被子女辜負又為子女悲痛至死的國王悲劇——忽然有股以藝術自況身世的悲愴。但是電影的下一步卻又峰迴路轉，喬治王既未就死，也沒孤老，反而及時回宮，且重掌王權。

算是喜劇收場嗎？可是重新掌權的喬治王卻斥走了所有在他病中照料過他的人，因為國王無需平民垂憐，更不能忍受被看見弱點。很快地，他又帶著貌合神離的全家老小，微笑揮手，繼續扮演「模範第一家庭」給世人看。

「瘋狂」到此又有了新解。跟掌權前後的無情嘴臉相較

瘋狂與正常，其實只在一線之間。

，病中的喬治王反而更能博取認同，那麼「正常」真的比「瘋狂」好嗎？有一個看似無足輕重的小角色在這裡形成了對比與諷刺，就是王儲的情婦。她因為宗教信仰不同而不得見容於王室，但是當王儲策劃逆倫登王的計謀，只有她提醒這個野心勃勃的王子：「別忘了，他是你父親。」而王儲最後失敗，為了保有地位，只得聽命喬治王，拋棄情婦。當喬治

王全家出現在人民之前揮手的時刻，這個被迫離宮的女人也在人群之中。就連治好國王的醫生也只能在人群前笑著離去，這畢竟是兩個不同的世界，也許你真的關愛國王，也許國王最脆弱的時候視你為朋友過，但是當一切又按軌道運走的時候，一切又恢復到無情的常態。體制的本質相對於人性的自由本位，很可能就是瘋狂。如此一來，「正常」不成了瘋狂之最嗎？

更絕的是影片最後提供了喬治王的病歷，刻意提及這種病是會遺傳的，隱約間供述出現在的英國王室可能還帶有同樣瘋狂的因子。這記回馬槍又讓《瘋狂喬治王》成了一部以古諷今的政治喜劇。

這部游移在悲憫與嘲諷之間，充滿古典英式幽默的電影，有著內斂深刻卻舉重若輕的優點，把喜與悲只在一線（筆）之間的哲學用在正常與瘋狂上，頗得箇中三味。電影的處理聽說比原劇還要來得節制，能從其中悟出幾番興味，還要視觀眾自己的體會。有則笑話是本片的舞台劇原名應該叫《The Madness of George Ⅲ》（喬治三世的瘋狂），為什麼電影要改做《The Madness of King George》？原來是擔心看慣好萊塢系列電影的觀眾們誤以為《The Madness of George Ⅲ》裡的「Ⅲ」是「第三集」的意思，所以只好把「喬治三世」（George Ⅲ）改成「喬治國王」（King George）。雖然這對本文並沒有任何影響，但是你期待會把

「三世」看成「三集」的觀眾在這部電影得到什麼？

　　這已經是另外一個議題了。希望答案不僅是奧斯卡頒給它的一座「最佳藝術指導獎」而已。

⊙原載於1995年9月〈申齊〉

美麗佳人歐蘭朵

Orlando

橫跨四百年的自覺大夢

導演：Sally Potter
編劇：Sally Potter
攝影：Alexet Rodionov
演員：Tilda Swinton, Billy Zane

　　如果本片原著被視爲維吉妮亞吳爾芙所寫過最長最迷人的情書，那麼改編後的電影就應該是導演莎莉波特做過最久最辛苦的夢：橫跨了四個世紀，爲一個人類的自覺留影。

　　《美麗佳人歐蘭朵》（一個被過度刻板化的中文片名！難道是為了配合只重門面不見內裡的台灣觀眾水準？）所呈現的其實不只是個名叫歐蘭朵或奧藍多的英國人他（她）的幸福或苦難。而是透過 Orlando這個名字的使用者之一，揭穿種族、階級等等權慾遊戲，如何利用性別迷思來搞他們的勾當，以及深陷其中的男人女人何以助紂爲虐、何以自覺的過程。

　　見諸影片，就成了主人翁受寵於女王，失戀於俄國公主

，專注於詩歌，毀志於戰火；以及變成女人之後，面對各種新問題的片段化處理。「片段」的必要，在於濃縮原著漫長的時空與遭逢，也適時地替主人翁的不同階段下註腳兼區隔。這或許讓本片顯得更加實驗、前衛，其實它不僅足以做為一則言簡意賅的近代人類史而觀，也可以解釋成一個人生命當中，對權威、愛情、友情、文藝、權力、家庭以及自由的衝動渴望，隨著思想能力的變化而有所消長的歷程。詮釋的結果，端看選擇切入的角度，可供遊賞的空間相當廣闊。

所以儘管本片從原著到電影，幾乎全是女性智慧與才氣的結晶，對於男性的啓發，卻一樣可觀。除了歐蘭朵此角本來就具有雙性身分（或者說從一個假男人變成真女人），片中所指陳的各種難題，男人全有份！許多人都害怕被「女性導演」這四個字給套牢，平板的解釋似乎把它當成「只會拍女人的導演」，實則大謬！如果無法洞悉兩性，又怎能突出女性的處境？如果沒有男人的參與，又何來女性的問題？

一個傷口的發現，必然是細菌蔓蝕的結果，《美麗佳人歐蘭朵》的好處，就在於不隨便貼塊紗布就了事。從它貫穿古今的過程中，我們既見證迫害異己的僞善藉口如何披著冠冕堂皇的外衣不斷重生，也目睹人的自覺是何其艱苦的蛻變煎熬。看見歐蘭朵卻不認識她的人，在這個時代仍大有人在，輕則無動於衷，重則重蹈覆轍，原著和電影雖然前瞻地揭櫫理念，卻不表示乾坤已獲得扭轉，這也是歐蘭朵爲什麼要

這是一部女性智慧的結晶。（春暉影業提供）

歐蘭朵跨越的不只是年代，還有性別。（春暉影業提供）

在天使的詠歎中，用淚水承載歡愉的道理。這不是理想國，而是部啓示錄，甘味是掩不了苦澀的，所以解脫桎梏才顯得有意義。

　　飾演歐蘭朵的蒂姐絲雲頓，從前以英國名導賈曼旗下「唯一的女將」聞名，外型雖然蒼白纖細，演技能量卻源源不竭。她出色而多變的詮釋，是一九九三年外語片女演員中，繼《鋼琴師和她的情人》的荷莉韓特後的另一個驚奇，也是吳爾芙的文字、莎莉波特的構思得以具像化的功臣。

⊙原載於1993年12月25日〈工商時報〉

瑪麗雪萊之科學怪人

Mary Shelley's Frankenstein

肯尼斯布萊納的重拍經典是怪物？

導演：Kenneth Branagh

編劇：Steph Lady, Frank Darabont

攝影：Robert Pratt

演員：Kenneth Branagh, Robert De Niro,
　　　Helen Bonham Cater

　　肯尼斯布萊納在他自導自演的新片《科學怪人》的原文片名前，特地加上原著作者瑪麗雪萊（Mary Shelley）的名諱，使這部新作與以往許多改編自同一題材的舊片，有了「正名」上的差異。

　　我們不妨追索一下「科學怪人電影」發展的軌跡，好了解詮釋手段不同所代表的意義。

　　無論是電影或翻譯小說，都把「 Frankenstein 」這個原名翻做「科學怪人」，其實是有問題的。 Frankenstein 並非怪人的名字，而指的是創造了科學怪人的醫生。在原著的旨意裡，這個醫生違逆上帝、自己創造生命的故事，應該

新版本側重於科學家的心理陰暗面。

帶有教訓的意味，因為他的舉動不但危害了他所愛的人的生命，最後他也死於自己所創造的怪物之手，而帶來滅門絕後的悲劇。但是早期電影的改編卻不是這麼一回事。

　　默片時期一些粗糙的嘗試姑且不論。就拿第一部著名的《科學怪人》來說，這部在一九三一年推出，由詹姆斯惠爾（James Whale）導演，包利斯卡洛夫（Boris Karloff）

主演的版本裡，違逆上帝的醫生最後雖然被科學怪人摔出磨坊，卻被風車接住而不致死命，從此還過著幸福快樂的日子。可憐的科學怪人在村民的恐懼下，被困在大火熾燒的磨坊裡（他沒被燒死，因為原班人馬在一九三五年又拍了評價也很好的《科學怪人的新娘》，進而演變成一個系列）。也就是說《科學怪人》電影從一開始就沒打算「忠實原著」，電影傳達的是群眾對異己的排斥，以及對權威的盲目崇拜。然而更重要的是包利斯卡洛夫創造了恐怖片上最經典的角色之一，除了裝扮上的引人注目外，他賦予怪物靈性，甚至惹人憐憫的能耐，影史到目前為止，仍無出其右者。一場他和一個小女孩在湖畔玩著把花丟進湖心的戲裡，從快樂的相處到他「無意」間把女孩丟到溪裡而不知犯下滔天大罪的表現，實在令人難忘。費里尼特別選了這部由卡洛夫主演的《科學怪人》為他心目中的「影史十大影片」，也難怪勞勃狄尼洛願意在《新科學怪人》接受挑戰。

相較之下，《新科學怪人》確實比以往任何一部「科學怪人電影」都要貼近原著精神。

更有甚者，關於 FRANKENTEIN 醫生執意創造生命的緣由與心態，甚至超越了科學怪人的份量。也可以說《新科學怪人》是一部不願服從天命的科學家由衷的懺悔錄，懺悔他的瘋狂，懺悔他的疏忽，懺悔他所帶來的不幸。就像柯波拉導演的《吸血鬼》一樣，這部同樣由柯波拉監製的《新科學

怪人》無視於《科學怪人》這個原型歷經影史淘鍊後所產生的新意義，而一味追尋原著的古典風貌。可喜的，是在 Frankentein 醫生的刻劃上，有了較複雜的層面；但是周遭角色與他的關係，也只是一筆流水賬（柯波拉的《吸血鬼》也有一樣的毛病，都無力掌握長篇小說與二小時電影的轉換問題）。

最可惜的是由電影所創造出來的科學怪人形象，在這部新片並看不出什麼長進。勞勃狄尼洛的「方法演技」對科學怪人而言，顯得畫蛇添足，反而失去了「怪人」與「人」的那份曖昧的距離。儘管科技與手法迭有更新，但是要我選的話，我還是比較喜歡三十三年前的那個《科學怪人》。

⊙原載於1995年2月25日〈工商時報〉

告別大師

巴黎屬於女人

鍾愛一生

米娜的故事

一生的愛都給你

我的心裡只有妳沒有他

鍾愛一生
Ma Saison Préférée
探索情感的四季

導演：André Téchiné
編劇：André Téchiné, Boritzer Pascal
攝影：Thierry Arbogast
演員：Catherine Deneuve, Daniel Auteuil

　　Louis Giannetti 曾說：凱薩琳丹妮芙這類內斂的演員通常會刻意低調演出，不刻意投射熱力到觀眾身上，而讓攝影機注意他的行為，且很少為戲劇效果而做誇張的表演。接著又提到：許多目擊丹妮芙在攝影機前表演的人，都稱她十分壓制，使她看起來只有盡那麼一點力的樣子。

　　對我而言，丹妮芙的表演一如她的美麗，數十年未改。這倒不見得是缺點，因為她的形象特質往往給聰明的導演更多啟發。譬如傑克德米把她當成純潔的璞玉，楚浮視她為男人眼中愛情魔咒的化身，布紐爾卻喜歡安排她演出離經叛道的行為以揭露中產階段的偽善。由此看來，在丹妮芙過了而立之年才開始跟她合作的導演安烈泰希內，看到的是疏離與

壓抑。

　　泰希內和丹妮芙至今合作過《烈焰紅唇》、《犯罪現場》和《鍾愛一生》三部電影，女主角清一色是舉止優雅得體的中產婦女，然而外在的成功並不能確保她們人際溝通的無礙，往往得靠壓抑內在情感來換取一絲盲目的自信，一旦爆發，又極容易陷入崩潰。在豐足的物質生活之外，去探索內在心靈的恐慌，成了「泰希內——丹妮芙」電影的標記之一。

　　如果進一步省察最近這部《鍾愛一生》，不難發覺「情感無能症候群」已如流行感冒般進駐每個角色心裡，逃避成了最容易取得的止痛藥，特別是丹妮芙飾演的角色兼具母親、女兒、妻子、姊姊多重身份，更能體現這股無能。借用導演說的一句話：我們只在身體上、心智上、社交上，有時甚至是道德上長大，但在情感上則不然。

　　電影中的丹妮芙無論多麼努力，似乎都無法滿足母親的挑剔，而她那位衝動的弟弟，又因為愛著自己的姊姊，而不時與姊夫發生爭執。詭異的是丹妮芙表面上對弟弟盲目而浪漫的愛意斥為不成熟，但是當她在公園的長椅上接受一名年輕男人挑逗的時候，卻不禁洩露了被禮數和倫理壓抑住的亂倫渴望，以及情慾長期禁制下的爆發。人們不僅互相不了解，甚至也不清楚自己的內在。在此，親暱也是一種疏離，因為血緣的理所當然，反而讓人放棄探索與建交的可能。

所以，片尾眾人在母親葬禮後的餐會上互相道出自己最喜歡哪個季節（本片原譯「我最喜歡的季節」），雖然看似無關緊要，卻是他們首次真正表達情感的開端，是學步，也是契機。

　　洞察情感危機，是泰希內的犀利，同時也是他的局限，他總在尾端留下不敢解的疑惑。這麼多年了，他還在鑽類似的問題，究未知的答案，如果有人一輩子只拍一種電影，他就是其中之一，而且還沒找到出口。

⊙原載於1994年1月20日〈民生報〉

米娜的故事
Mina Tannenbaum
女性生命史新詮

導演：Martin Dugowson
編劇：Martin Dugowson
演員：Romane Bohringer, Elsa Zylberstein

　　《米娜的故事》是一部多層次的人物誌。

　　電影開場分由不同的角色面對鏡頭，談論他們所認識的米娜，彷如一部個人傳記。然而當時間跳回米娜和另一名女主角艾德兒同時誕生在一家醫院，電影時間也隨著她們的初識、深交、衝突與再會而發展時，這已不只是一個女人的故事了，它至少包含了兩個生命的糾纏和影響，稱它做「米娜與艾德兒」更加貼切。但是整個故事其實是透過米娜的表姐說出來的，所以它又多了一層觀點，成為「表姐眼中的米娜與艾德兒」。

　　女導演瑪汀杜格森之所以透過女性敘事者的觀點去建構一部女性生命史，其做為女性電影的企圖已十分明顯，不過和早年女性電影先鋒旗手所關注的層面卻大不相同。《米娜

的故事》應被視爲新人類的女性電影，無關政治、歷史、社會，重心全在主人翁的生命感受、歡喜悲傷上。這種爲自己而活也因此失落的特質，顯然得到導演強烈的認同，所以他樂於拍攝少女對身材與愛情的自卑，誇大其辭的初戀，以及不必要的爭吵，愈是芝麻綠豆，愈見細心入微，每個角色都有與眾不同，卻也鑽不出部分的牛角尖。

犀利的時候，《米娜的故事》可以和「戀人絮語」一樣，指出語言的虛妄。甜俗的時候，導演也不避諱呈現多少女孩曾把銀幕上的尤物當做模仿對象。我們可以嘲笑兩個女主角表面上彼此聆聽、心裡則不以爲然的德性，卻不得不承認脆弱與孤獨令我們多麼依賴這種關係。電影取粹人生，可以有不同角度，《米娜的故事》則想多方包容，譬如前去訪問米娜表姐的攝影隊，決定減掉她最後的批評，電影卻保留了這部分，彼此辨證，也顯示想要徹底而且真實地詮釋一個人，是何等困難，甚至不可能。

所以導演不獨厚米娜，只要和她生命產生撞擊的，都有偌大的空間表現。這種做法也對演員產生衝擊，飾演米娜的荷曼波琳傑儘管演出精彩，艾莉莎齊伯斯坦的艾德兒更不時發出逼人光芒。做爲一部導演處女作，瑪汀杜格森在形式上仍需再加以剪裁，感情卻已十分飽滿，加上對技巧的幽默運用，令《米娜的故事》綻放出大方流利的風采，值得期待。

⊙原載於1994年7月28日〈民生報〉

一生的愛都給你

Une Femme Francaise

難以被人間束縛的女神

導演：Régis Wargnier

編劇：Régis Wargnier

攝影：Francois Catonne

演員：Emmanuelle Béart, Daniel Auteuil, Cabriel Barylli

　　張愛玲的小說《傾城之戀》說香港的陷落成全了白流蘇的愛情；法國導演何吉斯瓦尼耶的電影《一生的愛都給你》也用了現代史上最讓法國瘡痍難平的幾場戰役（二次大戰、阿爾及利亞戰役、越戰），來拍一個叫做珍娜的女人的愛情。就像人所謂的，到處都是傳奇，卻不見得都有圓滿的收場，珍娜、法國女人，就屬於蒼涼的那一種吧！

　　其實她在歷史的地位上並沒有什麼微妙之點，而歷史卻左右了她的愛情。二次大戰時，她在姊姊結婚那天，細心地照料還沒走到禮堂就不支倒地的新郎父親，也因此認識了新郎的哥哥路易，並在一年後結婚。那場她在水池邊階上呵護

倚在她腿上沈睡的老人的情態，溫柔美麗得像座毫不吝於給愛的女神，卻也預告她難被人間束縛的結局。

她的丈夫是軍人，在戰時被關在戰俘營，她的愛隨著信、隨著照片，給他撫慰，也同時帶給同營的戰俘渴望。當同僚比她的丈夫先被釋放，不由得來到她眼前時，她也接受了他的愛。爲什麼个肯在漫長等候中，選擇寂寞呢？她說她恐懼等到的是死亡通知，別的男人的愛慕，讓她確定自己還活著。

雖然她的丈夫原諒了這一切，她也立刻回應他的熱愛，但是在往後的日子裡，卻不見得擺脫得掉命定般的想證明自己還活著的慾望。在隨丈夫駐守柏林的日子，一個德國男人瘋狂地愛上她，甚至在她丈夫打越戰的時候，跑來巴黎追隨對她的愛。過去的經驗，令她的家人「成功」地阻止她這次出軌，然後她也熱烈地迎接從越南回來的丈夫，並央求他接受到敘利亞擔任武官的職務，但是逃避並沒有辦法降低內在的慾望，她終於又召來了德國愛人。忍無可忍的丈夫在憤怒下痛毆情敵。她卻在情急中用堅石重傷了丈夫。從此，他不再對她留念，也不離婚，只是長久地自我放逐到不同戰場，也等於放逐她的愛情。德國愛人也不再等待一個毫無結果的苦戀。此後，她常鬱悶或興奮不定，夏天的海邊，她總是把孩子留在沙灘，自個兒在小道上散步，似乎又在等待愛慕的眼光，證明她還活著。直到有天報紙刊出「某德國企業家」

戰爭，讓這個女人需要用愛證明自己還活著。（春暉影業提供）

她是一個愛情的女神，卻讓平凡的人間難以招架。（春暉影業提供）

病故的消息，她變得不能呼吸，直到終於停止呼吸。是爲愛而死？畫外的聲音寧可這麼想。

　　我幾無法克制地描述完整個故事，就像導演也忍不住頻頻利用畫外音告訴我們年代，以及珍娜的行蹤。何吉斯瓦尼耶爲什麼要把重心如此強調在珍娜的身上？當然，她一向是比較擅長描寫女人的（《生命中的女人》、《印度支那》）；但是從電影裡你會發現：雖然每個人都有理由，她的丈夫在不斷的原諒後決定絕情，她的愛人在不斷的等待後選擇放棄，只有珍娜從不停止愛與被愛。在面對人類的教條時，她太複雜，甚至被家人鄙爲墮落；但是在個人的主體性之前，她卻純粹得令人崇拜。

　　法國電影對於個人主體性絕對尊重的美好傳統，在這部電影發揚得格外迷人。尤其當導演不再故作專家狀地討論戰爭與民族，而把焦距對準角色後，《一生的愛都給你》顯然要比《印度支那》至情至性，成熟得多。而歷史感也在珍娜相對於她身處時代的獨特行徑裡，慢慢流瀉出來，相較之下，什麼都得明演明講的《印度支那》反而顯得矯揉。

　　飾演珍娜的艾曼妞琵雅，天賦的美貌與豐富的演技層次相得益彰，又是繼《今生情未了》後的更上一層樓。

⊙原載於1995年6月8日〈工商時報〉

告別大師

我的心裡只有妳沒有他

Gazon Maudit

聰明的「性開放」喜劇

導演：Josiane Balasko

編劇：Josiane Balasko

演員：Josiane Balasko, Victoria Abril,
　　　Alain Chabat

　　對於喬絲安芭拉絲科（Josiane　Balasko），我們之前的印象是《美得過火》裡的胖祕書以及在米榭布朗的《極度疲勞》裡演她自己。而她也效法了米榭布朗，除了演技精進外，也跨行到編導領域，完成了一鳴驚人的《我的心裡只有妳沒有他》。

　　芭拉絲科的「一鳴驚人」不是像凱文科斯納那樣一出手就得是《與狼共舞》之類鉅構；相反的，她毫不避諱自己喜劇明星的出身，認認真真地炮製一部在她經歷範圍之內得以盡興揮灑的作品，沒有花俏的電影語言，卻更能凸顯她腦袋的聰明和心胸的寬大。

　　從《我的心裡只有妳沒有他》這個逗趣的中文片名，就

119

已經點出本片在「性別」上面的趣味盎然。芭拉絲科自己登場演個女同性戀者，某天因為二手老爺車出問題而求助維多莉亞艾布莉（西班牙導演阿莫多瓦的班底之一，曾有作品《高跟鞋》、《情人們》、《愛慾情狂》在台上映）所飾演的家庭主婦，這個女人的老公每天在外面打野食，卻要求蒙在鼓裡的老婆做個安分的黃臉婆。沒想到卻因緋聞東窗事發，促使本來就與這位女同性戀氣味相投的老婆在半誘發、半報復的情況下，展開「三人行」的性愛關係。然後變成「改過自新」的丈夫開始懇求、嫉妒，而且步步為營。

基本上，這不像一般所看到的同性戀電影，它的要義應該是在打破性別、性傾向的墨守成規，而開發原始的可能性。

所以嫉妒與哀求不再是女人的專利，片中的花心大蘿蔔外加男性沙豬，不就嫉妒起老婆的同性情人嗎？而這個老婆後來也敵視同性情人的所有「女」朋友，不管人家早已清淡如水！可見人性無分男女、同異性戀。因此被當成「男人婆」看待的芭拉絲科在退出三人世界前要了情人老公的「種」，也沒什麼好大驚小怪了。她注重的不是選擇哪個陣營，而是強調個人對自己情慾的開發負責。同性異性，是男是女，並非問題重點。

唯有站在這個開放的基礎上，本片令有夫有子的家庭主婦愛上另一名女人，或是這名女同性戀者借別人老公的精子

風趣、幽默,而不劃地自限,是本片令人稱道之處。

現在是兩女一男,誰敢保證自以為「直」的男主角日後不會對別的「男人」動心呢?

懷孕，非但不離譜，還處處洋溢個人主體性的精神價值。「絕」的是最後終於贏回老婆，又幫女同性戀得子的男異性戀者，也在尾聲不由得對一個俊美的男人心猿意馬起來。這道神來之筆才算完全瓦解了性別與性慾的樊籠，當原本最沙文、最歧視同性戀的男人也感受到對同性產生的悸動，不啻說明了禮教貼在人身上的標籤是多麼武斷，而且泯沒人性的可能。

雖然這是一部喜劇，但卻比許多嚴肅的電影思慮要深。銀幕下的芭拉絲科已經結婚，在銀幕上卻能把女同性戀者的調情手腕演到令人拍案叫絕，靠的不是什麼同志理論的實踐，而是懂得用幽默去探索內心的結果。其實你只要看到一九九五年她隨本片來台參加「法國電影節」時，幾乎每一場都出席欣賞其他人的作品，並且搶著發問，不畏爭辯的模樣，就不會意外《我的心裡只有妳沒有他》會是今般的風情了。

⊙原載於1995年9月9日〈工商時報〉

美國帝國淪亡記

散彈露露

末路狂花

潮浪王子

睡人

親愛的，是誰讓我沈睡了

誰殺了甘迺迪

大峽谷

銀色性男女

賢伉儷

百老匯上空子彈

恐怖角

純眞年代

辛德勒的名單

阿波羅13

散彈露露
Something Wild
驚惶與狂喜的圈套

導演：Jonathan Demme
編劇：E. Max Frye
攝影：Tak Fujimoto
演員：Melanie Griffith, Jeff Daniels,
　　　Ray Liotta

　　許多人在《沈默的羔羊》（The Silence of the Lambs
）之後才認識強納生德米（Jonathan Demme）。事實上，他
不但寫過影評，拍過廣告、紀錄片、B級電影，即使在進入
好萊塢體制後，仍然活力湧現，佳作不斷。做爲類型（Gen-
re）電影的發源地，近年的好萊塢電影能把類型元素冶得生
動敏銳的卻不多，德米是少數的例外，光看《沈默的羔羊》
對吃人醫生一角的塑造，就令人憶起希區考克（Alfred Hi-
tchcock）在《驚魂記》（Psycho, 1960）的如臻化境。《
散彈露露》（Something Wild）拍得比《沈默的羔羊》早五
年，就已經把類型運用得自在巧妙，既讓眼睛娛樂，也讓心

靈震撼。

　　德米從沒拍過無聊的人物，換句話說，再無趣的角色到了他的手裡，都能變得生氣勃勃。譬如《散彈露露》的男主角查理原是個埋身在大樓辦公室的白領上班族，婚姻失敗，生活乏味，指尖每天在電算機上盤算如何減免稅賦，最大的生活樂趣不過是偷藏午餐賬單，賺點便宜。千篇一律的都會生涯成為本片開刀的對象，當化名露露的女主角一出現，挑起上班族潛伏的叛逆因子，整部電影就像坐了雲霄飛車一樣，咻地鑽進這場驚惶與狂喜的圈套裡。

　　把它視做一部「公路電影」應該沒有太大問題，一趟路程往返，就道盡所有曲折離奇。剛開始查理像進入豔情片的天地享受脫軌的快樂，小奸小惡的黑色幽默不斷出現。待到了露露的老家，影片又順勢變成通俗劇般的小鎮風情：嫻雅的晚餐，愉悅的家庭價值……。但是當露露凶煞般的前夫出現在高中同學會後，令人喘不過氣的追逐與謀殺立刻換調，全然成為驚悚片的世界，直到最後一秒鐘為止。

　　就形式的掌握來看，德米勝在眾般類型信手拈來，毫不費力，喜劇、文藝、情色、驚悚並存不悖。節奏明快不在話下，彼此的接合也看不出牽強之處。然而德米不僅僅提供一個刺激有趣的故事而已，不少評論喜歡把《散彈露露》和《藍絲絨》（Blue Velvet）、《血迷宮》（Blood Simple）放在一起討論，指出它們挖掘白種優質生活的脆弱以及美國

小鎮離奇黑暗面的用心。不錯，賓州小鎮的確爲查理帶來一身冷汗，但是整樁奇遇不只是一場小出軌而已。剛開始我們還能說查理是陷入露露的圈套，當了她的臨時丈夫；但是在殺機四起後，查理卻反客爲主地想救出露露，這已經不是《致命的吸引力》（ Fatal Attraction ）的露水姻緣，我寧可把它看成是查理開始誠實面對自己的感受和需要。所以最後他離開了副總裁的職位，辭職或被開除都不重要，在他重新等待露露出現的時刻，才真是迎接另一個人生的關鍵。生活，確實已被重塑了；就算是 happy ending ，也有了積極的作用。

按例，強納生德米的電影除了豐厚的類型趣味，演員表演也是相當精彩的一環。飾演露露的米蘭妮葛里菲絲（ Melanie Griffith ）造型千變萬化，演技大膽奔放，一點也不輸她後來入圍奧斯卡的《上班女郎》（ Working Girl ）。細皮白肉，憨厚高大的傑夫丹尼爾（ Jeff Daniels ）也好極了，直追他自己在《開羅紫玫瑰》（ The Parple Rose of Cairo ）的表現。除此之外，德米也提拔了一位新人：雷李奧塔（ Ray Liotta ），他後來在《四海好傢伙》（ Good Fellas ）、《危險第三情》（ Unlawfur Entry ）大放異彩，邪氣的性感相當引人。

一成不變的生活扼殺人們的活力，出軌的日子又危機四伏。強納生德米則提醒我們：生活中來些狂野，雖然冒險，

卻勝過一成不變。

⊙原載於1993年3月〈年代〉

末路狂花
Thelma & Louise
公路電影新視野

導演：Ridley Scott
編劇：Callie Khouri
攝影：Adrian Biddle
演員：Susan Sarandon, Geena Davis,
　　　Harvey Keitel, Brad Pitt

　　「公路電影」裏令人印象深刻的女性形象並不多，《狂殺十萬里》（又譯《血腥媽咪》）帶兒子搶劫的老媽，《我倆沒有明天》的費唐娜薇、《散彈露露》的米蘭妮葛里菲絲、《我心狂野》的蘿拉鄧恩是少數的例外，她們多半是誘發男性叛逆血液與性腺素的角色，背負「脫軌催化劑」的包袱。雷德利史考特的《末路狂花》也讓女人駛上公路，然而同車的夥伴是蘇珊莎蘭登、吉娜黛維絲，兩個女人！一個是中年風韻迷人的女侍（試比較《情挑六月花》），拋下居無定所的男友；一個是被丈夫縛死的妻子，留下微波食物和字條，相約度周末，卻走上不歸路。

如果只是把「公路電影」的酒、槍、跑車、性愛等類型符號冠在兩個女人頭上，《末路狂花》就只是部滿足女性自慰心理的泛泛之作，難得的是出自女編劇卡莉柯蕊的手筆，活用了類型中的男性象徵，既供予女性解放，巧妙處甚至反過頭打「沙豬」一拳。當兩個女人舉起「陽具」象徵的手槍，打爛一路對她們伸舌頭、摸褲襠、稱她們「騷狐狸」的卡車司機的維生工具時，豈止是大快女人心？鏡頭屢次呈現這輛龐然大物上各種歧視女性的裝飾，構圖則有大卡車侵犯小跑車以暗喻性騷擾，然而兩個女人也不是克林伊斯威特那種「 Dirty Harry」式的不講理，她們只不過要男人道歉，只有在男人佔不到便宜又口出穢言時，才見「閹割」般的破壞舉動。是不是男人咎由自取呢？酒吧裏那個強暴不成又以言語羞辱女主角而遭殺身之禍的男人，就像卡車司機一樣，以為女性只能嚇唬人，正是低估女性能力的下場。而女主角開槍後，不得不逃亡的理由是「當妳和男人跳了半天舞，沒人相信妳是被這個男人所強暴」，則暴露了輿論民視的盲點，與《控訴》有異曲同工之妙，卻精簡俐落得多。諸如此類畫外有話的佳筆不勝枚舉，絲毫不浪費片中的每一哩道路，正是《末路狂花》引人入勝又辨證不斷的難得之處。

面對大張女性旗幟的電影，我常擔心一不留意就會流於「女性沙文主義」，只不過又是一回變相的剝削而已，這種廉價的快感並不可取。《末路狂花》提供了女性伸展的空間

，挖掘父權社會習以爲常的變態行爲，但也未一竿子打翻整船的人。雷德利史考特既掌握男性沙文的一面，也透視出溫柔脆弱與善解人意的另一面，蘇珊莎蘭登的男友千里贈戒指，哈維凱托飾演的細膩警官，都使得本片未成爲反男性電影，而是從原本的單性類型中思考兩性的問題，而非單方面的牢騷。

《末路狂花》的表演十分成功，除了精湛的演技外，影片讓兩個女人互相從男性的傷害中學習成熟，而彼此交換主導地位，劇情張力也得以不弛。導演一直不洩露「德州」對莎蘭登的恐怖意義，只是隱約透露來自男性的傷害，卻又不時點出其巨大的影響力，「以輕舉重」極爲高明。讓老被男人以「性器」欺騙的吉娜黛維絲從中豁然開朗，甚至青出於藍地搶劫商店，是震撼，也是對性別權威的嘲諷。尤其是最後兩人攜手開下大峽谷，在這片以往任由男性英雄救美退匪的黃土上，數十輛包圍的警車，目睹女性寧死不屈的昇華情誼，悲壯得擊潰類型電影對性別固有的保守策略，《末路狂花》的蘇珊莎蘭登與吉娜黛維絲不遜於《虎豹小霸王》的保羅紐曼與勞勃瑞福，女性也成功地進入公路電影的世界。

極富建設性的類型革命是本片的碩大成就，若論雷德利史考特的進展程度，我認爲最可喜的是他終於能在冷硬的外殼下，去挖出人的感情而無做作。十年前的《銀翼殺手》與現在這部《末路狂花》是他最能改革類型、激發思考又耐人

尋味的傑作，《末路狂花》顯示他的挖取能力更上一層樓，
好萊塢的資源不見得只會絆腳。

⊙原載於1991年12月17日〈自由時報〉

潮浪王子

The Prince of Tides

好萊塢女王再造高潮

導演：Barbra Streisand

編劇：Pat Conroy, Becky Johnston

攝影：Stephen Goldblatt

演員：Nick Nolte, Barbra Streisand,
　　　Blythe Danner, Kate Nelligan

一九八四年《楊朵》被金球獎肯定（最佳歌舞或喜劇片，最佳導演）與奧斯卡的挫敗（導演落榜，僅獲最佳原作歌曲或改編音樂獎），對於芭芭拉史翠珊在七年之後導、演、製《潮浪王子》，有著顯著的影響。

誰都知道她有副傲視同儕的金嗓子，詹姆斯紐頓霍華製作的本片原聲帶也收錄了由她演唱的兩首歌曲，但是她的歌聲並未在片中出現，喧賓奪主。就表演上來看，芭芭拉史翠珊也有意收歛起以往在歌舞喜劇擅長的誇張演法，更注意「戲劇時刻」的掌握。於是電影的敘事者與表演重心，悉數移往尼克諾特飾演的湯姆溫歌一角，芭芭拉史翠珊除了在進入

愛情戲的階段於演、導兩面流露失控的冗滯外，大部分的時間則歸於平淡的演技，只在最後猜到心愛的男子將回到妻子身邊時，在街上邊說邊掉淚，顯視了神采耀人的一面。故意淡化既往的特色，適足以突出過去被有意忽略的導演才華。如果再敏銳一點，觀察芭芭拉史翠珊近年對其演藝事業的經營，早在一九八七年的《我要求審判》，她就斬露轉變的痕跡了。

芭芭拉史翠珊首席女藝人的地位，來自體制的青睞，三十年來，她在舞台、歌壇、電視、電影的輝煌紀錄，在某些層面上，象徵了美國夢的存在，在任何時代，不論評論家褒貶如何，她都是民選獎中「歷年最受歡迎女藝人」的當然當選者。惟其不甘於只做個「表演者」，急於突破白種男性的沙文戒律，成為好萊塢導演的同行，大大觸犯了好萊塢機器。而女性主義批評者也不見得會同情她，因為她一向被認為是好萊塢的招牌，評論家很難相信一個「視女體為剝削對象」的體制培養出的大明星，能有發出「嚴肅的女性聲音」的能力。反而是同在體制內歷鍊的好萊塢女性，紛紛表態支持她的突破，看出她的堅持將對體制未來產生的影響。

評論的盲點有二，一是咬定她是屬於好萊塢機器的一員，卻以好萊塢家法外的標準衡量她；一是討論她的導演成績時，往往跳過執導方式，而以演技非議之，形成另一種歧視。就好像多數人以為女性導演非得拍攝強調激進女性論點，

要不就是溫婉的成長小品的電影，而忽略有時這是必要的策略，並不代表一切的圭臬。好萊塢提供女導演資源時，也有「一次票房失敗就難再見天日」的暗規，女明星寧可以製片的姿態過問，而不敢貿然嘗試，以免一蹶不振。女導演們則從籌拍資金開始，就得面對懷疑，並與理念拔河，這個看似矛盾卻絕對符合電影生態的現象，也反映在《潮浪王子》上。

芭芭拉史翠珊一方面想藉《潮浪王子》重申好萊塢姐妹的實力，又要避免《楊朵》被責為「大女人自我膨脹」的批評再出現（她的用心總是被這個符號抹煞），因而把重心轉移到家庭問題與男性心理上。看似降低咄咄逼人的姿勢，其實在預防批評。當評論責備她表現愛情戲過於肉麻，而轉頌影片男性刻劃的細膩時，除了讚美尼克諾特奔放自若的強力演技外，也「不小心」承認了芭芭拉史翠珊身為本片導演，證明她擁有跨越性別障礙的實力。

《潮浪王子》是一部十足中產的通俗劇。當這一年的好萊塢佳作都沈溺在痛苦、醜惡的淵藪時，《潮浪王子》帶著彌補作用的溫情救贖，自有其得利處。影片除了一一揭櫫每個角色強硬外表下的缺憾：男主角在童年陰影下變得憤世嫉俗，婚姻瀕臨破裂邊緣；他的父親暴虐粗魯，母親改嫁富人；妹妹揚名詩壇，卻屢次自殺；哥哥則在示威中遭警察射殺。導演也利用「對比」進行對上流生活模式的諷刺：名流宴

本片的回憶場面處理得十分細膩，尤其是金髮雙胞胎躍入湖中的處理，令人難忘。

會／火車站的小提琴演奏，音樂大師的惺惺作態／同性戀友
人的風趣幽默，都在鏡頭運動有意的遲鈍或靈敏時，流露褒
貶的意味。就連芭芭拉史翠珊也和親生兒子傑森高德，在銀
幕上搬演親子衝突，倒也不慍不火。

　　對於中產困局的揭露，《潮浪王子》沒有什麼了不起的
觀點，惟其細膩的呈現，卻是好萊塢一九九一年來最貼近中

床上的愛情戲是本片少數的敗筆之一，但芭芭拉史翠珊卻藉由重塑尼克諾特證明她不是個自戀的女暴君。

產心態的佼佼者。觀眾很容易從中發現類似的苦楚經驗，迅速催化認同激素。芭芭拉史翠珊也頗得適可而止的原則，就像強納生德米在《散彈露露》讓男主角在幾天內經歷前所未有的刺激生活後，再度回復舊秩序；芭芭拉史翠珊也教尼克諾特在幾週內獲得新生，但他終究還是回到妻女身邊，只有在開車過橋時，才輕呼伊人芳名。尼克諾特雖然一再嘲諷父母教育與南方習俗的偽善，但終究接納這些，回歸安全的、家庭的體制內。《潮浪王子》在許多地方表現了這種突破中產刻板生活，又回歸安定領域的特質。因此，幽默與淚水可以並存，尼克諾特狂放的演技反而與編導的細膩相得益彰。

　　在多如過江之鯽的同型劇本已立於前方的情況下，編劇

派特康諾（原著作者）、貝姬強斯頓最出色的地方是選取尼克諾特的回憶部分時，總能言簡意賅地糾出往事點滴對日後人生的重大影響，結構是平凡的，卻有雷鳴般的震撼。孩子對父母的憎慾情結、手足彼此的相濡互持、以及生活中的諸多祕密，卻像未癒的瘡疤被撕破，逼使人檢視承認粉飾太平的虛偽。

芭芭拉史翠珊沒受過電影學院教育，直接取法好萊塢的家法經驗，她在《楊朵》的幾個特點卻延續到《潮浪王子》。相對於現實愛情的平板描述失之冗長，她更擅長時空銜接的技法，過去的回憶豐富現實的意義，穿梭之際，毫無生澀之感。而她對光影的獨到，在《楊朵》是模擬燭光的質感，《潮浪王子》則讓暈黃溫暖的光線出現在少數愉快的記憶中，散發宛若老舊照片的色彩魅力。紐約市景也隨著主角的心境，改變氛圍色調與構圖鬆緊。純就導演水準來看，芭芭拉史翠珊在好萊塢絕對游刃有餘。

已故的影評人但漢章在一九七七年批評《星夢淚痕》的芭芭拉史翠珊「好大喜功」，也在一九八四年發現她全心經營的傑出成績而大力讚揚。《楊朵》是史翠珊在男性沙文主義的好萊塢爭取導演尊嚴的奮鬥寫照，《我要求審判》展現她摒除歌聲與喜感後的紮實演技，《潮浪王子》則透露她的導演也能步向不同性別、類型的題旨，儘管優劣互見，卻也擲地有聲，尤其證明她不是「一片導演」，但漢章當年的先

告別大師

138

知卓見，確實有超越處。有時候，固守印象的批評者，反而跟不上創作者的改變，而芭芭拉史翠珊仍得扛著好萊塢的招牌，對抗好萊塢體制與反好萊塢的雙重壓力。

⊙原載於1992年4月23，24日〈自由時報〉

睡人／親愛的，是誰讓我沉睡了

Awakening／Reversal of Fortune

真人真事與改編電影的迷思

睡人

導演：Penny Marshall

編劇：Steven Zaillian

攝影：Miroslav Ondricek

演員：Robin Williams,
　　　Robert De Niro

親愛的，是誰讓我沉睡了

導演：Barbet Schoreder

編劇：Nicholas Kazan

攝影：Luciano Tovoli

演員：Jeremy Irons,
　　　Glenn Close

　　《睡人》（Awakenings）是沙耶醫生喚醒後腦炎患者的奇蹟；《親愛的，是誰讓我沈睡了》（ Reversal of Fortune ）是克勞士是否慢性殺妻的謎團。兩部標榜「真人真事」（ true story ）並且「睡」味相投的影片，前者改自醫生的小說，後者編自律師的手稿，但是兩片的趣味並非在其專業，反而是屬於電影的種種——改編與真實性、女導演與外籍導演、演技的範疇等。

　　就字面上看「true story」的副題似乎宣告影片的「生活化」，但是幾乎所有標榜「真人真事」的影片都充滿了驚

奇與不凡，所以「奇觀」反而成了影片的重點；反倒是一些虛構電影老愛畫蛇添足地在片末加句：「以上純屬虛構，如有……」真實、虛幻的制約與踰越，充分在電影裏進行魔術遊戲。《睡人》與《親愛的，是誰讓我沈睡了》就分別對「真人真事」的改編做了迥異的選擇，並直接影響了影片的風格。

《睡人》的改編態度是積極的誘惑，顯然是要觀眾毫不懷疑地相信片中的奇蹟，於是影片的敘事完全是直線的流水賬，片末也故意打上字幕說明後續發展，無不努力建立可信度。不過《睡人》完全因襲體制規則，不論在其形式或技法上皆承襲了好萊塢家法，也不免俗地「添加」一些戲劇效果以顯可親。諷刺的是這些添加物不但軟化了整部電影，使《睡人》與好萊塢創造的「感人」角色大同小異，抹去病患應有的適應不良，僅餘片斷的狂喜與革命般的狂暴而不見人性複雜轉折；也硬使添加的部分成為影片的重心；君不見媒體一再闡揚沙耶醫生反受啟發而抓住與護士稍縱即逝的緣分，以及藍納不帶傷害性的行為，然而這些幾乎都是前述的「戲劇效果」，不知這是否是影藝學院提名編劇史帝芬柴里安（Steven Zaillian）的理由，他絕對有資格高喊：「親愛的，我把假的寫成真的了！」

反觀《親愛的，是誰讓我沈睡了》就大異其趣。銀幕下的「慢性殺妻」本來就是撲朔迷離，編劇尼可拉斯卡山（

Nicholas Kazen）無意論斷真假，也避免步上《致命的控訴》（Blood Oath）、《無罪的罪人》（Presumed Innocent）、《警察大亨》（Q&A）一再強調法律缺憾、同情主人翁的悲觀窠臼。反之，整片在一股黑色曖昧中，大量陳述各式觀點，有《大國民》（Citizen Kane）、《羅生門》的餘影，卻不刻意等量並排。植物人桑妮在影片頭尾拋下問題，嫌疑犯克勞士從中途分次敘述，間或穿插女傭、情婦的短暫說詞，連律師及其助手都不免來段偵探遊戲，推理事發情況。這些段落或短或長，反而充滿了不確定性，但妙也妙在這裏，卡山聰明地不妄做論斷，卻藉由翻案的過程中另找出法律外的「真實」，對上流社會、輿論影響提出有力針砭，間接保持了全片的黑色幽默。

　　兩者迥異的拍攝態度，追根究底，不僅可追溯到兩片導演的創作方法，也恰好反應了部分影壇氣象。

　　《睡人》導演潘妮馬歇爾（Penny Marshall）是目前少數擁有權力的好萊塢女導演。說起「好萊塢女導演史」真是血淚斑斑，邁可西米諾（Michael Cimino）拍垮了聯美公司，卻還有機會拍《致命時刻》（Desperate Hours）、《天火》（Le Sicilien）等片，女導演就不同了。想當年芭芭拉史翠珊（Barbra Streisand）鼎著金球獎最佳導演桂冠進軍奧斯卡，結果一大堆如史蒂芬史匹柏為她操刀剪輯（當時兩人熱戀中）、好大喜功、自我膨脹之詞紛紛加身，終

睡人／親愛的，是誰讓我沉睡了

究躲不掉滑鐵盧的命運。其實除了少數幸運兒外，女導演幾乎無法在奧斯卡上榜，遑論得獎了。潘妮馬歇爾雖然亦出自演藝圈，卻沒有史翠珊樹大招風，更何況她的成功是基於票房上，而這正是好萊塢一貫壓迫女導演的藉口。《飛進未來》（ Big）的宣傳重點本不在她（湯姆漢克才是），等到票房超越一億；潘妮馬歇爾總算出頭，成為少數有說話權力的女導演，《睡人》的付諸拍攝，其居功甚偉。

潘妮馬歇爾的成功（票房與影響力）是否為女性在好萊塢另闢新局呢？馬歇爾與其他女導演的不同在於她並不要求拍「女性電影」，《飛進未來》與《睡人》都是以男主角為訴求對象，女主角總是愛情動物，這和好萊塢傳統不謀而合，體質上並無任何改變。若要找出特點的話，其演員出身的背景令她作品中的角色有廣大表演空間（僅指主角）與其過分溫情取向的人性觀是僅有的兩點。因此，潘妮馬歇爾的正面意義至今只有可能影響好萊塢稍加信任女導演。投射到《睡人》的，卻是女導演作品與好萊塢主義互補消長的尷尬局面，值得意識型態評論者注意。

至於《親愛的，是誰讓我沈睡了》德籍導演巴貝施羅德（Barbet Schroeder）應該也是奧斯卡的新族群之一。至今，國內似乎未有關於他的介紹，借用「香港電影雙週刊」奧斯卡特刊的資料，施羅德是歐洲影壇重要導演兼製作，導演作品有《夜夜買醉的男人》（Barfly ）、《 Maitrese》、

《The Valley Obscured by Clouds 》，曾任溫德斯、法斯賓達、高達、路易馬盧的製片，並導過富爭議性的紀錄片《General Idi Amin Dade 》。確實，觀賞《親愛的，是誰讓我沈睡了》讓我產生如《正義難伸》（The Thin Blue Line）的期待，期待導演紀實與擬真的態度能超越公式的法律。而巴貝特施羅德出眾的地方即是紀錄片般的冷靜，全片不見同型影片步步走上高潮的技倆，也未貪心地挖掘桑妮與克勞士的花邊，反而不時透露當事人／律師，輿論／法律的糾結矛盾，早已超越表象真假的探究。劇情片讓施羅德自由掌握形式，紀錄片則帶出客觀情緒，《親愛的，是誰讓我沈睡了》在兩者成功的揉合下，入侵人類心理的灰色地帶。一些由紀錄片轉至劇情片的導演的佳作，多具有如此特性，不滿意紀錄片難以全面的真實，而遁入劇情片的領域印證他們對人性複雜的了解。

最後，我要讚美勞勃狄尼洛（Robert De Niro）、羅賓威廉斯（Robin Williams）、傑瑞米艾朗（Jeremy Irons）演技的突破與精湛。雖說有時剪接能左右演員的表演，但這三位優秀的演技顯然反過頭來扶助了影片的成績，《睡人》失之浮面的編導全得倚靠演員的出色詮釋。傑瑞米艾朗在《親愛的，是誰讓我沈睡了》帶著英國腔的紳仕外表與冰冷的態度更是內斂深刻。黃建業「電影表演評價的某些難題」一文說道：「……在電影銀幕上那些光輝燦爛的演出，事實上

，已經結合了演員自身的努力和電影形式的傑出性。」傑瑞米艾朗在本片，甚至前作《雙生兄弟》（Dead Ringers）中都展現了成熟的表演，或恐怖，或偽善，皆稱職地與影片結合。所以，若是爲了顯示文字的「嚴肅性」而故意忽略這些傑出的表演，才是真正的矯情。

⊙原載於1991年5月〈世界電影〉

誰殺了甘迺迪

JFK

人民英雄與美國夢的重生

導演：Oliver Stone

編劇：Oliver Stone, Zachary Sklar

攝影：Robert Richardson

演員：Kevin Costner, Sissy Spacek ,Joe Pesci,
　　　Tommy Lee Jones, Gary Oldman

　　一部以「真人真事」爲題材的劇情片，勢必引起「忠實」與否的批評，這關乎電影能夠彌補物質世界反映的現實。但是正如理論家梅茲所指：觀眾覺得看到了現實，實際上是「我們感覺正在目睹近乎真實的影像」。況且作者與器材的因素，也會改變成選擇事實，因此我寧可檢視作者在「自以爲是」的真實中，有否扭曲自己所選擇的部分；也在表義行爲（ singnifying practice ）之外，尋找另一種更能突出作者心態的真實。

　　《誰殺了甘迺迪》會是奧利佛史東電影生涯的里程碑，因爲他引爆了此種類型最難纏的迷思，也刺激各種論述的對

陣，效果上堪稱空前。早從他首獲奧斯卡青睞的《午夜快車》（一九七八，最佳改編劇本），到他親自執導的《前進高棉》（一九八六）、《突破鍊獄》（一九八六）、《七月四日誕生》（一九八九）、《門》（一九九一），史東一直顯示其電影養分根源於真人經驗的可信度。《誰殺了甘迺迪》雖然跳出單純的傳記式勾勒，傾向秘聞的揭發，但是塑造主角吉米葛里遜（凱文科斯納飾）的手法仍然沿續舊風。關鍵在於甘迺迪不是一般傳記人物，他的特殊身份，以及和導演、觀眾缺乏距離等，都使得本片的「非官方說法」更添強硬臉色。

以好萊塢的敘事手法做為揭露真實的工具，有其基礎上的危險，因為好萊塢不太可能去描寫欠缺連貫與秩序的現實，只敘述自己的策略和實踐。史東對於鏡位、剪接節奏的準確、激烈，足以化解大多數觀眾的戒備，因為他總是氣勢十足地堆砌他的證據，令人忽略他的論述過度自我中心與解決方法的單調；《華爾街》（一九八七）、《七月四日誕生》結論的矛盾，正是他最大的弱點。

「男性人民英雄」是奧利佛史東的作品重心，堅持「陰謀刺甘」的吉米葛里遜就是《誰殺了甘迺迪》的英雄典範。請注意本片的結尾：葛里遜誓言為甘迺迪與正義奮鬥不懈，然後擁著妻兒步出法院。史東先敲醒一個夢境，再創造另一個英雄重構美國夢：一個為了兒子將來能夠信仰美國而仗義

不屈的父親，一幅闔家邁向未來的溫暖身影。作者在此洩露了思考的終點，這也是他一貫控訴的目的。另一個長久存在但不可取旳是奧利佛史東對待女性角色的歧視，這當然不是本片的主題，但試想本片對妻子刻劃的短視，以及只安排兒子出現法庭爲父親加油（女兒呢？），女性照舊被貶低，西西史派克的演技遂遭埋沒。奧利佛史東並不複雜，他的議題總是以越戰出發，環繞特定的英雄發展，《誰殺了甘迺迪》似乎也想替黑人、娼妓、同性戀說話，也談到主角的屬下離去的打擊，但是力量少得可憐。就像《七月四日誕生》錯殺越南婦孺的痛楚遠不如犧牲袍澤的罪惡感，不難發覺奧利佛史東視野的局限並不如包裝亮麗扎實。只是觀眾能否看穿這一點呢？

所以我對奧利佛史東能把三小時的影片拍得緊湊感到驚訝，卻對其技巧價值持保留態度，像片中既有真實的新聞片，又故意在男主角揣想證人死因時用類似手法拍攝（黑白／手提攝影）。紀實與虛構可以並存，但爲了戲劇效果與製造認同，混淆原本的界線，全部推向「呈現即真實」，就減低思辨的空間了。這也可以證明影像可載可沈，它既能捕捉真實，也能另造真實。梅茲的話似能戳破一些迷思。

稍早，肯洛區在類似的影片《致命檔案》（一九九〇，英）以無所不在的政治黑手與無能爲力的正義化身，質疑了民主的藉口，真實與否不必細究，探查到的制度疑雲才真撼

人。奧利佛史東大力指摘從詹森到特工的法西斯，也鼓勵青年追求真相，但是他的考量就沒有肯洛區深刻，也許他仍信仰人民英雄從天而降，挽救瀕臨破碎的美國夢；花俏的手法，也是想給觀眾圓滿與滿足的結果。就影片的現實影響力來看，《誰殺了甘迺迪》創造了史無前例的爭論，再次證明好萊塢機器單乏但有效的吸引力；論及視野層次，則近於諾曼傑維遜導演、艾爾帕西諾主演的《義勇急先鋒》（一九七九）。

⊙原載於1992年3月4日〈自由時報〉

大峽谷

Grand Canyon

美國式的世紀末情結

導演：Lawrence Kasdan

編劇：Lawrence Kasdan, Meg Kasdan

攝影：Owen Roizman

演員：Danny Glover, Kevin Cline, Steve Martin,
　　　Mary McDonnell, Mary-Louise Parker

　　時常身兼編、導、製三職的勞倫斯卡斯丹，早在一九八三年就為那些在六〇年代揮灑青春，八〇年代成為社會中堅的美國人，留下一部《大寒》以資紀念。站在九〇年代，這個世紀末梢的尖端，他又迫不及待地推出《大峽谷》，以相仿的群角觀點，試為現在尋找一個足以支撐壓力的點，讓人們驚惶無措地回顧往昔之外，還能對未來保留希望。

　　所有的期許或預言，都必須從可理解的現在式出發。《大峽谷》最堪品味的部分，也是它對現代人的塑像，哪怕時空只在九〇年代的洛杉磯，也可能反映全球共通的都會恐慌與世紀末憂慮。

在《大峽谷》裏，最特別的形象可能是女性，這些在女性自覺聲潮下洗禮的女子，並未如我們想像中前進，她們工作、健身，卻又轉過身去擁抱甜蜜的舊傳統。在律師太太的夢境中，丈夫、兒子面對面坐在火車裏，她卻被摒棄在車外，只好把關注投在路旁棄嬰的身上，才能喚回兒子幼時可愛的印象。製片人的女友爲此而哭，因爲她也想要生個孩子，卻受困於雙人世界的自私協定。女秘書甘心單戀上司，是因爲他是個「忠實的顧家男人」。就連自認閱人無數的黑人女性，終究在類似「相親」的約會中，尋得意中人。

劇本並非勞倫斯卡斯丹獨作，聯合編劇是他的妻子梅格卡斯丹。照理來說，電影的藍圖應該包容兩性觀點。然而本片讓諸位女主角全數詠嘆舊式的價值觀，是對傳統的一次回溯？還是想說明女性主義的影響多建立在外表的工作能力和生活方式上，並沒能鬆綁女性心結？它似乎爲風起雲湧的女性主義找到一個既有改變也有妥協的可信註腳。

至於男人們，仍然做著控制世界的大夢。律師可以在春風一度後，依然深愛家庭，不顧其中的化學變化。而電影製片人一番覺悟之語，到了片廠後，馬上被「錢鏡頭」給腐蝕了。所謂理想，只是找到一個對自己生存最有利的方式罷了。因此，光天化日下行搶的流浪漢、夜晚環伺在旁的黑人幫派，雖然反映了治安的混亂與種族的糾紛，但影片並不去探討原因。本質上，他們和白領男人的心態是相似的，只不過

改用武器換取尊嚴，更明顯地突出價值在世紀末的混淆。

在這麼亂的世界裏，一個小小的巧合、奇蹟，倒成了可遇不可求的奇妙恩典：黑人司機的拔刀相助（其實也為了保住飯碗）、棄嬰到來的喜悅。到頭來，人們最想要的是幾乎在故事、電影中老掉牙的美德和意外驚喜。最後的希望靈丹甚至是染有拓荒色彩的「大峽谷」，它的險峻與開闊，為片中這些九○年代典型人物的生活困局，提出精神上的解答。飽受文明後遺症之苦的人們，最好擁抱幾乎遺忘的美好傳統吧！

《大峽谷》儘管命題沈重，卻比卡斯丹以往的作品都要講究組段銜接的流利，亦不排拒超現實。若型式與內容有所契合，則顯示了人與人彼此影響的毫無理性，並期待超能的啟示。愈近世紀末，真的愈趨向宗教與儀式的情緒嗎？《大峽谷》為多數人提出了問題，不過它的解決方法可能讓你在出場時，還是一頭霧水。不僅是因為它在很多部分是十分美國的，就連導演在最後也不敢妄稱解決每個人的問題，難唸的經還是要唸下去的。

⊙原載於1992年5月17日〈自由時報〉

銀色性男女
Short Cuts
銳利的城市寓言

導演：Robert Altman

編劇：Robert Altman, Frank Barhydt

攝影：Walt Lloyd

演員：Tim Robbins, Madeleine Stowe,
Andie MacDowell, Matthew Modine,
Julianne Moore, Fred Ward,
Tom Waits, Lily Tomlin

　　在台灣有個很諷刺的現象，就是某些被奉爲大師巨匠的導演，往往很少人看過他們的作品。譬如勞勃阿特曼這位五〇年代就開始拍電影的導演，雖然自一九七〇年在坎城影展以《外科醫生》得到大獎後，就成爲美國電影的頂尖之一，卻不被那些自以爲看美國電影長大的觀眾所熟識。

　　道理很簡單，阿特曼並不是體制內的合群者，當大家都還忙著照好萊塢守則拍電影的時候，他就已經學會躲開逃避主義猶保持他的理智和感性。當觀眾仍把耳目交給所謂故事

去控制時，他卻著手開發更複雜的音畫意義。跑得太快，總要付出一些代價，八○年代的沈寂令人擔心他的沒落，但是一九九二年一部巨星雲集的《超級大玩家》不但證明他的寶刀未老，也為他既往「有所為，有所不為」的作風做了適切的註腳。但是觀眾對這部電影的捧場，到底是衝著明星？或者真的見識到阿特曼的大膽與複雜？又成為我的疑惑。

不管怎麼樣，阿特曼似乎在九○年代又開始生氣勃勃了。如果《超級大玩家》的際遇好比當年的《外科醫生》，那麼《銀色性男女》就應該能和《空中怪客》（一九七○年）、《納許維爾》（一九七五年）等量齊觀：直率、尖銳，地域色彩濃厚的奇異寓言。只不過《空中怪客》捕獲的是休士頓，《納許維爾》是同名的鄉村音樂之都，《銀色性男女》則是和勞倫斯卡斯丹那部《大峽谷》一樣，都是世故的洛杉磯。

勞勃阿特曼以將近三小時的篇幅來開展《銀色性男女》，影片的序場是滿天直升機噴灑殺蟲劑，結尾則是不幸料中的洛城大地震，在此其中一共安插了二十多名沒有主、配角之分的人物來搬演各個階層領域的洛城人事，彼此或多或少有所交集，錯落有致之間，也印證了阿特曼令人嘆為觀止的場面調度功力。然而把這些人事遭逢夾在兩場「天災」之間，是否也暗喻了「人禍」作祟呢？

我從不期望看到阿特曼作品出現溫情主義，《銀色性男

阿特曼獨樹一格的多線橫向敘事，令人目不暇給。（春暉影業提供）

本片藉由兩場天災來包夾一連串人事，這對夫婦失去他們獨子的傷痛就是其中之一。
（春暉影業提供）

女》除了獨特的敘事與非凡的技巧外，也透析出可觀的心靈版圖，就在阿特曼勇於突出人物的痛苦與軟弱的剎那，我才看到他真正的憐憫。

運用大堆頭的演員，絕對不只噱頭，而是有其道理。除了阿特曼向來喜歡和演員邊拍邊想點子的習慣外，主要還是在他長於捕捉人際互相影響的剎那，特別是男人之間戲謔的友情、誇大的自尊，以及女性之間善感的情緒。而他那獨到的洞察力和探索精神，往往教一些畫面令人心驚到揮之不去。當幾個大男人對著鏡頭掏出陽具小便，意外發現河床上躺著一具屍體，而他們竟然為了釣魚而決定將它栓住待會再報案！這就是阿特曼，逼真得不留情面，卻教你明瞭僵硬、寂寞、相關卻漠不關心的生活。

傑若馬斯特（Gerald Mast）認為阿特曼是用令人難以忘懷的視覺影像來挖掘問題，故事細節則教人容易淡忘的論點，也適用於《銀色性男女》。獨樹一格的橫向敘事手法，正是提供這種結果的原因。阿特曼向來需要比人家大得多的畫布來佈局，而他的充實與詳盡，則讓你怎麼樣也無法「小看」。

⊙根據1993年3月3日〈民生報〉與1993年3月5日〈工商時報〉改寫

賢伉儷

Husbands and Wives

伍迪艾倫情變啟示錄

導演：Woody Allen

編劇：Woody Allen

攝影：Carlo Di Palma

演員：Woody Allen, Mia Farrow,
　　　Sydney Pollack, Judy Davis

　　就在伍迪艾倫（Woody Allen）和同居女友米亞法蘿（Mia Farrow）的越南裔養女順儀（Soon-Yi Previn）爆出驚人緋聞的同時，他的第二十一部導演作品《賢伉儷》（Husbands and Wives）也在這種敏感時刻推出。沒有人把它當成一部「單純」的電影看待，好事者更是拿著放大鏡逐格檢查，像是福爾摩斯探案般，非找到足以解釋現實生活中情變的蛛絲馬跡不可，偏偏《賢伉儷》就留下了這麼多遐想的餘地。

　　兩對曼哈頓夫婦，一對由薛尼波拉克（Sydney Pollack）和茱蒂戴維絲（Judy Davis）飾演，另外一對就是伍迪

艾倫和米亞法蘿了。電影一開場，被旁人視爲「天造地設」的薛尼、茱蒂突然宣佈分居，願意彼此各尋天地，教旁觀的好友震驚不已。薛尼後來結交了一名年輕性感的韻律舞教練，茱蒂則經由米亞介紹，和高大英俊的上班族交往，伍迪和米亞雖然慶幸自己的婚姻關係固若金湯，事實上好友的分居早在他們的心湖激起不小的漣漪。

伍迪扮演一名大學教授，上的是小說創作，班上的一名女學生既有才華又有活力，而且愛上了年長如她父母的伍迪。其實伍迪也被搔得心猿意馬，但是他的理智又逼使他向道德就範，不敢碰這個可愛的女學生。很多看過《賢伉儷》的人都把這段情節當做伍迪艾倫喜歡年輕女孩並跟順儀發生關係的證據（儘管片中的伍迪在最後關頭懸崖勒馬）。如果真要追根究柢，伍迪艾倫早在一九七九年的傑作《曼哈頓》（Manhattan）就已經和瑪麗海明威（Marie Hemingway）共譜「老少戀」，看來反倒是「後知後覺」的觀眾「大驚小怪」了。

更有意思的是米亞法蘿這廂，茱蒂和米亞介紹給她的男友雖然發展迅速，但終究無法更進一步，最後茱蒂覺得還得原來的老公更適合她。而薛尼雖然享受了一陣青春熱力，卻無法忍受年輕女友的膚淺，他也感到茱蒂的好。結果，這對原告分居的夫妻「復合」啦！倒是米亞卻決定離開伍迪，教人跌破眼鏡的是她的新歡竟然就是她原先介紹給茱蒂的男人

，怪怪，原來她在向別人推薦情人的時候，也在爲自己打點！其實這也無可厚非，依自己的眼光挑人，當然是選自己滿意欣賞的，就算是打算介紹給別人也一樣，難怪別人不來電，自己卻跟著交上了，還真是諷刺！

而片中米亞歷任丈夫對她的評語，也令人質疑是否就是現實的寫照（現實中的米亞曾嫁給法蘭克辛那屈、普烈文）；要不也該是伍迪艾倫對她的感覺吧？倘若真是如此，他們的關係破裂，似乎在銀幕上就已先排練過了。

無論這些從情節衍生出來的遐想是否屬實，都不影響《賢伉儷》的價值。導演不必是個道學家，也不需要強裝治療專家，能夠把問題剖析得有條有理就不容易了。對我而言，伍迪艾倫是個化痛苦爲藝術的「老才子」，他有看不破的窠臼，也有參不透的問題，但是他探討、剖析自己的銳利，又常教同樣陷身其中卻不自覺的凡夫俗子嘆爲觀止。

看伍迪艾倫的電影，猶如閱讀他的心理自白書，當他和米亞法蘿最融洽的時候，我們看到像《漢娜姐妹》（Hannan and Her Sisters, 1986）這種跨越自我障礙而臻心平氣和的作品，甚至湧現出如《那個時代》（Radio Days, 1987）般的溫馨感性。然而從《愛與罪》（Crimes and Misdmeanors, 1989）和《賢伉儷》中，不難察覺伍迪艾倫又進入一個新境界，他開始質疑道德與罪惡的界線（如果犯過者不覺得罪惡，那麼還有所謂道德的制裁嗎？），甚至對人類的感

情誠實度投下否定票，我們幾乎可以藉此預見《曼哈頓謀殺事件》會遁入到一個怎樣黑色的世界裡去。

　　或許是伍迪艾倫的劇本太出色了，珠璣的對白牽制了大部分的注意力，以致於某些人誤解他不注重形式和技巧，實則大謬。《賢伉儷》的影像絕對是令人坐立難安的，因為伍迪艾倫全片採取仿紀錄片式的手提攝影。一方面讓鏡頭扮演入侵者的角色，挖掘真實的瘡疤；另一方面又藉由這種不平穩的攝影機運動方式，暗喻片中人物分合不定的關係。某些時刻，他甚至安排角色面對攝影機侃侃而談，迫不及待地傾訴自己的恐懼和疑惑，讓觀眾也無法安穩地做個「偷窺者」。

　　所以，伍迪艾倫是極其自覺的（也許這正是他痛苦的根源），他讓我們看到鏡頭的影響力，了解人與攝影機的關係，並在這中間揭穿婚姻與情慾之間的平行或背離。除了在一九九二年金馬獎國際影展被選為「神祕閉幕電影」，《賢伉儷》一直沒有機會上院線映演，這絕對是影迷的損失。以錄影帶發行，多多少少彌補了這層遺憾；沒理由再錯過它了。

⊙原載於1993年10月〈年代〉

百老匯上空子彈
Bullets Over Broadway

愉悅而刺激的藝術辨證

導演：Woody Allen
編劇：Woody Allen
攝影：Carlo Di Palma
演員：John Cusack, Dianne Wiest,
　　　 Chazz Palminteri, Jennifer Tilly

　　做爲美國當今最傑出的喜劇家，伍迪艾倫不僅長於嘲諷別人，其自我反省的程度，更是別人望塵莫及的地方。

　　《百老匯上空子彈》延續他近年對古典電影與謀殺題材的興趣，時空回到二〇年代的百老匯，年輕氣傲的劇作家爲了能上演自己的戲，不得不同意讓出錢的黑社會老大的情婦擔任一個「重要的配角」。理想與現實間的掙扎，遂成了乍看之下的電影主題。

　　但是伍迪艾倫並未輕易而簡單地就抬高理想、貶低現實；相反的，他刺破了創作的純潔性，而給予更複雜的深度觀照。比方在旁邊一再出意見的黑社會保鑣，在學校只學到了

放火，但是他對劇本提出的修改意見，卻爲一齣空有理念的戲劇添入了新生命。而深受劇作家愛慕的女演員，在偉大的面具之下，其實是個擅長酗酒與緋聞的女性。藝術的真諦是建築在形上的理念呢？還是實際的呈現？而像戲劇如此享有各類元素影響的藝術媒體，又怎能維持藝術性的純粹呢？引申爲電影，更可知其弦外之音了。

然而，爲了這整齣戲的完美，自認爲已是創作者的保鑣乾脆殺了老大的情婦，只因爲她是個「糟糕的演員」，藝術的道德和人生的道德，在此又成爲一個足資辨證的議題，讓《百老匯上空子彈》除了源源不絕的伍迪艾倫式笑料，更有紮實的內涵自省、省人。

這回，伍迪艾倫沒有粉墨登場，一直急於擺脫娃娃臉形像的約翰庫薩克，成了他的代言人。庫薩克稚氣的外型，一方面像是純潔能量的發電機，但是隨著伍迪艾倫對此一角色的挖掘，你才發現這其實更像一個諷刺，因爲他一點都不純潔，艾倫暴露了影劇創作是充滿了私心、剽竊、利害、衝突的行當，庫薩克飾演的劇場新銳身陷其中再孑然而出，回頭面對他的女友：「如果我不是藝術家，只是個男人，你還會愛我嗎？」這是極重要的一刻，伍迪艾倫藉角色坦露自己的人本質地時，也正是他真正成爲成熟藝術家的時刻。雖然這是個二〇年代的故事，卻充滿艾倫此時此刻的反省，而且我們相信這層反省還會隨著他的創作繼續。

除卻伍迪艾倫的編導天才，《百老匯上空子彈》其他部門的精彩，也同樣賦予本片極迷人的面貌。這包括卡洛狄帕瑪的打光和攝影，以及眾多好演員的同片競演，特別是黛安魏斯特和珍妮佛提莉，前者飾演極欲東山再起的女明星，後者演出嗓音刺耳的黑道情婦，彷彿是對《日落大道》（ Sunset Boulevard, 1950）和《萬花嬉春》（ Singin in the Rain, 1952）的積極諧仿（ parody ）。在舊與新之間，伍迪艾倫一向挺能拿捏，《百老匯上空子彈》就算不是他的最佳水準，也是一九九四到一九九五年間，最出色的美國電影之一。

⊙原載於1995年4月27日〈民生報〉

恐怖角

Cape Fear

地獄般的啟示錄

導演：Martin Scorsese
編劇：Wesley Strick
攝影：Freddie Francis
演員：Robert De Niro, Nick Nolte,
　　　Jessica Lange, Juliette Lewis

　　馬丁史柯西斯的電影總是令我欣喜不已，他的電影不像伍迪艾倫那樣明顯地標示自己的成長，也不是柯波拉墜入谷底的凝重或史匹柏無可救藥的天真，史柯西斯最精彩的時刻往往是他狂暴地說故事的時候。好萊塢那一套以心理蒙太奇爲本，用誇張的攝影機運動代替複雜敘事結構的老式伎倆，被史柯西斯發揚光大，甚至變本加厲，但是史柯西斯從不落入思考貧乏的窠臼，也不故作哲人狀，他大刺刺地剝落生活的糖衣，在高度娛樂性中添加殘酷的結晶，永不疲憊地發洩電影精力。所以他在《江湖浪子》（The Hustler ，勞勃羅遜導演，一九六一）廿五年後，續拍《金錢本色》不遜前人

；此番《恐怖角》也是一九六二年由李湯普遜（Lee J. Thompson）執導的同名影片的新詮。

　　如果說《沈默的羔羊》是強納生德米放棄既往的外圍嘲諷，進入主流戰場的試金石；《恐怖角》就是史柯西斯鶴立雞群的牛刀小試。勞勃狄尼洛的沖天殺氣在一開場就被鏡頭施放，史柯西斯讓出獄的狄尼洛直截地向攝影機猛然走近而不退後，迫使觀眾迎接從銀幕直洩而下的怒意，這就是史柯西斯與眾不同的地方，他是會用鏡頭說故事的好手。別人拍壁球運動的戲時，總把攝影機擺在後方或側面，史柯西斯卻讓攝影機面對球員衝來，加上凌厲快速的剪接，不但讓我們見識到最貼近球感的拍攝示範，也被暗示尼可諾特與外遇間的緊張關係（「她」成了勞勃狄尼洛報復尼可諾特的第一步棋），不讓電影語言徒成空洞的特技表演，正是優秀的作者別於技匠之處。

　　史柯西斯從不是溫吞的學究，就算是好萊塢的老故事，都被他刻意顛覆正邪的界線。勞勃狄尼洛因為律師當年有意掩藏對他有利的證據而恣意報復，觀眾被他侵凌女性的手腕所驚駭，卻也為他洞悉人心的細膩所催眠。認同壞人而生的罪惡矛盾，正是史柯西斯擺弄觀眾於影片間又發人深思的高明。我特別喜歡勞勃狄尼洛在高校劇場挑逗茱莉葉露易絲那場戲，狄尼洛用語言和大麻菸釋放青春期少女對父母的不滿與面對誘惑的矜持，史柯西斯改以長而緩移的鏡頭看狄尼洛

把大拇指放入女孩的口中／吻她／走開／然後女孩奔跑出去；再立刻接下一組快速鏡頭，尼可諾特惶恐地扳下百葉窗格，然後向偵探朋友求助。這段從緩到急的變化，讓人先迷惘於惡徒的巧心，後懼於他的傷害，觀眾的詫異或驚嚇，除了勞勃狄尼洛、茱莉葉露易絲成功的表演以外，還得歸功於導演控制節奏抒急，不留贅筆的功夫。

　　以往被塑造為正面人物的律師在本片中反而不得人心，不羈的史柯西斯並沒讓尼可諾特犯下什麼大錯，而是故意藉剖陳白領階級的脆弱外衣來反激觀眾的自省心情。最嚇人的可能不是惡徒的辣手，而是自許法律護衛者的律師在最後駭於清洗掌心血跡的慌忙和自己嚇自己的荒謬。勞勃狄尼洛下沈的身軀與銳利的雙眼在片尾似乎帶著所有人進入地獄，善類、惡類在史柯西斯暴烈的激盪下，不得不透露可能交集的秘密。所以惡人雖殁，《恐怖角》卻走不上 Happy Ending 的老路，女孩子緩緩說出：不可能再回復原狀了！

　　《恐怖角》運用老式的類型卻翻出截然不同的訊息，惡人不是為了成全白人英雄，反而揭露合法與安定下的蠢動，恐怖除了來自高明的技巧外，更來自史柯西斯的犀利洞見，宛如見血的針孔，痛楚且驚人。

⊙原載於1992年3月31日〈自由時報〉

恐
怖
角

純真年代
The Age of Innocence
華麗的牢籠

導演：Martin Scorsese
編劇：Martin Scorcese, Jay Cocks
攝影：Michael Ballhaus
演員：Daniel Day-Lewis, Michelle Pfeiffer,
　　　Winona Ryder

　　觀賞馬丁史柯西斯的《純真年代》，彷彿重見另一位美國大師史丹利庫柏力克的《亂世兒女》（一九七五）。他們都採用說書般的畫外音來描述背景、說明經過，攝影機除了捕捉表面的富麗堂皇外，更重要的任務是深入探索主人翁靈光乍現的腦海心相。「古典」或「浪漫」只是它的糖衣，頂多證明大師的鬼斧神工；令人動容的，還是穿透世紀隔閡的那股韌性，讓我們見識到亙古不變的心境。

　　不明就裡的人，或許會以為史柯西斯玩物喪志，攝影機只會在宴席與點煙上面打轉。實際上，這些繁瑣豪華的舉止是絕對有意義的，史柯西斯時常在用特寫呈現餐桌裝設後，

上流社會對出軌情事的打壓，往往也是一派優雅，卻更教人難以反擊。

立刻改以鳥瞰鏡頭俯視這群上流階層，儘管佳肴與食具都是如此考究，食客們卻像是幾何圖形的一小部分，功能只在填補，而非禮讚。所以這不是《芭比的盛宴》，而是史柯西斯的《純真年代》。鉅細靡遺的細節正如金玉其表，看起來是這麼優雅，累積起來，卻是窒人的符咒，以至於客廳餐桌都活像牢籠，箝制人的心志。

這等功力是愈到後面愈清晰的。剛開始，我們只覺得男主角在爲愛上未婚妻的表姐而克制衝動；到後來，卻發覺屬於上流體制內的一切都在遏止他們出軌。那怕是幾句突然插入的寒暄，或是一個接送的行爲，所有人都心照不宣卻團結得猶如大法官權威，澆熄所有可能的火花。純真是諷刺；個

美麗的愛情，有時是需要一些狡詐的糖衣的。

人，沈沒在時代裡。

　　在某些時候，丹尼爾戴路易斯還蠻像《計程車司機》裡的勞勃狄尼洛，對女性魅力存著道德與慾望兩股力量夾擊的迷思。活到了五十七歲，腦海中還是愛人駐立在粼粼波光前回眸一笑的模樣，然而現實中卻有另一名男子閣起愛人的窗。他以為妻子永遠「不求甚解」，事實上她全技巧地算計好

了。這裡面不是奸詐或欺騙之類的罪行辨證，而是人在單純背後可能有的複雜極限。敘述一件事情經過是容易的，困難的往往是在揭開人心那道幕簾，這也是為什麼故事交由旁白主述，攝影機卻忙著推移拉送的原因。導演要的不只是一男兩女的愛情遺憾，更不僅限於十九世紀末的紐約世家，類似的煎熬與選擇、現實與企盼，一樣存在於百年之後。馬丁史柯西斯不過是藉幾縷哀婉的幽魂，闡釋這種起落。

　　《純真年代》宛如一場世紀末的華麗饗宴。做為美國少數幾位常保創意的大導演之一，馬丁史柯西斯證明了他對人的觀察是不受時空所限的，即使如本片一樣端莊沈靜，也能被他翻騰出心悸的洶濤。過去以為他一向直來直往的評價，看來是有必要修正的。

⊙原載於1994年2月26日〈工商時報〉

辛德勒的名單

Schindler's List

史匹柏的反射

導演：Steven Spielberg

編劇：Steven Zaillian

攝影：Janusz Kaminski

演員：Liam Neeson, Ben Kingsley,
　　　Ralph Fiennes

　　《辛德勒的名單》是史蒂芬史匹柏首次在電影中正視自己的猶太血統，並據以言志的作品。

　　辛德勒原本是個靠戰爭發財的商人，在納粹占領波蘭時期，他靠著靈活的公關手腕結交權貴軍官，輕易地獲得設廠與售造軍用物資的機會。他的工人全是當時被集中管理的猶太人，而辛德勒雇用他們的唯一理由，是因為工資便宜。

　　但是隨著戰況情勢的緊張，朝不保夕的猶太人皆視辛德勒的工廠為天堂。在軍師兼會計的得力助手鼓勵籌畫下，辛德勒也開始利用他的關係解救一些猶太人。最大的一場援救行動發生在德軍決定「消滅」這營猶太人之前，辛德勒以大

半積蓄買回他們的命，遣送到安全的地方，藉工作之名秘密保護，直到大戰結束。

片尾，是當年《辛德勒的名單》上猶存於世的人和飾演他們的演員，一起向辛德勒的陵墓致意。

做為電影界最有權勢的猶太裔影人，《辛德勒的名單》不僅有史蒂芬史匹柏認祖歸宗的殷切，也有他熾熱的救贖感。在某些層面上，我甚至認為辛德勒就是史匹柏的寫照！他們原先都是有名有利、高高在上的沙文主義者，為什麼突然變成救苦救難的人道主義專家呢？

在這部「黑白」電影裡，有一個穿「紅」衣的小女孩出現兩次：一次是在德軍緝捕猶太人的混亂中，她徬徨無措地走在街上；另一次是在挖出來焚燒的屍體中發現她。如血漿、如火光般的紅，觸目驚心地被辛德勒看在眼裡。對於不擅拍攝內心戲的史匹柏而言，這個醒目的象徵恰好解決了問題，既代表浩劫，也預告辛德勒的轉變。至於史匹柏自己的改變，就是拍了這部《辛德勒的名單》。

或許就是因為辛德勒如此接近史匹柏，而史匹柏又是好萊塢的最佳代言人，所以《辛德勒的名單》的黑白攝影，三小時十五分鐘的片長，甚至他的題材，都被視為是「體制內」的一次改革。不吃這一套的人，大概會認為史匹柏還是史匹柏！

在他的鏡頭內，辛德勒依然是個英雄，也許不像他以往

作品的男主角神乎其技，卻實實際際地挽救了一千一百條人命。史匹柏對辛德勒的崇敬可以從不斷給這個角色仰角鏡位，以及後半段宛如救世主的形象看出，就連辛德勒還是個剝削者的時候，史匹柏所側重的都是這個人的風流倜儻。想想看，史匹柏從沒有如此親近一個角色過。

　　《辛德勒的名單》是百分之百適合奧斯卡的，因爲它不但把一個沒沒無聞的人拍成了舉世知名的偉人，也證明了重商主義下也有一線人道曙光（即使可能有些僞善）。多達十二個項目入圍，一點都不需要意外，反倒是扮演會計師的班金斯利（男配角）沒有入圍，有些遺憾。史匹柏的政治史觀對我們的意義或許不大，但這部電影絕對可以當作「認識奧斯卡」的好教材：外在的表態多於內在的探索，以及流於集體情結發洩的粗淺人道主義。

　　尤其當史蒂芬史匹柏自個也出現在片尾向辛德勒致敬時，未免流於做態和矯揉了。

⊙原載於1994年3月15日〈聯合報〉

阿波羅13

Apollo 13

好萊塢的一小步，朗霍華的一大步

導演：Ron Howard

編劇：William Broyles Jr., Al Reinert

攝影：Dean Cundey

演員：Tom Hanks, Ed Harris, Gray Sinise,
　　　Kathleen Quinlan

　　一九七〇年四月，美國太空船阿波羅十三號登月計畫失敗，三名太空人在失去氧氣、動力、導向的情況下尋找「回家」的路，成了比登陸月球更富「戲劇性」的事件，也成了電影《阿波羅13》改編的藍本。

　　這部以真實的太空災難為題材的電影，所要表現的其實是好萊塢電影最重要的信條之一：社群整合。

　　無論是實際操作的太空人，或是在幕後協助支援的太空總署，整個太空事業原本就建立在精密合作的基礎上。本片在角色關係的衝突安排方面，也是盡量循著此一命題來走。比方原定升空的三名太空人分別是吉姆洛維爾（*湯姆漢克斯*

）、佛烈德漢斯（比爾帕克斯頓）和肯馬汀利（蓋瑞辛尼斯
），但是在任務執行前兩天，肯馬汀利卻被醫生診斷出有麻
疹，被迫改由年輕的操作員傑克史懷特（凱文貝肯）取代。
儘管彼此專業的尊重，讓本片不至於產生像通俗劇電影那種
歇斯底里的排拒或質疑，但是在太空船出事後，漢斯不由得
疑問起史懷特是否操作有誤，而自認無辜的史懷特也爆發出
他深懼被前輩、同仁排斥的怒意時，社群的分崩離析和機械
的故障出錯，其實是一體兩面的危機。

　　所以我們如果拿三幕劇的公式來看《阿波羅13》，它的
第二幕就是錯誤發生後，想法子解決的過程，也是社群重新
整合的階段。它包括三名太空人在有限的空間內化不可能為
可能，地面的太空總署在有限的時間內提供求生之道。當被
拒絕升空的準太空人肯馬汀利也置身於實驗的模擬艙好為同
伴找出回家方法時，全片的光環就此確立。最後太空船通過
大氣層時屏氣凝神，相當於一場偉大的儀式，徹底歌頌擁抱
合作的結果。所以電影也順理成章地把這個單一事件渲染成
全體人類的共同成就了。

　　相對於太空人和太空總署、男人與男人的合作無間，家
庭內的男女（夫妻）關係、親子關係雖然僅為點綴，卻負有
支持前項命題的任務。最明顯的是飾演妻子的凱薩琳昆蘭所
代表的賢妻良母典型，她們（包括其他太空人太太）除了生
育、家務的功能外，就是「相信丈夫」。當眾人都不看好太

空人生還時，這名女性反而更堅定地說：「你去跟我的丈夫談，他星期五就回來。」更有趣的是她婆婆的話：「就算給我兒子吉姆一台洗衣機，他都能開回來。」

「信任」是這個家庭所提供的社群意義，但是它也暴露出本片完全以男性為主體的意識形態。當女兒只會為披頭四鬧情緒的時候，吉姆洛維爾已經教導小兒子登陸月球的道理和太空船的知識了。而在演技上與湯姆漢克斯旗鼓相當的艾德哈里斯所飾演的地面指揮中心主任，每次執行任務前，老婆都會派人送來一件親手製的背心。「背心」就是這個女人出現的方式。因此本片在性別上呈現了這樣的結果：它是本年繼《刺激一九九五》後，男演員整體表演最整齊的一次；酵素中卻包括了個性模糊的女角們的陪襯助勢。

它讓我想起了本片導演朗霍華之前一部以消防員為題材的《浴火赤子情》，男性的忠誠結盟，終究成為他對某個特定專業致敬的理由。不過以前的朗霍華主要還是以溫馨的喜劇為主，包括《銷魂大夜班》（一九八二）、《美人魚》（一九八四）、《魔繭》（一九八五）、《溫馨家族》（一九八九）、《媒體先鋒》（一九九四）在內，都洋溢著溫暖愉悅的情調。相較之下，《浴火赤子情》和《阿波羅13》這類涉及其他專業領域的題目，以及較接近戲劇性電影範疇者，對他來講真的是比較特別的嘗試。尤其《阿波羅13》在場面調度上大部分必須局限在封閉的室內，場景上無從變化。精

準地調製危機張力，成了朗霍華想要自我提昇在好萊塢分量的唯一法門，而他也做到了。

　　無論你多麼嚴格地歸類，朗霍華都是最標準的「好萊塢人」。他從五歲就開始當童星，二十三歲導演第一部電影，並非科班出身，全靠好萊塢的耳濡目染和自我學習。所以好萊塢那套家法或公式，他可以說是得心應手，是專長也是局限。像在《阿波羅13》裡，雖然出現一點批判的力道，傳媒嫌登陸月球已失去新鮮感而不轉播，待太空船出事後又爭相炒作，但是才沒多久，電影又變成去肯定透過傳媒渲染所帶出的舉世關注風潮，前後的不一致對情節並沒太大影響，卻顯示態度上的模稜兩可。有時候過度樂觀地跟著規則走，雖然可以走出一個規模，卻不見得有辦法解決自己的問題。擺在好萊塢的脈絡來看，它確實稱得上是優質產品（尤其是相對於一九九五年暑假好萊塢電影的乏善可陳）；但是相對於更大的電影世界呢？

　　所以我用兩個角度來看它：之於整個電影，《阿波羅13》只走了一小步；好萊塢的某些沈痾，它還是躲不掉，但好萊塢傲人的部分，它也沒錯過任何一點，並且委婉傳達出「社群合作」的題旨。但是之於導演朗霍華，《阿波羅13》卻是他的一大步，因為證明了他在場面調度上的實力，以及處理「非喜劇性」題材的分寸。對於一個從影超過三十五年的中年男子而言，這種對我們而言的點滴，對他的事業或許是

個翻山越嶺！

　　成為好萊塢體制內的一級導演，真的那麼重要嗎？那就看你怎麼想了。至少在朗霍華的孜孜矻矻裡，它是個明顯的目標。

⊙原載於1995年9月2日〈工商時報〉

他鄉異國

蒙特婁的耶穌

雙生兄弟

念白部分

戀制服癖的男人

情人們

高跟鞋

巧克力情人

青青校樹

搶錢家族

蒙特婁的耶穌／雙生兄弟／念白部分

Jésus du Montréal／Dead Ringers／Speaking Parts

加拿大的三朵奇葩

　　加拿大這個幅員廣大，位於美國北方的國家，對影迷而言，除了是「清秀佳人」安雪麗的故鄉外，大概就是在好萊塢發跡的米高福克斯（Michael J. Fox）的老家了。就電影而言，一九九○年以前有兒童勵志片《小兄弟》（The Kid Brother, 1987, Claude Gagnon編導）與女性電影《去聽美人魚唱歌》（I've Heard the Mermaids Singing, 1987, Patricia Rozema導演）在本地上映。其他只有求諸影展和影碟了。

　　加拿大最著名的片型是動畫和兒童電影，前者在奧斯卡拿了不少獎，後者則由製片人洛克迪蒙斯（Rock Demers）指揮拍攝了系列作品，一九九一年在「金馬獎國際影展」選映了四部，相當轟動。但是大部分的劇情長片常被誤解為美國或法國片（加拿大大約有六百萬法語系人口），一些優秀的影人也連帶埋沒。以下將評介三位加拿大導演的三部作品：丹尼斯阿坎德（Denys Arcand）的《蒙特婁的耶穌》（

Jésus du Montréal）、大衛克羅能堡（David Cronenberg
）的《雙生兄弟》（Dead Ringers）、艾騰伊格言（ Atom
Egoyan ）《念白部分》（Speaking Parts ）這三部加拿大
片都可找到影碟。

蒙特婁的耶穌

資本社會啟示錄

導演：Denys Arcand

編劇：Denys Arcand

演員：Lothaire Bluteau, Catherine Wilkening,
　　　Remy Girard, Johanne-Marie Tremblay

　　丹尼斯阿坎德是加拿大法語系的知名導演，他的名聲建
立在兩部入圍奧斯卡最佳外語片的作品：《美國帝國淪亡記
》（ Le Declin de L'empire Americain, 1986 ）和《蒙
特婁的耶穌》（一九八九）。其實他早在六〇年代就晉身電
影界，為加拿大國家電影局（National Film Board of Ca-
nada）製作紀錄短片。一九七〇年拍攝了第一部紀錄長片《
從棉花開始》（ On est au Coton），旋遭禁演，理由是對
魁北克紡織工人工會抗爭活動的拍攝太具政治煽動性，直到
六年後才開禁。後來他又拍了《臭銅板》（ La Maudite
Galette, 1972）、《金納》（Gina, 1974）等以魁北克政治

、社會為議題的劇情片。阿坎德在七〇年代中期轉入電視發展，這段時期也是加拿大電影文化遭好萊塢淹沒的黯淡期。因此他在八〇年代的國際令譽，不僅是只占四分之一人口的法語系的光榮，也象徵加拿大電影的反撲。

　　就像《美國帝國淪亡記》講的不是美國，而是知識份子的性愛關係與偽善言行；《蒙特婁的耶穌》也非志在為耶穌立傳。男主角丹尼爾（羅非亞布魯圖Lothaire Bluteau飾）受雇為蒙特羅教會導演一齣受難劇，他找了藝術學院的學姊康絲坦斯（珍妮瑪莉崔伯莉Johanne Marie Tremblay飾）、電影配音員馬丁（Remy Girard 飾）和雷尼（ Robert Lep-age 飾 ）、以及廣告模特兒蜜希莉（凱瑟琳韋肯寧 Cathe-rine Wilkening飾）合作。阿坎德藉由角色的身分揶揄了媒體，像馬丁在色情片一人配二人音的慌亂諷刺，很接近阿莫多瓦（ Pedro Almodovar）《慾望法則》的開場；蜜希莉身著薄紗拍香水廣告，又被導演男友譏笑全身價值就在屁股，也傳達「男性視見」的影像工具對女體的剝削。「媒體檢討」似乎成了近年電影專注的共通課題。

　　片中丹尼爾不僅導演，也演出劇碼「山上的激情」中的耶穌，他利用自然場景，讓觀眾身歷情境的演出方式大獲好評。庸俗的劇評家們（！）在節目大放厥辭讚美他，商人、律師想找他販賣形像，教會卻對他戲中的考古、質疑大為不滿，決定終止演出。就在教會警衛為阻止表演而和觀眾產生

肢體衝突時，撞倒了十字架，還釘在十字架上的「耶穌」丹尼爾硬生生地栽在地上，血流如柱。急救醫院裏擠滿了病人，沒有人伸出援手，忽地醒來的丹尼爾自行離開醫院，在地下鐵車站又倒了下來，昏迷前，他既像瘋子又像先知般在地鐵向眾人誦念對白，卻字字警語。耶穌／丹尼爾開始混淆，尤其是丹尼爾死後捐出的器官，正如聖經所載耶穌醫人一樣，治好了各地的人。諷刺的是生前丹尼爾費盡氣力詮釋耶穌，而他莫名的死，又成全了他的神話。這段二十世紀的神話，則生於宗教、法律、商業、藝術的交纏催化下。

　　丹尼斯阿坎德的銳利在於透過簡單的戲劇演出風波，牽扯出大堆的問題。康絲坦斯和神父發生關係，但神父不敢還俗，因為他不能忍受蒼涼的晚年。片中有關宗教與資本主義、藝術自由的論爭十分精彩，不但尖銳地戳破神聖的外貌，直指凡俗的一面，也承認了不完美的存在及其意義。丹尼爾陪伴蜜希莉參加廣告試鏡，丹尼爾不能忍受導演、出資人對人性自尊的踐踏而怒砸會場，甚至掌摑女製作人一場，大力地批判廣告的販賣性格，呈現剝削者的嘴臉，也巧妙地指出女性本身有時自淪成為踐辱女性的幫凶。不亢不卑，見地突出。

　　從片首流傳在教堂中的聖樂到片尾在地鐵演唱聖歌賺錢的女孩，從世紀初的耶穌到二十世紀的丹尼爾，《蒙特婁的耶穌》指陳所有的事物在現代都不再單純，宗教、藝術也脫

離不了商業的桎梏，外表的金玉堂皇，內裡其實腐臭可聞。因爲丹尼爾傳奇又短暫的一生，資本家迅速找齊團員組成「丹尼爾紀念劇團」，他不排斥演出實驗劇，是因爲只要經營得當，也能賺錢。蜜希莉不忍簽名，奪門而出，正是瞭悟理想主義滅亡的必然。

丹尼斯阿坎德逼使觀眾面對資本高度發展的社會中，藝術成爲生活點綴品的事實。資本家－藝術家－觀眾－評論家這條鍊的相互滲透墮落，不再是銀幕上的情節，毫無疑問也在現實中開拓了。觀來促人省思。

而心知肚明的丹尼斯阿坎德對於他已成爲加拿大龍頭導演的事實說道：「昨天還不認識我的『重要人物』明天都要和我午餐，而我真正想要的，是回到我的小屋，安祥地創作下一個劇本。」

雙生兄弟
鮮豔親密的祭典

導演：David Cronenberg

編劇：David Cronenbeg, Norma Snide

攝影：Peter Suscitzky

演員：Jeremy Irons, Genevieve Bujold

大衛克羅能堡的《裸體午餐》（Naked Lunch）曾在台

灣上映過，加上已有錄影帶發行的舊片《錄影帶謀殺案》（Videodrome, 1982）、《死亡禁地》（又名《再死一次》The Dead Zone, 1983）、《變蠅人》（The Fly, 1986），以及由他主演的《魔域總動令》（Nightbreed, 1990, Clive Barker編導），影迷應當不陌生，只是可能以為「又是」一個好萊塢導演罷了！其實克羅能堡是多倫多人，猜錯無須意外，就像多數觀眾不曉《屋上提琴手》（Fiddler on the Roof, 1971）、《義勇急先鋒》（…… And Justice For All, 1979）、《發暈》（Moonstruck, 1987）的導演諾曼傑維遜（Norman Jewison）也來自加拿大，畢竟好萊塢是他們的揚眉之地。他們在異域聲望可能更高於本土。

大衛克羅能堡對恐怖類型的沈迷是眾所皆知的，不過他並非賣弄鬼魅陰影的「星期五」或「鬼上床」派（這類主流老在性高潮時開膛破肚、灑血吃人，尤以前者為最，後者至少保有些許青少年文化色彩），他的光怪陸離是對於生理、心理無力控馭的恐懼：《錄影帶謀殺案》的詹姆斯伍德（James Woods）被一卷性虐待錄影帶混淆意識，「幻覺能在腦部產生腫瘤，成為另一個新我」的假設怪異大膽。較為簡潔的賣座片《變蠅人》雖是舊片重拍，但重點在科學家意想打破生理環結秘密而功虧一簣的悲劇，影片拍出破壞天賦的危險，冒險的科學家最後要求死亡的哀苦令人唏噓天才不敵上帝，人類難逃身陷未知恐懼的命運。

了解這些背景就不難進入《雙生兄弟》的世界。據聞《雙生兄弟》的構想是來自一部馬克斯雙生兄弟的紀錄片，克羅能堡在一九八五年看到本片，取得改編權後，他加進一名女主角，構思了這部親密又詭異的代表作。

從片頭的演職員卡開始，就帶出恐怖的氛圍，暗紅如血的底色上，印著各式婦科手術器材與人體奇觀的黑白圖片。他輕描淡寫地帶過雙生兄弟的童年、大學時代，表現兩人對性、生理的態度，以及行事時一內一外的原則。等到兩人執業成為知名婦科醫生，好戲於焉開始。哥哥艾略特外向大膽，弟弟班佛利內向害羞，除了相貌一樣外，似乎不難區分。但是當一位有「三叉子宮頸」的女明星介入後，情況改觀了，班佛利迷戀女明星不可自拔，跟著染上毒癮，艾略特也莫名的消沈，兩人的分野愈來愈模糊，原本分道揚鑣的狂野、內斂個性匯流為一，雙胞胎的宿命關聯成了恐怖而不可解的力量，惟有擁抱毀滅才是結局，即使是殘留一人（班佛利最後在迷幻中解剖了艾略特）也沒法改變。

紅、藍雙色的刺眼色調染遍了鏡頭，藍色的醫袍和紅色的手術衣，猶如水、血的滿溢；金屬閃亮的手術具，則透出刑具般的駭人寒光。再也不願和哥哥分享的班佛利在夢境中和哥哥腸肚相連，女明星則張開大口咬斷臍帶，一陣驚叫夢醒，正是難解的恐懼。凡人都會因為看到與自己相似的人而感到訝異，即使是落地就彼此相識的同卵雙生子，也不免因

個性的聯結而崩潰。彼得格林納威（Peter Greenaway） 在
《一加二的故事》（A Zed & Two Noughts， 1985）嘲諷人
類對死亡的無力，雙生子的「自殺實驗」顯得荒謬，是黑色
的幽默。《雙生兄弟》則嚴肅而不失興味地大膽舖陳，雙生
子的毀滅傾向希臘悲劇般的宿命，是鮮豔的祭典。

　　《雙生兄弟》請出了加拿大知名女星珍妮薇布嬌（Gen-
evieve Bujold， 近作有《輝煌時代》、《紙上婚姻》等）
出任女主角， 戲份吃重的男主角則由英國的傑瑞米艾朗 （
Jeremy Irons）出飾。一九九〇年奧斯卡影帝的頭銜讓傑瑞
米艾朗的國際知名度大開，其實他在《雙生兄弟》一人分飾
兩角，既能掌握雙生子有意的不同，又能呈現彼此糾纏的痛
苦，早被多倫多影展與紐約影評人協會選為一九八八年最佳
男主角，演技成績無懈可擊，只不過奧斯卡後知後覺罷。欣
賞《雙生兄弟》是萬萬不能略過他的表演的。

　　大衛克羅能堡的類型電影常超出傳統，甚至讓觀眾摸不
著頭緒，不少影評人推崇備至（例如紐約影評人協會），但
也有以為其賣弄奇淫，不以為然。我倒覺得克羅能堡至少在
幾近僵化的類型中，賦予全新的議題，他對生物奧秘的迷戀
與極其曖昧的象徵，已具作者模型。《雙生兄弟》則是我個
人偏愛的風格。不習慣《裸體午餐》的影迷可以改從本片進
入克羅能堡的電影世界。

念白部分

性愛與影像的迷宮

導演：Atom Egoyan

編劇：Atom Egoyan

攝影：Paul Sarossy

演員：Michael McMannus, Arsinee Khanjian

　　艾騰伊格言在加拿大英語系的地位直追法語系的丹尼斯阿坎德。我曾在一篇討論《直到世界末日》（ Until the End of the World）的影評中提到伊格言，許多人都沒聽過這號人物，但是一提《售後服務》（The Adjuster, 1991），只要一九九一年在「金馬獎國際影展」看過此片的影迷一定大爲振奮，這是當年我最喜歡的電影之一，所以當我在影碟堆中找到他前一部作品《念白部分》（一九八九，又譯《禁忌的愛》或《幕前幕後》），又是一陣興奮。

　　伊格言是加拿大新一輩導演的佼佼者，一九六○年生於開羅，移居加拿大後，十三歲就寫作舞台劇，二十四歲拍攝處女作《喜相逢》（ Next of Kin. 1984）即獲得曼海姆影展金杜卡獎（the prize Ducat Dór）。 這部《念白部分》也參加了各類影展，包括坎城影展的「導演雙週展」（ The Director's Fortnight）。他的一貫風格是以多線分頭敘事，以「性」和「錄像媒體」爲經緯，抽絲剝繭下，理出一個

震憾的結局，擁有偵探的趣味，也是追求新式電影語法者心目中的大將之一。他的作品弔足人胃口，不到劇終，絕看不出結局。而鏡頭與鏡頭的連接又常出人意料之外。

《念白部分》的敘事主要圍繞在二女一男身上發展：其中，劇作家克萊拉一直忘不了死去的弟弟，她寫了一部弟弟捐一個肺救姊姊，後來病逝的電影劇本。麗莎（ Arsinée Khanjian 飾，她也是《售後服務》的女主角 ）則在飯店裏當女侍，每天送毛巾、床單，惟一關注的是她那俊美的同事藍斯（Michael McManus 飾）。藍斯不只是侍者，也是為飯店女客服務的牛郎，對於麗莎的關愛視為騷擾，他想做的是電影明星。

「錄像媒體」是片中人物的嗎啡。麗莎租了每一部藍斯當臨時演員的錄影帶，反覆地欣賞，她奇怪的舉止吸引了錄影帶店員的注意，並介紹她看自己拍攝的結婚錄影帶。麗莎並不在意錄影帶中華麗的宴會，反而被受訪者誠實地在攝影機前宣洩感情所吸引，攝影機侵蝕了隱私，甚至成了測謊器。她興奮地要求隨同拍片，亦如法訪問新娘，但她的發問卻逼使新娘在鏡頭前歇斯底里地哭起來，結果被趕了出去。

劇作家克萊拉透過影音傳訊和導演溝通劇本，也藉由家庭電影緬懷昔日時光，姊弟之間彷彿存有不可告人的親愛。某日，她住進了藍斯服務的飯店，藍斯在打掃房間時，發現克萊拉桌上的照片和自己十分相像，於是留下了履歷表。長

得很像弟弟的藍斯立刻擄獲克萊拉的芳心，他被推薦給導演，當克萊拉離開本地，兩人則利用影音傳訊螢幕彼此手淫自慰（！）伊騰艾格言大剌剌地拍出人們如何習慣隔著鏡頭、銀幕溝通，卻缺乏接觸的勇氣。影像保留了人類真實的瞬間，也減低了現實的能力。

藍斯終於得到渴望的角色，但導演卻把劇中的姊姊改成哥哥，克萊拉為此消沈，她要求藍斯堅持不得刪改原劇，而藍斯則擺盪在男主角與克萊拉的請求間，他終究為得以演出而妥協，卻在拍片現場看到舉槍自盡的克萊拉。而飯店這廂發生了女客自殺的命案，麗莎走火入魔地在錄影帶中看到藍斯捲入其中，真幻已經混亂，影像重構了現實，甚至成了靈魂的迷宮。而此時藍斯唯一可依靠的人，就只有麗莎了。

艾騰伊格言以平行剪接交待不同的人事，初看是丈二金剛摸不著腦袋，但這些前引都在後來交頭、碰觸，所有的事件都不單純，反而是互相牽制的，的確令人耳目一新。他挖掘人類躲在攝影機前後並沈溺於影像世界的私密快感，頗像《性、謊言、錄影帶》（Sex, Lies and Videotape）的史蒂芬索德堡（Steve Soderbergh）對人類疏離的探討。影像解決、彌補了人類的回憶、經驗和慾望，但最終仍得回歸到最原始的方式，人與人面對面的接觸，才是最根本的治療。然而媒體發達的便利，似乎日益剝削著本能。這部作品預言影像的麻醉力量，當使迷戀電影的影迷震驚反省；而全片籠

蒙特婁的耶穌／雙生兄弟／念白部分

197

罩的詭譎氣氛與新奇有力的敘事手法，更飽含新鮮感。

　　艾騰伊格言是個早慧的奇才，前途無可限量，影迷不妨
注意這位新銳的動向。

⊙原載於1992年6月〈世界電影〉

戀制服癖的男人
I Love A Man In Uniform
加拿大拍案驚奇

導演：David Wellington
編劇：David Wellington
攝影：David Franco
演員：Tom McCamns, Brigitte Bako,
　　　Kevin Tighe

　　缺乏深厚或悠久的電影傳統，又頻受美國電影的壓境，加拿大的電影非但未因此跌至谷底、反而激盪出不少新鮮又有活力的異數，成為近幾年金馬國際影展最令人叫絕的驚奇。大衛克羅能堡（David Cronenberg，《雙生兄弟》）、艾騰伊格言（Atom Egoyan，《售後服務》）、尙克勞德羅桑（Jean-Claude Lauzon，《里歐洛》），以及在《蒙特婁六重奏》小試牛刀但早享令譽的丹尼斯阿坎德（ Denys Arcand ）與派翠西亞羅西瑪（ Patricia Rozema ），既有靈活多變的敘事能力，背後支撐的人文思量也能源源不斷，我不諱言自己早被這道北美電影活泉所吸引。而今年我們或許可

以再加個新名字——大衛威靈頓（ David Wellington ），
作品編號 NO.1《戀制服癖的男人》（I Love a Man in Un-
miform ）。

就敘事結構來看，《戀制服癖的男人》擁有成為一部精
彩的類型電影的條件。一個想當演員的銀行職員如願贏得一
部影集的警察角色，隨著演出代入而不可自拔，終究陷於崩
潰的結局。聳動的故事其實包藏著意義豐富的文本，涉及到
表演心理、模仿與真實、戀物癖、權威疑懼、媒體批判等等
層面。

一個粗糙的解讀，可以把本片詮釋成演員在缺乏與角色
的心理距離下而產生走火入魔的悲劇，那麼它可能是一部關
於表演者的心理衛生的驚悚片。但是如果我們把電影的擬真
性與幻覺性一併考慮進來，會發現「觀眾的入戲」才是這股
魔法的源頭，我們自以為在見証別人的錯亂，事實上我們才
是搞不清楚狀況的人。 Tom McCamns（男主角）所做的是「
模仿」銀行職員在「模仿」警察後的情境，所以他必須先變
成一個蒼白削瘦的上班族，然後再逐漸滲入矯健陽剛的氣質
。由於在電影的世界中，第一個模仿被視為「真實」，演出
者必須在不露痕跡的情況下做出可供辨識的區別，達成所謂
的層次才算成功。這點 Tom McCamns 不但做得很好，還讓
我們看到一個演員表演幅度的驚人可能性。相較之下，本地
的《暗戀桃花源》反而是在這方面露出了破綻。

如果不考究電影真實與模仿的問題，直接進入其中去捕捉意義，《戀制癖服的男人》仍然充滿詭異的魅力。男主角把戲服（警察制服）帶回家，美其名是為了輔助練習，但是從全景的裸體鏡頭到警察佩件一一穿載上的特寫鏡頭的組合聯繫，根本就是一場拜物教的儀式。諷刺的是當他穿著制服假裝輕鬆地走在路上時，眾人的信以為真，更加強了人類被符號化的外在印記所牽制的荒謬實況。而他唯一缺少的是把真槍（你想把它解釋成陽具？！），當男主角從想闖空門的少年身上得到他要的槍時（你相信這種安排只是無辜的巧合嗎？），也是他錯亂身份的分界點。地下電影先鋒肯尼斯安格（Kenneth Anger）在《天蠍座昇起》（Scorpio Rising）對陽剛符號的解構，竟成為《戀制服癖的男人》情迷意亂的酵素，雖然殊途，卻有同歸之妙。

　　大衛威靈頓對銀行職員陷入警察幻覺的舖排陳述上，也納入了不少屬於社會現實層面的材料，並由這方面顯示他的威權體制的焦慮疑懼。男主角在銀行工作的一大奇遇是某日出現了一個模仿瑪麗蓮夢露在《七年之癢》（The Seven Year Itch）造型的女人來搶劫銀行，她不但把槍伸入男主角的口中，還脅迫他打開保險櫃，男主角則親眼看到她殺人以及裙角在門口揚起的景象。女人帶著電影幻覺闖入這個現實，男主角則帶著現實而墜入幻覺，後者顯然更加沈重。他為銀行主管對混混的妥協感到不滿、憤而辭職，點出社會正

義是他進入警察角色的力量來源；然而違規民眾對他的排斥吆喝，以及目睹其他警察的同流合污，卻使得這個正義的藉口頓顯荒謬。你甚至可以說這兩方面的挫折加速了他的滅亡：油條警察害他殺了人，戀慕的女演員拒絕他的感情，制服的意義遭到扭曲時，扮演的純潔性也一併被消滅。

極其諷刺的是這種結局和男主角參與演出的電視影集完全背道而馳。影集裡的警察何其英勇地捍衛想學藝術的妓女，並以壯烈的犧牲做結，男主角把這股情操移植到生活上的結果只有失望。你可以聯想到霍爾哈特萊（ Hal Hartley）的《關於信任》（ Trust）片中男主角拒絕修理電視的說詞，似乎可以用來解釋《戀制服癖的男人》主角所犯的盲點。那麼，電視的功能又是什麼？從服裝師那句「又死了一個！」所反映出來的不外是大量複製的商業產品，它的販賣性質是要遠勝感情依托價值的。用電影來反省電視，就媒體性格「部分」類似來看，也不乏創作者的自省意味。

從片首男主角在途中見到警察意外被殺的現場，到最後男主角隨著影集結束自殺以終而被趕來查辦的警方視為同僚收場，《戀制服癖的男人》從頭到尾都保持以曖昧而生的張力，是導演執行上的成功。這是大衛威靈頓的第一部劇情長片，充分掌握現代都會份子固執不悔又孤絕於外的心理，以及受制於符號終至動彈不得的處境。而這份對於現代生活的敏銳詮釋，加上敘事手法的靈活熟練，似乎成了加拿大電影

近年開疆拓土的雄偉本錢，值得做更深的研究、觀察。

⊙原載於1993年12月〈影響〉

情人們

Amantes

愛情是共謀的罪

導演：Vicente Aranda

編劇：Alvaro del Amo, Carlos Perez
　　　Merinero, Vicente Aranda

攝影：José Juis Alcaine

演員：Jorge Sanz, Maribel Verdú, Victoria Abril

　　年輕俊美的「巴可」沈迷在女房東高超的性愛技巧中，
屢屢傷害未婚妻的心，未婚妻在萬念俱灰下，但求一死，巴
可用剃刀幫她了結後，捧著血跡奔向愛人⋯⋯。

　　乍看之下，《情人們》只不過又是一個豔情的三角戀愛
通俗劇。但是，就像大島渚的《感官世界》用男女主角的縱
慾來對抗日本的軍國主義；《情人們》宛如無政府狀態的性
高潮，也暗地和西班牙佛朗哥政權的軍事獨裁唱反調。電影
開始，正是巴可最後一次穿軍裝，退伍後的巴可既不願回鄉
，也無法在任何一樣工作中安定下來。他一直游移在體制之

外，自從和女房東發生關係後，他更陶醉在造愛的世界裡，偶而和女房東行騙分錢，亦無所事事。到影片結尾，甚至只剩沒上火車的巴可和女房東在月台上擁吻，爲愛情共謀犯下的罪行互相安慰，恍置無人之境。

像《感官世界》一樣，《情人們》也是改編自真實的社會事件，他們極端個人主義的縱慾，超越社會規範甚多，同時代表國家機器控制力量的不周全。雖然背叛的結果一定會被撲滅：《感官世界》的阿部定在割下愛人陽具後四天被捕，《情人們》的巴可和女房東也在未婚妻死後三天遭逮；但是已經逼出了國家機器的不安。

事件的真實主角未必抱著反動的信條造愛，邏輯上也不太可能。但是敏銳的導演卻可以透過電影的詮釋，爲那個荒謬的時代找出漏洞，當事人便有了特殊的意義。由此看來，巴可未婚妻的命運似乎在電影開場就注定好了。她在巴可的前任長官家裡幫傭，她的一切都象徵著「秩序」，雖然她後來也爲了挽回男友而奉獻童貞，但她的性愛又指向婚姻和成家。她的死，也和體制有關：當所有人都以爲巴可要和她成家立業，但是巴可卻愛著女房東，前無去路，後無退路，她只有「求」巴可殺了她。在教堂前，鮮血從剃刀滴落到冰雪上，可憐的女孩必須把腳插入雪中以減輕痛楚，除了嘆她「枉爲癡情花」，影片背地也指向體制的殺人。

《情人們》的造愛場面雖不至於像《感官世界》真槍實

彈的聳動，卻也暗潮洶湧。導演只有在巴可的初夜，用較多的全景捕捉過程，我們看到女房東把一塊方巾塞入他的屁眼，一邊造愛，一邊緩緩抽出。以後多以中景和特寫帶過，但是從巴可的表情看來，他和女房東的性愛同時擁有「插入」和「被插」的快感，也是不符常軌的。

　　一切的反常，都可被導演塑為對體制的反叛，而反叛的對象，自然是佛朗哥的獨裁政治。就算你不管這些，只把它當成俊男美女的情慾戰場，還是有可觀之處，但是請不要自以為衛道而強定片中人的善惡。當鏡頭不忍去正視女孩的死亡，又能熱切地呈現月台上的擁吻時，導演早就跳出道德桎梏來看待這個事件了。

⊙原載於1992年11月24日〈自立晚報〉

情人們

高跟鞋

Tacones Lejanos

開始走味的阿莫多瓦

導演：Pedro Almodóar
編劇：Pedro Almodóar

攝影：Alfredo Mayo
演員：Victoria Abril, Marisa Paredes, Miguel Bosé, Feodor
　　　Atkine

「小時候，每看到街上高跟鞋走動，便多麼期望是母親
回來了……」

擁有一位光芒四射而無暇顧及家庭的母親，悲劇就註定
發生了，委屈扮「醜小鴨」的女兒，一方面極力想變成母親
的模樣，另一方面卻又憎恨母親的遺棄。唯一自救（或者報
復）的辦法是搶走一樣原屬於母親的東西。情夫吧！把他變
成自己的丈夫，再邀母親重聚，或許可以彌補嫌隙，順便示
威。但是當丈夫又和母親攪上時，只有訴諸流血了。殺誰
？當然是男人，這樣才能得到另一個女人的「贖罪」！

說到母女情結，不妨在影碟、錄影帶找找柏格曼一九七

八年的《秋光奏鳴曲》（或是伍迪艾倫一九八七年的仿作《情懷九月天》）來和阿莫多瓦的《高跟鞋》比較一下，永恆的對立和模仿都指向母女情結不可能解除的宿命。但是，前者在謹守形式的冷靜中，揭示無可救贖的矛盾，刺得痛人！阿莫多瓦不一樣，他的愛恨非理性可言，暴力是迷亂下必然的結果，就像他結合西班牙情調和好萊塢類型的無理、奇妙。

　　這份不羈，可以由男主角身上找到：他既是警官，又是毒販，甚至以人妖姿態表演歌舞。你當然可以說這是阿莫多瓦對威權符號的瓦解，不過下一秒鐘，他又忙著癡戀殺夫的女主角，以至於女兒最後自信地告訴母親，門外的男人會幫她的！再想想片中女子為愛故意入獄的側寫，阿莫多瓦的特立獨行不無道理，世界既然荒謬，感情又何需理性？

　　只可惜做為阿莫多瓦第一部登上台灣院線正式上映的作品，《高跟鞋》距離他的最佳水準實在太遠。嚴格說來，阿莫多瓦已經有持續走下坡的危機了，他對情慾的讚嘆刻劃早在八〇年代後期的《慾望法則》（一九八六年）、《鬥牛士》（一九八六年）達到高峰，從《綑著你，困著我》（一九八九年）到《高跟鞋》（一九九二年），漸有「為影適情」的斧鑿痕跡。像是片尾刻意安排母親死前終於肯為女兒承擔殺夫罪名的「硬轉」，就虛矯得令人生氣。因為阿莫多瓦曾是個那麼至情至性的創作者，不畏俗麗，只是放膽地在愛慾

告別大師

母與女的戰爭，最絕的是拿同一個男人當夾心。（春暉影業提供）

阿莫多瓦曾是才華洋溢的鬼才，但近來逐漸有過多刻意與斧鑿的痕跡。（春暉影業提供）

中呼吸，結果我們反而從中看到了鑽石般的光芒。現在不一樣了，他彷彿洞悉了自己的優點，開始想刻意發揮某些部分來吸引注意力。一下是官僚一下是人妖的男主角儘管有趣，而且可供分析，卻失去了他既往拍同性戀、殺人犯、變性人……，只是想發掘他們是「人」的熱情與痛苦，而不只是作怪。現在，我不禁擔心阿莫多瓦開始剝削人了。

而諷刺的不僅於此。以往，阿莫多瓦曾是我們筆下不世出的鬼才，如今他終於有作品正式上映了，我卻必須替從未經由影碟或地下錄影帶見過他舊作的人引介之外，還得殘忍而誠實地指出阿莫多瓦退步的事實。一方面是藝術創作者「不進則退」的結果，另方面也凸顯了本地電影生態的後知後覺。阿莫多瓦最精彩的時候，沒人知道他，好不容易經由媒體（譬如早期的〈影響〉雜誌）、ＭＴＶ和影痴的傳播，我們得以在九○年代初始，以特殊管道見識他八○年代輝煌的成績，再等到院線願意嘗試接納他時，卻已是昨日黃花，時不我與了。

阿莫多瓦是個好導演嗎？

曾經是的。

只是台灣的戲院觀眾沒趕上。

⊙根據1993年1月7日〈民生報〉改寫

巧克力情人

En Comoagus Para Chocolate

美食、愛情、權力慾

導演：Alfonso Arau
編劇：Laura Esquivel
攝影：Emmanuel Lubezki, Steve Bernsten
演員：Marco Leonardi, Lum Caazos,
　　　Reona Torne

　　把食物做為起「興」的元素，丹麥有《芭比的盛宴》用
美食來解放宗教與生活的禁錮，英國也有《廚師、大盜、他
的太太和她的情人》藉吃來講階級與迫害，日本的《蒲公英
》則從拉麵引伸出日本及外來文化的趣味糾葛。來自墨西哥
的《巧克力情人》論精緻程度，都比不上前面幾部，但是正
如每種食物都有它專屬的風味，外表樸拙的《巧克力情人》
反而烹調出幾味奇珍異饌。

　　「加入大量的愛」是本片女主角信守不渝的烹飪祕訣，
影片也從愛來出發。第一道神奇的菜出於男女主角有情人不
能成眷屬的痛苦，由於么女不得出嫁且要服侍母親至死的家

巧
克
力
情
人

巧克力和情人；美食與性。（春暉影業提供）

族傳統作梗，她只好眼看母親把大姐推薦給自己心愛的人當妻子，而愛人竟然也以這樣才能接近她為理由答應了。母親在片中是女兒噩夢的源頭，諷刺的是道貌岸然的母親年輕時也是為情慾所苦的可憐人，老來卻走上壓迫猶如自己翻版的女兒，這類在國片中常被處理為婆媳問題的關係，成為本片魔幻魅力最大的來源。母親後來死於革命時期，正暗喻了這

男人在這部電影裡的定義也不一樣，既可以是愛情鳥（男主角），也可以是啟蒙者（醫生）。（春暉影業提供）

股封建力量的被推翻；大姐接著起而效尤，也象徵這種惡勢力的再生。

　　然而影片並未隨著這兩個傳統惡勢力的生息而墮落，女主角的二姐光著身子躍上革命領袖的馬，再回來已是女將軍的側寫，就暗示了另股強大的反叛潛力。而女主角一再保護外甥女免受自己曾有的不平待遇，也證明她非但沒走上母親「受迫者掌權後再迫害別人」的反智輪迴，更掙破這股枷鎖的束縛，大有自覺先驅的味道。

　　而她的兩個男人，一個是讓她意亂情迷的愛人／姐夫，一個是開啟她心智的醫生／未婚夫，也扮演極其重要的角色。前者帶給她慾望和愛情，也幾乎逼瘋毫無招架能力的她，

巧克力情人

215

然後後者才以醫生姿態為她指出心靈鑰匙的所在。儘管女主角最後還是選擇了前者，卻已不再是昔日的吳下阿蒙，當她指責愛人自以為是的犧牲時，醫生的影響已經潛藏於無形了。所以女主角再回頭選擇初戀情人並非倒退的弱舉，而是自信自主地尊重她自己的想望，同樣的，男主角也勢必有所改變，這也是為什麼最後一道神奇的佳餚能吃得眾人忍不住造愛的原因了。

儘管艾方索是墨西哥少數具有國際知名度的導演之一，但是那套「魔幻寫實」的手法，說實在算不上高明；雖然女主角擁有東京影展影后的榮銜，卻不難發覺表演方式的不同在本片也造成部分對手戲的扞格與尷尬。《巧克力情人》多虧了它的好故事，這是一部屬於編劇的電影，我承認它在某些時刻的多言（太多的對話和旁白）曾讓我質疑這只是一部影像化的小說，可是那種以簡馭繁的內在功夫，又證明了它的自覺程度。

表面上這不過只是個現代女子對一位女性長者生平的追憶，藉著食慾和性慾的糾葛，意圖逼現各種層面的禁錮及其解放的必要。難得的是在保持故事的生動進行下，它不但開展成女性自覺的啟示錄，也刻意利用時空的巧合，和墨西哥內戰、革命遙相呼應，把反省帶入政治層次，同時也不避諱一些乍看之下不合本片題旨的人性面（譬如同性之間的傾軋迫害及男性也可能給女性的啟助），非但無損其精神，甚至

更彰現它的包容力。艾方索只是工匠化地鑲補完成，真正的大廚是他的妻子／原作／編劇－蘿拉·愛絲丘威勒。

⊙原載於1993年10月23日〈工商時報〉

青青校樹

Obecna Skola

捷克電影奇蹟的繼承與遞補

導演：Jan Svêrák
編劇：Zdenêk Svêrák
攝影：F. A. Brabec
演員：Jan Triska, Libuse Safrankova

　　捷克電影有它一貫的優良傳統，尤其是帶有政治諷喻和社會觀察的悲喜劇，曾在六〇年代形成一股獨步全球的浪潮，被影史家尊爲「捷克電影奇蹟」。這個風潮雖然在「布拉格之春」蘇俄的坦克輪下遭到斬禁，但影響力卻一直存在，就連其他東歐國家如南斯拉夫的電影，都從中學到不少。時至八〇年代，幾部在國際影展零星冒出的捷克電影又透露了優良傳統的復興，它們不再那麼強調政治性，不過對於人性的全面觀照，以及寄諷刺於幽默的獨門手法卻未變質，創作者包括老將新銳，《青青校樹》就是屬於年輕一輩的成就。

　　儘管是初試身手，《青青校樹》的導演楊斯維拉克卻選了一個超出自己年紀的背景：二次大戰後的一九四五至一九

四六年間的小鎮學校，引人思索的是，六〇年代的捷克新潮喜歡以二次大戰中的人民處境為題材，《青青校樹》則尾隨著戰爭結束來拍，似乎有遞補與繼承的味道。尚且不論導演是否有此意圖，但是他確實沿襲了昔日巨匠的風範，讓我們再睹生活與電影間的可能性。

它的結構不是直線敘事、因果分明的俗套，甚至沒有太明確的主配角之分，散文化的風格讓全片宛如各式的生活即景，看似並無必然的連接關係，組合之後卻又形成相當自得的完滿感，你也許記不得所有的細節，纖細恬淡的氣味卻跑不了。如果這部電影只是把生活片段加以組合就算了，仍稱不上好電影，考驗與難得的部分往往是在這些枝節彼此之間能撞擊出多少「蒙太奇」的效果，讓一加一變成三，甚至變成無限大。

譬如片中的男老師一角，既呈現了正直剛強的活力，把惡名昭彰的男生班調教成認同民族英雄、渴望成為男子漢的積極學子；而另一方面，他又常忍不住地貪好女色，甚至險些鑄成大錯。在這種不說斷一個人而呈現多面性的背後，其實是創作者對人性的尊重。這時候我們必須考慮到不同創作觀所凝結出來的電影世界，類型電影、通俗劇那種單面而且典型化的臉譜，在這裡是行不通的。《青青校樹》是沒有好人／壞人、英雄／狗熊、只有「人」的電影，所以看起來有點迂懦的父親會在緊要關頭爆破炸彈，卻沒安排他因此變得

幽默而豐富的人性觀，一向是捷克電影的好處。

本片可以視爲「六〇年代捷克電影奇蹟」精神的延續。

意氣風發，不可一世。同樣的，做母親的可能一時意亂情迷而幾乎背叛丈夫，甚至被不小心撞見的兒子所不諒解，但是當丈夫被電死的消息傳來，兩人沒命似地奔去，以及妻子看到丈夫安然無恙後跌坐在泥濘地上的神情，警戒線就這麼撤除了，來得恰巧卻不牽強。生活是不能用長篇大論來解決問題的，電影要如何捕捉不可言傳的真情時刻遂成為難題，《青青校樹》不見得超越了前輩的成就，可是在生活興味的提鍊上則極有潛力。

照理說台灣這片觀影生態應該有包含不同電影的消化力，然而事實上依賴宣傳、迷信卡司的陋習還是沒改，我倒不是反對主流電影的價值，但是把品味自限一隅卻是大不智。東歐電影值得探採的寶藏極多，被我們糟蹋掉的蒙塵佳作也不少，如果只因成見而喪失見識電影另一種潛能的機會，甚至斬斷了來路，反倒是影迷的損失，《青青校樹》足以提供這層省思的。

⊙原載於1993年5月8日〈工商時報〉

搶錢家族

木村家の人びと

愛錢無罪，賺錢有理

導演：瀧田洋二郎

編劇：一色伸幸

攝影：志賀葉一

演員：桃井薰，鹿賀文史

　　印象中涉及金錢觀的電影不出兩種模式：要不像周星馳的賭片把鈔票當衛生紙亂耍，就是像《華爾街》那樣提醒不擇手段紙醉金迷的下場。前者是浮在半空做大夢，後者是人為財死的警惕，《搶錢家族》卻是不在此列的異數，它不做夢，而是腳踏實地演練各種賺錢法，但是它也不教誨，一邊數錢還能一邊理直氣壯地高談「愛錢無罪」。它是那種屬於都會生活、中產階級的喜劇，雖然早在一九八八年就拍好了，卻相當合乎九〇年代的台灣氣息：灑了香水的銅臭味。

　　在《搶錢家族》裡，賺錢成了一種生活的儀式，每天早上全家四口一字排開，高呼賺錢口號後，就展開各式「奇觀」。說它是奇觀倒不是指其方法殊異，事實上不外乎是些人

人可爲的小副業，可怕的是片中人對時間、空間、人力的有效掌握，簡直到了出神入化的地步。媽媽可以一邊做外賣便當，一邊做電話叫床服務；爸爸不但把便當拿到站牌、公司兜售，連接送鄰居上下班都能小賺一筆；女兒則在小學的兒童福利會中領導同學以舊報紙賺經費，並對搶生意的大人不留餘地的攻擊。

值得玩味的是這些賺錢法無不緊扣社會脈動。利用老人送報紙不但能讓老人運動，還能賺零用錢，反映的則是年齡層老化又不被重視的人口結構問題。叫床、共乘、外賣，則針對了單身族和上班族的需要而來。就連小女兒都能反駁校長的「純真論」，指出兒童純真無知才會被大人欺負的例證。你也許不能苟同嗜錢如命的人生觀，卻也不得不承認《搶錢家族》的賺錢手段都是社會發展下的必然反映，電影只是捉到這個事實開刀，加以調整罷了！

其衝突的產生來自小兒子的罪惡感，他是家族裡唯一無法享受賺錢樂趣的例外，這是全片最難掌握的部分，在大談現實之後，突然丟個道德問題，無疑是相當棘手的，這也讓影片出現了意識型態上的矛盾。導演最終還是讓這家人再度投入賺錢人生中，而原本決定離開家庭的小兒子也重回親情懷抱，這個看似完滿的結局其實沒能解決問題，小兒子勢必再面對搶錢生活，矛盾還依舊存在。遇到現實／道德兩難時，導演瀧田洋二郎也難以自圓其說，以致《搶錢家族》就不

224

告別大師

如他的舊作《我們不要漫畫雜誌》來得淋漓逼人。不過本片的敏感已足以引發大眾的共鳴，在國片尚未碰觸類似問題時（《只要為你活一天》李明依吊著點滴偷開走裝滿鈔票的車子差可比擬），它已經幽默地刻劃出未來台灣可能的生活藍圖了。

⊙原載於1993年5月10日〈自由時報〉

搶錢家族

跨國電影

直到世界末日

玻璃玫瑰

薔薇的記號

鐵迷宮

蒙古精神

直到世界末日

Until the End of the World

尋找溫德斯

導演：Wim Wenders

編劇：Peter Carey, Wim Wenders

攝影：Robby Muller

演員：William Hurt, Solveig Dommartin,
　　　Sam Neil, Max Von Sydow,
　　　Jeanne Moreau

　　當女主角蘇兒嫚狄瑪丹毫無頭緒地出現在鏡頭前，然後又是公路、鐵路、空路、水路的追尋、探索時，或許有評者以爲《直到世界末日》是特地爲溫德斯的影迷準備的復習功課。但這回跨越半個地球的場景，並不同其舊作的作用，溫德斯輕輕地揶揄末世紀時，俄國的資本毒素、美國的信用卡崇拜與日本居住環境的非人性，也透露他對小津安二郎式的日本傳統的膜敬。但是這些就像本片對未來生活的著墨般淡漠，大部分的場景都不具特別意義，以往公路上的淒清困頓盡數散去，旅途的意義變成女追男／男追女的偵探趣味製造

機。

蘇兒嫚狄瑪丹一股腦地追蹤威廉赫特，不管這個男人偷了他的錢與信任；山姆尼爾緊跟在蘇兒嫚狄瑪丹的身後而無怨尤，甚至幫忙尋找情敵。熱戀中的溫德斯或許可以把他所擅長的男性自我定位困境給捨棄，來成全女主角的表演空間；也能放棄文化互動、滲透的探討，把民族舞台轉為情愛布幕；卻也未必濫情得昏了頭。換個角度看，當世界末日來臨的時分，以往專注的題旨已經沒有太多的意義，惟有堅信真心愛人的可能，才是末世紀僅存的救贖。只是溫德斯已經無法安於《慾望之翼》（一九八七）裏，天使般的溫柔渴望，而是在世界毀滅前，熱烈地、無需理性地擁抱愛情。至於選擇傳統日式背景來成全威廉赫特和蘇兒嫚狄瑪丹的愛情，又是《尋找小津》（一九八五）的側影。

只是人類情感的彼此救贖，似乎僅存於異性之間，除了威廉赫特、山姆尼爾以外，連一路上的偵探、搶犯、特務，都繞著蘇兒嫚狄瑪丹轉，沒有原具的冷硬特質，反而攏上一層軟化的幽默。男性之間的矛盾則凸顯在威廉赫特對兒子的愧疚，以及與父親（麥斯馮西度）的對立上，而父子的衝突，又是因為對妻／母（珍妮摩露）的愛而來。《巴黎德州》（一九八四）的印象又出現了。

《直到世界末日》最大的意外不是溫德斯大膽地把他過去碰觸過的題材悉數「炒」進本片，考驗觀眾、甚至影評人

男追女，女追男，一路帶著偵探趣味，卻走入一個嚴肅的題旨裡。（春暉影業提供）

這回溫德斯的「旅程」包括周遊列國，甚至衝向天外天。（春暉影業提供）

的耐力，而是在後半段把「公路電影」的自省，引領到影像的迷思中。賈曼實驗影像間的對話，高達解構影像的意義，伊格言表達影像對人類行為的影響，溫德斯則關注到影像的疾病與侵犯。威廉赫特與麥斯馮西度出生入死，只為讓失明的珍妮摩露看到親人的臉孔，反而讓她為世界的醜惡而痛苦，亦步向死亡。隨後白人們沈溺在夢境轉錄而成的影像迷宮不可自拔，還得靠為此離去的原住民和山姆尼爾的文字故事「解救」出來。

　一個用影像說書的作者來檢討影像疾病，非議的是科學主義不留餘地的侵犯，足以啃蝕人類的靈魂。當影像喪失創造力，徒為攝取私密的利器，其牽制耳目的特性適為可怕的陷阱。放大來看，這和片首核子衛星失控／片中衛星爆炸／片末女主角在太空防治海洋污染的演變互通聲息、世界從末日到新生，主角也歷經靈魂的滌整，溫德斯在科學與自然間，以愛和希望尋求平衡的尊重。

　　《直到世界末日》當然是部「作者電影」，連音樂和攝影都充斥溫德斯龐大的企圖心。這位被鹿特丹影展選為「未來導演」第一人的俊才，在作者的習題外，不乏求變的魄力，《直到世界末日》的長篇大論，正透露溫德斯堅持與創新的聯集。影片或有膨脹的負荷，也難掩溫德斯的才性。

⊙原載於1992年2月25日〈自由時報〉

玻璃玫瑰

Voyager

雪朗多夫雪恥之作

導演：Volker Schlondorff

編劇：Volker Schlondorff, Rudy Wurlitzer

攝影：Yorgos Arvanitis, Pierre Lhomme

演員：Sam Shepard, Julie Delpy,

　　　Barbara Sukowa

　　雪朗多夫是七〇年代「德國新電影」大將中，「美國化」很深的一員。《拒絕長大的男孩》雖然在坎城、奧斯卡奪得大獎，日本也選它為八〇年代最佳影片，然而往後十年，在美國拍片的雪朗多夫除了有幾部還不錯的電視電影如《推銷員之死》（一九八五，達斯汀霍夫曼以本片獲艾美獎）外，成績乏善可陳。反觀同儕溫德斯優游自若，屢獲大獎，《巴黎德州》甚至以美國片身分拿下坎城桂冠。一九八九年，雪朗多夫群集了英國劇戲大師哈洛品特，日本作曲歌手仮本龍一，奧斯卡帝后勞勃杜瓦、費唐娜薇，看好新秀娜塔莎李察遜、艾登奎恩等人，拍出宛如陳腐老片的《世紀滴血》，

從柏林影展開始，一路噓聲，評論家們幾乎要把他列入「被美國活埋的外籍導演」的墓碑上憑弔，幸好《玻璃玫瑰》出現了。

從題旨精神到本文結構，《玻璃玫瑰》都體現了希臘悲劇的古典氣韻。雪朗多夫一面避免跌入典故的弔詭陷阱，成為枯燥的文言作品；一面進行文學改編中，最困難的工作：尋找「對等」的電影語言。

於是《玻璃玫瑰》脫去古典錦袍，挽上五○年代的瀟灑衣帽，主人翁甚至被塑造成一個只相信科學的工程師，而這種反向的安排，正好促使爾後一連串的巧合與意外更具宿命感。短短一個月的旅程，從空中、海上到陸地，看似全皆主人翁的判斷抉擇，卻逐步邁向命運的羅網。工程師的身分與信仰，成了最大的諷刺：比較開場飛機迫降沙漠時，他猶能端坐黃風中寫分手信的自信；以及得知命在旦夕的愛人是親生女兒，而抿唇顫抖的無助；宿命的悲劇宛如海水回流時雖無力量，再捲起浪濤，卻足以破岸，自以為掌握生涯的航海冒險家（Voyager），原來是浪逐的銜命者。所謂悲劇精神，在《玻璃玫瑰》是舊瓶新酒，現代的外貌適足以彰顯古典的魔力無限。

以往，電影為了解決不能如小說敘述般表達時間印象的問題，除了以字幕明示外，亦透過剪接和攝影機運動，聯結不同空間的「點」以達成目標。另外，不同的膠卷與黑白／

彩色的交替也成為方法之一。雪朗多夫這回全用上了，五〇年代的氛圍已夠迷人，處理三〇年代的溫暖底色更教人讚歎，不僅傳達了時空的迥異，也是角色心境的側寫，還替演員遮掩了部分「歲月的痕跡」。八厘米的粗粒紀實，從原本的工具用途到結尾成為物逝人非的象徵，也豐厚本片對菲林（film）意義的開拓，不同色調、膠卷的交互出現，是雪朗多夫對電影語言的嫻熟處理，精彩的顏色控制，則令人納悶《世紀滴血》的敗筆怎麼會發生。

　　《玻璃玫瑰》的表演、技術皆有可觀。茱莉蝶兒的美麗儼如悲劇引線，山姆謝普終於擺脫既往的「綠葉」印象，大展演技實力，巧的是他那部同時在本地上演的劇作《愚人愚愛》，也是著名的亂倫悲劇。不同國籍的組成無礙影片完整，由內到外，《玻璃玫瑰》為多國合作再次證明其可行。我們也拾回對雪朗多夫的信心，相信他尚未江郎才盡！

◎原載於1991年12月31日〈自由時報〉

薔薇的記號
The Name of the Rose
懸疑推理外的政教反省

導演：Jean-Jacques Annaud

編劇：Andrew Birkin, Gerard Brach,
　　　Howard Franklin, Alain Godard

攝影：Tonino Delli Colli

演員：Sean Connery, Christian Slater,
　　　F. Murrary Abraham, Ron Perlman

　　《薔薇的記號》完成於一九八六年，導演是法國的尚‧賈克‧阿諾德，演員多為英、美硬底子，出資國包括法、德、義，講的卻是英語與一點希臘文。曾在一九八七年的法國凱撒獎上贏得最佳外語片與國際電影指南的年度十大影片，一九八八年的英國金像獎與日本 Screen 雜誌則把最佳男主角頒給本片的史恩康納萊。

　　《薔薇的記號》藉著一名僧侶安德魯（克利斯汀史萊特飾）的回憶旁白，牽引出一段年少舊事，一三二七年他與師父威廉（史恩康納萊飾）共赴義大利北方一座神秘的修道院

調查離奇命案，影片看似懸疑推理劇，實則是政教的批判與反省。原來瞎眼的老僧侶（諷刺）唯恐希臘譯書（據說是亞理斯多德的第二本著作）對世物愉悅的讚美，會殺死教徒心中的恐懼，使教徒不再畏懼上帝，遂在書頁上下毒，凡是讀過此書者必死無疑，而教會則以末日、邪魔來臨之說以嚇阻眾人。

封閉的修道院在片中成了所有諷刺的焦點，聖像的背後竟藏有謀殺、肉慾、反智等惡念。教士們自許為知識的保存與傳遞者，卻指導「教士應該沈默，絕不談自己的思想」，自認為是上帝的使者，卻堅決「唯有愚人在笑時提高聲調」。教會無止境地要求人民奉獻所得，又把從高處傾洩而下的剩菜渣屑視為給貧民的恩典。女孩因飢餓而偷食黑雞，竟被當成女巫審判，而其背後尚有用肉體交換食物的醜惡。宗教審判官口說公平裁決，卻強加異教徒的罪名予意見相左者。而這一切「以上帝之名」所為的剝削惡行，所換來的竟是天譴般的「上帝意旨」：修道院付之一炬，審判官亦慘遭橫死。

就像篠田正浩的《少年時代》表面緬懷兒時際遇，骨子裏卻是政治統御的辨證與諷刺；《薔薇的記號》抽絲剝繭地挖掘教會醜行，意旨也不外乎對極權統治的批判。威廉為了搶救幾本古籍，幾乎葬身火窟，修道院卻害怕不同的智慧與教義有所出入而興毀書滅口之計。冠冕堂皇的藉口與自加的

權力常是扼殺智慧的最大力量，可怕的是執刀者常不覺刃上的血跡。《薔薇的記號》說的是中世紀的醜聞，諷刺的卻是當代的愚行，而手握石頭並推翻馬車的飢餓平民則是影片給予極權統治的當頭棒喝。觀眾不妨比較同檔上映的《致命檔案》，一部是拐個彎指桑罵槐，一部是大剌剌地直揭瘡疤，不論原味或加料，內涵皆不乏人道的關照。

在人才輩出的法國影壇，尚賈克阿諾德的「體質」算是最好的之一。阿諾德的作品不像貝內形式前衛，也沒有布里葉的怪異幽默，較之走向相似的盧克貝松，阿諾德更能適應跨國合作與艱難題材。不論是沒有對白的《人類創世：求火》或是舉用十四隻大熊扮演二個主角的《大熊記》，皆能把這些特殊題材拍得趣味盎然，評論、票房兩得意。《薔薇的記號》動用四名編劇，且有經典小說立樣在前，但阿諾德仍能另闢天地，影像流利不在話下，儘管作品不多，而且耗時甚久，但持續的佳績十分難得。遲來的《薔薇的記號》應能證明他的實力。

⊙原載於1991年1月11日〈中時晚報〉

薔薇的記號

鐵迷宮
Iron Maze
輕而易解的美日情結

導演：吉田博昭
編劇：Tim Metcalfe
攝影：Morio Saegusa
演員：村上弘明, Jeff Fahey, Bridget Fonda

　　儘管構想來自芥川龍之介的小說「藪之中」，《鐵迷宮》卻不應以《羅生門》的「現代版」視之。黑澤明在《羅生門》中藉每個角色對「事實」的不同說詞，質疑語言的模糊與真實的曖昧，人道主義的收場也驅不散滿腔疑惑。吉田博昭的《鐵迷宮》雖然也採多人敘事，但劇情的走向卻是眾流合一，反而像是偵探類型疑雲漸開，只差一個獨居閣樓的冷硬偵探罷了！兩者主旨、型式其實是反其道而行，「藪之中」不過提供了軀殼而已。

　　值得注意的是《鐵迷宮》銀幕上下的組合方式。銀幕上搬演美國小鎮被日本富商收購，美國人的恨意、依賴，與日本的強勢、趨利，被簡化成一樁感情糾紛。利用富商之子／

美籍妻子／小鎮男人的三角關係說明民族／階級差異的企圖昭然若揭，卻十分冒險。像碧姬芳達飾演的妻子一角，明明是引爆謎團的關鍵，卻被處理得十分平板，她在浴室拒絕丈夫的求歡，除了一臉無由的冷陌，實在找不出原因。民族差異在此似乎成了宿命的悲劇，美日夫妻莫名地步上分離，編導竟說不出個所以然來。角色互動的乏力亦出現在其他角色上：小鎮男人的無所是事全歸於鋼鐵廠倒閉，把這當成仇日藉口，未免浮面；片中小男孩的銀指甲也虎頭蛇尾，終了也未交待特寫的意義。《鐵迷宮》的人物多是活動的木偶。

比較可喜的是編導利用蒙太奇編織真相的俐落手法，自然地插進各人的供辭，藉著關鍵鏡頭的重現、接敘，的確擺脫文學襁褓的印象，完全訴諸剪輯的修飾與鏡頭的語意。大量的跟拍鏡頭催化了紀錄性的張力，層次強烈的剪輯正可彌補平板人物缺乏的戲劇性。所以《鐵迷宮》像是用漂亮的修辭與技巧講述一個題目宏偉、內容單調的演講，外觀要遠勝內在：開發了電影的獨立性格，卻忽略了藝術的動人力量。

美日差異與民族仇恨一開始就被列為爭執點，可惜《鐵迷宮》終究只成全了偵探遊戲，大題旨全數淪為裝飾用的布景。女主角回到母親的酒吧，兩個原本對立的男人「輕而易舉」地握手言歡，既貶低女性的地位，也樂觀得過了頭，除了呈現影片想兩面討好的鄉愿，也凸顯編導無力經營大命題的弱點。出身廣告界的吉田博昭展示其於節奏、映像的敏銳

，然而把「世界大同」等同於「化去心中那條線」的廣告花招，顯然難以說服觀看一百分鐘的觀眾們，相較之下，崔明慧拍的紀錄片《誰殺了陳果仁》外觀粗糙，卻正中大熔爐燒不盡的種族糾紛。

　　日本企業接收不少美國電影重鎮，《鐵迷宮》則由影片核心切進美國，吉田博昭至少證明日本對類型的熟稔，男星村上弘明也步上岡田英次的舊路，以高大身材與外人抗衡。銀幕上看不出日本進軍美國的端倪，銀幕下則透露經濟不是日本的唯一武器，好萊塢該準備接招囉！

⊙原載於1991年11月21日〈自由時報〉

鐵迷宮

蒙古精神

Urga

從容大度的跨國電影

導演：Nikita Mikhalkov

編劇：Nikita Mikhalkov, Roustam Ibraguimbekov

攝影：Villenn Kaluta

演員：Bayaertu, Badema, Vladimir Gostukhin

　　儘管國際間皆視《蒙古精神》為法、俄合資電影，但是它大量的華語，以及蒙古、內陸等場景，卻被我們「唯眼是論」的電影法規解讀成「大陸片」。結果一部超民族、跨文化視野寬廣的片子，硬是被逼得見不得人。好不容易才在新辦法的放行下（它是一九九一年威尼斯影展金獅獎得主）重見天日。幾經延宕，難得的是其可看性，絲毫未減。

　　影片始於一名俄國司機因為長程駕車疲倦，差點掉進湖裡，被一家蒙古人所救。寫實的基調，在此做為呈現人類生活的最高指導原則，從殺羊到吃羊，疑慮到加入，透過「食」的儀式，技巧地指出不同文化必有的隔閡，及其相濡以沫的可能。

因為「蒙古」，這部電影被本地當局列為「大陸片」而在片庫裡冰凍了將近兩年。

本片開闊的跨民族視野，恰恰對比出我們某些電影法規的封閉性。

等到俄國司機離去，和他的愛人約在城裡溫存，蒙古丈夫也跟著進城了。他的任務是去買保險套，主要是因為中共的節育政策與生計壓力使然。在這部分，「性」成為情節推進的導線。有趣的是對比俄國司機在蒙古草原上，藉由羊羶酒烈驅走他的陌生；蒙古丈夫進了城，卻迷失在酒店、遊樂場的奇觀裡。文明與原始，安全與危險，其實都是相對的。當場景轉換，彼此的關係也為之對調時，文化的多元性才由此暴現。

　　當男主角沒買保險套，卻買了電視機回家時，最巧妙的隱喻也隨著打開電視而來，盯著螢光幕上的中共／美國／俄羅斯，你會為這家人納悶：蒙古人呢？雖然導演尼基塔米亥科夫是俄羅斯人，卻能關注到文化除了彼此接納外，文化也能控制和侵壓。當女主角氣憤地走出蒙古包，丈夫隨後追出，電視影像突然變成了他們，這個魔幻的神來之筆，把觀眾焦點從思考帶至想像：兩人在套竿旁種下愛苗，天地為營，管他節育政策，管他……。

　　至於未來，蒙古草原也許淪為核能試驗場，蒙古子弟說不定都成了說英文的移民——未嘗不也是其他民族的隱憂。

　　雖然做為一部言志作品，《蒙古精神》絕對經得起分析考驗，但是尼基塔米亥科夫卻沒有吊書袋的習氣。片中的非職業演員表演，也超出我們對「精采」的定義。從寫實到魔幻，《蒙古精神》確實展現了流暢與大度。

⊙原載於1994年11月3日〈民生報〉

蒙古精神

電影新力

男人的一半還是男人

托托小英雄

舞國英雄

黑色追緝令

男人的一半還是男人
My Own Private Idaho
地上的安格與現代的莎翁

導演：Gus Van Sant

編劇：Gus Van Sant

攝影：Eric Alan Edwards, John Campbell

演員：River Phoenix, Keanu Reeves,
　　　James Russo

　　讓我先把《男人的一半是男人》擺入美國同性戀電影看待。它那種不擺高姿態的寫實精神，以及跨越上下各階層的廣泛視野，都使得斧鑿稍過的佳作《午夜牛郎》、《早霜》、《愛是生死相許》在此題旨下，相形失色。更特殊的是印象中只有地下電影才會有的實驗語言，也被本片釋放到劇情片的領域中，擺脫主流電影慣施的偽善辭色。就此觀之，本片導演葛斯范桑宛如「地上」的肯尼斯安格（美國地下同志電影天才），本片也成了美國影壇數十年不出的傑作。

　　葛斯范桑不會偏激得視同性戀為性變態，也不至於矯情得用薔薇和淚水美化真相。他的對象是活生生在街上待價而

沽的男孩們，鏡頭在街上、房間、公寓、餐飲店裏，捕捉他們的臉譜。有時候，男孩們像接受訪問般，面對鏡頭侃侃而談「第一次」、「難忘的經驗」云云，攝影機不帶偏見地紀錄下來，答案你自己賦予。有時候，導演又靈光乍現來段奇想，讓書架上琳琅滿目的「男色雜誌」上的「封面人物」彼此交談。新穎的構想是一絕，呈現的目的更堪探究。在幽默的語言背後，是沉重的社會現實生態，不光是同性戀的世界。

男主角之一的瑞佛菲尼克斯染有「偶發性睡眠症」，一遇到緊張或想逃避時，立刻倒地昏睡。沈睡中的世界是一幅幅乾淨無比的影像：快速流動的雲朵、飛躍在湍流上的魚群、小屋（家庭）、女人（母親）。極具神采的片段是男孩心中夢土的顯影。葛斯范桑在前作《追陽光的少年》就用過類似手法，模擬吸毒者的迷幻狀態。這回更貼近角色的內心，還不時用圓筒遮鏡來表現主角的視線。導演眼中沒有壞人，也關愛每個角色，但是在瑞佛菲尼克斯身上投注了觀察者、參與者、說書人各種角度，他見證王國的悲涼，也不可抑遏地愛上非他族類的基努李維。

基努李維脫胎自莎劇中的哈爾王子，一個進出不同階層而惹人心碎的原型。本片好在運用典故，卻沒有生吞活剝的尷尬。基努李維背叛市長父親，加入街頭王國，片中不乏他藉身份特殊，來刺激警察、政客的妙筆。他不是同性戀者，

卻接受了瑞佛菲尼克斯的傾慕，但也在陪伴尋母的旅途上，別戀義國女子，基努李維終究回歸貴族行列，在同一個地方的兩場葬禮，分別是他的生身父親／街頭父親，兩人都為他心碎而死，鏡頭見證了階級間那道隱形鴻溝的難以跨越，從莎劇到影片，都折磨著人心。

就台灣觀影生態而言，《男人的一半還是男人》也具積極意義，它至少打破以往不是歧視剝削，就是浪漫耽美的同性戀電影法則。瑞佛菲尼克斯、基努李維是好萊塢明星，在片中都是紮實的演員，淪落凡塵演繹心戀心碎，卻不會誤導為異性觀眾的偶像沈迷。導演有意改變「性」的扮演方法，所有做愛戲都簡化成不同的停格畫面，以姿態代替動作，也避免了煽情的嫌疑。

和其他美國新銳比較，葛斯范桑的電影語彙最為豐富，他常把原本對立的元素如動／靜、社會寫實／超現實、古典／現代兼容不悖。你似乎看到布紐爾、奧森威爾斯、費里尼、高達、賈曼對他的影響，又不得不承認他的作品確從美國土地出發。《男人的一半還是男人》這樣看以小品架勢，卻又包藏豐富的電影，正能看出他驚人的潛力。

⊙原載於1992年4月27日〈自由時報〉

托托小英雄

Toto le Heros

悲歡人生的驚嘆號

導演：Jaco Van Dormael

編劇：Jaco Van Dormael

攝影：Walther Van Den Ende

演員：Michel Bouquet, Jo De Backer,
　　　Mireille Perrier, Thomas Godet,
　　　Sandnne Blancke

　　《托托小英雄》（Toto le Heros）是九〇年代以來，最令人興奮的新銳處女作之一。它幾乎包含了所有成功的因素，演員、攝影、配樂、剪輯，都臻一流水準；比利時的編導賈克范多麥爾更是天才縱橫。一般短片人才初躍入劇情長片，多會有小處迷人，整體失之拖沓的毛病。《托托小英雄》不但美妙的段落俯拾皆是，整體結構更是渾然天成；它不是史詩，卻囊括了由生至死的悲歡波折。難得的是影片在呈現人生滋味的同時，也爲電影語法寫下新頁，畫出未來導演的藍圖。

「托托」並非真實人物，他是主角湯瑪斯從偵探影集中幻想出的代替英雄。湯瑪斯從小就認為自己和鄰居的小孩艾非，是兩家父母在醫院失火時抱錯的結果，總是處於劣勢的湯瑪斯，於是自溺成這名英雄，以寄托夢想。

大凡類型化的電影和故事裏，地球終究只為主角轉動，然而現實世界卻教大多數的人自嘆缺乏舞台伸展。湯瑪斯痛恨艾非的原因，就是一輩子都逃不開艾非的陰影。童年時，湯瑪斯的媽媽迫於生活，在艾非爸爸開的超市偷拿生肉，藏在帽子裏。當生肉的血流到媽媽額上，引起的騷動，及揭開帽子後，難堪的真相，竟讓人難過卻想笑！生活困境多半由於爸爸飛機失事；而失事的理由是為超市開幕運送橘子果醬！導演拼貼這些生活中的不平，殘酷的不見得是偷竊行為或喪父哀痛的呈現，而是這些行為的不值得和情境的荒謬，那才真是生活的不仁。

大部分的電影總是低估兒童的心理世界，在《托托小英雄》裏，小孩不但有童真的幻想，有嫉妒，有憤怒，還有朦朧的慾望。小湯瑪斯期望自己化身成拯救父母脫離富商魔爪（假想敵是艾非一家）的英雄偵探、又迷戀親生的姊姊（片中翻成妹妹？）、姊姊卻因為他懷疑自己喜歡艾非，為了向他證實感情，拖著汽油桶去燒艾非家車庫而喪生。長大後，湯瑪斯巧合地遇見貌似姊姊的女子，墜入愛河，並約定私奔相守，卻發現她原是艾非的妻子。宿命的悲哀似乎永遠不放

《托托小英雄》讓我們看到了未來導演的源力何在。（春暉影業提供）

過湯瑪斯，他背棄了相約私奔的愛人，更加深了恨意。

　　二○二七年，年老的湯瑪斯從新聞得知艾非事業倒閉，成為黑社會殺手的對象，他急著逃出養老院，想要搶在前頭解決艾非。然而昔日的艾非已成了糟老頭，自己不也一樣！更諷刺的是艾非竟然表示羨慕湯瑪斯的自由！人就是這麼矛盾，卻又花上一輩子才能了解。湯瑪斯見到當年被他拋棄的

愛人，想到死去的爸爸、姊姊，才知道自己如何自纏於宿命的網脈裏。最後他竟然假扮艾菲，代他受死。湯瑪斯死了、托托英雄也毀滅了，大概沒有人了解湯瑪斯的動機，但又何妨呢？

對觀賞者而言，《托托小英雄》最大的魅力可能在於跳躍不羈的敘事中，仍保有通俗劇的可親，讓人不由自主地藉認同作用洗滌相似的傷口，並在其中跨越整個人生的章節裏，找到一股自命運解放的力量。

湯瑪斯的三個階段，三次為女性流淚：小湯瑪斯為了姊姊因他喪生而哭；青年湯瑪斯在火車上失聲痛哭，是因為知道愛人是艾菲的妻子，原來艾菲也戀慕著姊姊，那麼姊姊呢？老年再遭遇他背棄的愛人，特寫鏡頭裏，一個親吻，一抹淚痕，相愛又何奈？原來都被命運玩弄了。導演故意賦予女主角神秘感，她總在火車經過後消失或出現。《托托小英雄》的愛情是浪漫地挑逗亂倫情愫，又投以從一而終的執著。這就像全片的整體感覺：兼顧前衛的電影語言與高度的認同快感，包含類型的趣味又能翻出生命的體悟。呆板的二分法完全不適於本片，它讓人驚覺新天才的誕生，但也考驗你對電影潛能的認識。

以往我們看到有的電影結合黑白、彩色，或是在回憶、現實穿梭。《托托小英雄》更上一層樓，它不僅活用了類型片、電視影集、家庭電影，成為本文（text）的一部分；時

本片對於兒童情慾世界的刻劃，一點也不含糊。（春暉影業提供）

空處理更是超乎想像，完全不按公式，自由不羈地在湯瑪斯的童年、青年、老年隨意往覆，這種完全自文學桎梏解放出來的敘事方法，彰顯了電影成爲一門藝術的獨立性。

　　原以爲這種脫離主流電影語言的時空環扣，一定會造成觀者的疏離；神奇的是自坎城以降，它不僅讓影評人驚覺其獨特與精鍊，觀眾也深深爲之吸引。近年除了波蘭大師奇士勞斯基（ Krzy sztof Kieslowski），鮮少導演能把通俗劇的電影語言提鍊得如此完美了。再回想《托托小英雄》片末那個翱翔天際的鳥瞰鏡頭，配上盈繞全片的家庭歌曲「Boum」，還有老湯瑪斯興奮的畫外音，不也有幾分《愛情影片》（奇士勞斯基一九八八年作品）的昇華興味嗎？而《托托小

英雄》才只是賈克范多麥爾的第一部長片！

　　演員中，飾演老湯瑪斯的是法國老牌演員米榭波蓋（Michel Bouquet），他演過不少楚浮和夏布洛的片子，更是舞台上的巨星，《托托小英雄》是他五年來首度復出銀幕，讓我們得以見識到他完美的聲音演技。青年湯瑪斯由喬迪貝克（Jo De Backer）演出，他以往活躍在劇院和音樂廳，也做過舞台導演。女主角米希莉貝希葉（Mireilie Perrier）近年多在法國新銳的作品中露面，像卡霍的《男孩遇見女孩》、侯相的《無情的世界》等。飾演小湯瑪斯的童星也叫湯瑪斯（Thomas Godet），演他姊姊的是桑德琳布萊柯（Sandrine Blancke），年紀雖小，一點也不含糊，也沒有油膩的世故感（這是本地童星最可怕的現象）。

　　這些陌生的人名都有十分精彩的成績，若是因為我們只接受好萊塢的資訊而忽視他們，那才是我們的貧乏與損失！

⊙原載於1992年5月16日〈文心藝坊〉

告別大師

舞國英雄

Strictly Ballroom

舞出類型的火花

導演：Baz Luhrmann

編劇：Baz Luhrmann, Craing Pearce

攝影：Steve Mason

演員：Paul Mercurio, Tara Morice

我喜歡歌舞片（音樂片），因為它是所有「說謊的類型」中，最誠實的一種。信它者，未必永生；但是至少其樂無窮。

每部歌舞片都像一場佈道會，電影院就是道場，就是教堂，所宣揚的教條是樂觀，是進取，是活力，是熱情。所有的情節都從主角遭遇困境開始，隨著歌舞的累進，問題逐漸被解決；最後，在最精彩最華麗的那場「秀」裡，烏托邦實踐了！不論是獲得愛情，或是贏得肯定，個人與社群的勝利取代了現實環境的難題，美滿人生由此建立。

較之那些故作複雜高明卻一肚子草包的電影，我寧可接受歌舞電影直接了當的爽朗性格。甚至連它過於簡化的公式

都能成為幫助投入的觸媒，而你也必須承認這份簡單在有效運用之下，也能產生十分有機的結果，我更愛這份衍生的可能性。如果要我接受《發條橘子》片中所示「不眠不休重複看同一部片子」的酷刑，或者只能帶一部電影在孤島上看到老死，我會選《萬花嬉春》（Singin' in the Rain, 1952），要不然《異形奇花》（Little Shop of Horrors, 1986）也行，只要不鑽牛角尖，它總會令人感覺生機蓬勃。

　　暴露個人觀影迷思之際，難掩的其實是對當下的失望。在好萊塢的電影工業愈見龐大嚴密的時候，電影卻再難以維持純粹，類型中受害最大的就是歌舞片。利之所趨，歌曲只以上排行榜為務，舞蹈盡淪為流行的指標，這原本不是壞事，但是歌舞分家的結果，往往破壞了歌舞片最要緊的「整合性」，直接摧殘類型的原始精神。很諷刺地，當銀幕上的人兒開始牛頭不對馬嘴的時候，歌舞片的養料卻跑到動畫身上，尤以《異形奇花》黃金搭檔霍華艾許曼（Howard Ashman）、亞倫孟肯（Alan Menken）主導的《小美人魚》、《美女與野獸》和部分《阿拉丁》（霍華艾許曼未完成即因愛滋病去世）為最。歌舞片的精神並未死亡，它只是在等待一點星星之火，就能擦出一片火花。然而這回起火點不在好萊塢，而是南半球的澳洲，巴茲魯曼（Baz Lubrmann）的導演處女作《舞國英雄》。

告別大師

影片的開場依樣是主角遭遇了困境，健壯英俊的史考特（保羅摩克里歐　Paul　Mercurio）在國際標準舞大賽因為舞出自創的花式，而遭保守的協會判為失敗，連舞伴都棄他而去，　但是毫不起眼的「醜小鴨」法蘭　（泰拉墨麗絲Tara Morice）竟然自告奮勇要和他搭檔。他們不屬於同一級，根本不可能出賽，但是史考特卻喜歡法蘭笨拙但新式的步法，於是在接受母親和教練安排搭配新舞伴的同時，史考特和法蘭也在暗地裡練習。更大的驚喜（卻不意外）是法蘭的祖母和父親原來是深藏不露的西班牙佛萊明哥舞高手，一套帕索多伯（pasodoble）舞得虎虎生風，兩個年輕人在前輩調教下進步神速，感情也與日俱增，甚至決定共同出賽。然而半路殺出程咬金，會長告訴史考特他父親當年就是自創舞步走火入魔，不但丟了冠軍，也毀了母親的舞蹈前程。史考特不願再傷父母而食言，在大賽中和舊舞伴配對。幸好父親及時道出真相，史考特決定追回法蘭，兩人以宛如紅色旋風的舞步風靡全場，儘管會長一干人企圖用關掉音樂來阻止新舞步面世，他們仍然在觀眾的擊掌聲中舞出新天地。

　　這套情節實在不比《閃舞》、《熱舞十七》等近年時興的「流行歌舞片」高明到那裡去，不過這並不足以成為歌舞片的致命傷，重要的是能從中翻出些什麼。《舞國英雄》奇怪地以國際標準舞（或者稱它做交際舞）做為主要的舞蹈形式，導演巴茲魯曼很技巧地把標準舞溶入電影文本之中而未

浪費。傳統標準舞所強調的僵硬笑容與俗麗的服飾，和會長夫婦的假髮、濃裝，被虛僞的等號連接著，成爲被推翻的對象。相反地，反叛的新舞步則藉由男主角炯炯的雙眼、賁張的肌肉以及愈變愈美的女主角，彰顯出歌舞片所肯定的意識型態。在這裡，舞蹈本身即構成意義。

　　舊與新，迂腐與活力，權威與叛逆在電影一開場就有一回節奏性的對決。從準備出場的舞者剪影到史考特愈形快速的滑步中間，導演插入多段旁觀者的談話紀錄，他們由興奮降爲扼腕的表情，藉著誇張的中景、特寫呈現出來；剛好與史考特從制式到花式的變革，秩序地對比著。按照慣例，年輕的反叛者必須先嘗受挫折；這些交插剪接的手法，恰巧順勢助長壓力的掙獰。

　　從這點可以瞧出巴茲魯曼對於電影特性的有效掌握，他甚至玩了一些「新浪潮」時期的把戲。當史考特的舞伴歇斯底里地大鬧分手，咀咒冠軍的舞伴斷手斷腳，好讓她可以遞補後；下一個鏡頭便是冠軍推開大門進來，告訴眾人他的舞伴發生車禍，他打算邀請史考特的舞伴取代搭檔。導演故意在此接上一段「老套」的車禍鏡頭，著意拿剪輯開玩笑，讓人聯想到楚浮的《槍殺鋼琴師》（Tirez Sur Le Pianiste, 1960）有一個角色發誓說：「如果我撒謊，我媽就馬上死掉。」楚浮就接了一個老婦人從椅子上猝倒的鏡頭典故。但是《舞國英雄》是適合這種突梯的笑料的，除了歌舞片本身的

天真浪漫外，也和刻意設計的卡通性格不謀而合，兼玩類型幽默。包括女主角的出場在內，都染上這份氣息。

　　任誰在一開始都不會注意到法蘭，她滿臉雀斑，穿著鬆垮垮的Ｔ恤，鼻樑上還架起一付大眼鏡，要不腳被踩到，就是被夾在門板和牆壁的中間，活像現代的奧莉薇。不過，她的潛力正像《風流海盜》（The Pirate, 1948）的茱蒂迦蘭（ Judy Graland ）一樣，逐漸地被激發出來，脫胎換骨地成為歌舞片所推崇的典型，而其中變換之劇烈，已接近奇觀（spectacle）的程度。然而她的個性更接近《萬花嬉春》的黛比雷諾（ Debbie Reynolds），主動地誘發男主角尋找出路，又不願意只做附庸的墊腳石。讓我做個也許不甚妥當的比喻，史考特和法蘭從西班牙舞蹈擷取靈感的嘗試，正如金凱利（Gene Kelly）、唐諾奧康納（Donald O Conner ）和黛比雷諾在《萬花嬉春》絞盡腦汁想花樣救電影的努力。《舞國英雄》在渲染男女情意時，雖沒能編出像「雨中歡唱」這樣經典的場面，但也利用史考特、法蘭在屋頂共舞／史考特父親在樓下跳著怪異的自創舞步，泛衍出後續的玄機；或是在兩人的交往中，點出「帶著恐懼而活，猶如半活」的題旨，皆能有效地達成整合作用。

　　極具神采的一場戲也是最大的一道難關，是聯盟的會長搬出史考特父親的往事逼他就範的倒敘回憶。在一陣快速搖鏡之後，出現一群表現主義式的卡通化人物，以塗白的臉孔

、誇張的肢體，配合著會長的謊言，詮釋一九六七年的舊事。這份「不寫實」既能對照會長那番感人肺腑的「假仙」，也反映了巴茲魯曼出身劇場的背景。你倒不必擔心劇場的經驗和電影的原創性之間出現扞格，結尾飛舞在儷影間的攝影機運動充分顯示他在這方面的自覺。

儘管史考特在最後那場秀因為背信而痛苦地舞著，但是這終究是部歌舞片，既然不是鮑伯佛西（Bob Fosse）的變型內省，就會走上有情人終成眷屬，能歌善舞者獲得最後勝利的傳統，所要關注的反而是它的設計。當史考特追回法蘭，以雷霆萬鈞之勢舞出新舞步時，導演先從雜亂著手，有的人破壞，有的人解救，處理得幾近追逐喜劇。然後音樂戛然中止，場面陷入一片寂靜，隨著法蘭親友們充滿節奏性的擊掌聲，影片又恢復了熱鬧，但是卻非常有節拍地推向高潮。一場怪異的收場秀開始了，歌舞片的音樂性變成身體本能的節奏感，導演再度活用舞蹈的特性，無論是帕索多伯解救了場面，或是場面神化了帕索多伯舞，在情境上都成功了。

我必須承認對於《舞國英雄》的好感，可能部分出於對近年好萊塢歌舞片「掛羊頭賣狗肉」的反彈。它最大的好處除了不斷湧現的小聰明外，還是對類型精神的反芻有所自覺。尤其當它的外觀和近年的好萊塢歌舞片如此相似，卻能破格建樹的時候，更加凸顯許多同類製作在「可為」上的怠惰。

⊙原載於1993年9月〈影響〉

黑色追緝令

Pulp Fiction

叛逆頑童的黑色幽默

導演：Quentin Tarantino

編劇：Quentin Tarantino

攝影：Andrzej Sekula

演員：John Travolta, Samuel L. Jackson,
　　　Bruce Willis, Harvey Keitel,
　　　Uma Thurma, Tim Roth

　　以《黑色追緝令》（Pulp Fiction）得到一九九四年坎城影展金棕櫚獎的昆汀塔倫提諾（Quentin Tarantino），是繼柯恩兄弟、提姆波頓後，又一個長期對好萊塢類型電影耳濡目染的鬼才，而他所受的電影影響甚至還多了一個：香港的黑幫暴力電影（又以吳宇森、林嶺東的作品為最）。

　　這些年輕的美國導演共通的特色是不急於成為文以載道的大師，卻懂得盡興地「玩」電影。他們所沈迷的電影，教會他們說故事的技巧；才賦，則讓他們懂得顛覆或諧仿他們原先習慣的類型。論起引經據典，更年輕的塔倫提諾並不如

柯恩兄弟、提姆波頓那麼多樣而洋灑，但是他的衝勁極強，往往在粗鄙之中猶帶不妥協的自信，做法雖怪異，卻也成之有理，而且幽默兼富創意。

《黑色追緝令》是他導演的第二部劇情長片，之前他就導過一部令人眼睛一亮的盜匪片《霸道橫行》（Reservoir Dogs, 1992），並且編寫了交由湯尼史考特（Tony Scott）執導的《絕命大煞星》（True Romance, 1993）的劇本。可以說在還沒因《黑色追緝令》平步青雲之前，他就已經悄悄建立起自己的風格了。

《黑色追緝令》被不同的標題分成三部分，不知道是不是故意和好萊塢電影慣用的「三幕劇」結構開玩笑。序場則類似在《霸道橫行》用過的「扯淡」：一男一女喋喋不休地討論搶什麼店好，在淘汰掉銀行、超商之後，他們決定搶劫身所處的「快餐店」，一聲「通通不許動！」之後，才開始打出片名和演職員表，而塔倫提諾甚至調皮到配合開場字幕的音樂都還沒放完，就像轉收機頻道一樣地換上別首歌曲代入，彷彿暗示著待會別想看到一部秩序工整的電影。

Ⅰ・文生與馬沙太太／明星與觀眾期待

電影的第一段，標題為「文生與馬沙太太」。文生（約翰屈伏塔）是一個剛從荷蘭回來的黑道殺手，和同伴朱斯（山繆傑克森）正要去解決一班膽敢跟他們老大「馬沙」作對

的小毛頭，之後他還得奉命陪老大的太太蜜兒（媽瑪舒曼）找樂子。一路上他們照常按塔倫提諾電影的慣例扯了一堆漢堡、聖經之類的話題，以及一個同行因為幫老大的太太做「腳底按摩」而被人從陽台上扔下去的「悲劇」。

　　大凡觀眾看電影總會有「預期心理」，這種預期可以來自片名、類型、主演的明星，以及情節的佈局。當劇情告訴我們文生將奉命陪伴馬沙太太解悶，而馬沙太太又曾經讓為她做腳底按摩的男人一命嗚呼，這條預期線應該放得很明了。預期什麼？預期文生會不會經不起誘惑，誤中馬沙太太的溫柔陷阱！他們見面、吃飯、跳舞、回家、放音樂，然後呢？文生有沒有……？有，他確實看到也碰到老大太太的胸部，但是不在床上，而是她不小心克太多他衣袋裡的純品古柯鹼，口吐白沫、心臟衰竭，教他不得不撕開她的上衣，把針筒從胸口扎入心臟，救她一命。輕解羅衫變成了急救行動，唇舌纏綿也換成翻白眼、吐白沫，浪漫和狼狽，也就是昆汀塔倫提諾這麼一翻掌就截然不同的結果。他故意把你引誘到一條看似可尋的老路上，卻又猛然躍過陷阱，然後回過頭向你扮鬼臉。

　　他的「不懷好意」還不僅於此。早在「明星制度」建立起來之後，根據明星形像特質寫劇本，早不是件稀奇的事。昆汀塔倫提諾也是先決定主演明星才會動筆的人，偏偏他喜歡反其道而行。《黑色追緝令》裡，約翰屈伏塔既增肥又遲

鈍，一點也不像他賴以成名的《周末的狂熱》（ Saturday Night Fever, 1977 ）的狄斯可舞王，而劇本竟然安排他靠著怪異愚蠢的舞姿得到餐廳扭扭舞大賽的獎盃，不是諷刺人嗎？一向被當成花瓶的娟瑪舒曼也好不到哪裡去，她所飾演的馬沙太太，先是被嘲笑演技爛到主演的影集還沒播就被停掉，接著急救時又被指其大胸脯乃人工訂製，也夠悲慘了。你說這叫修理嘛！他們兩位卻因此雙雙入圍奧斯卡。我不敢保証好萊塢大明星是否已經受夠了既定形象的束縛，才樂得被塔倫提諾改造；卻可以確定這些角色的設定是衝著他們而來。沒料到這一番作弄，反而迸出了前所未有的幽默，也一併延展了內在文本解讀的樂趣。

II · 金錶／母題與肛門

如果你以為塔倫提諾隨便放砲，就未免太低估他了。要當玩家，還必須有本錢才行。

想要嚴肅點的，學術性的，符號學好不好？或者就來談談「母題」（motifs）。

《黑色追緝令》的第二大段，標題為「金錶」。布魯斯威利飾演一名拳擊手，他老做一個夢：那是他小的時候，一個在越戰期間和他爸爸關在一塊的美國上校（克里斯多夫華肯）特地來看他，交給了他一隻金錶，並告訴他這隻錶如何從他曾祖父傳給祖父，祖父傳給他爸爸，為了在俘虜營的時

明星甘於被塔倫提諾作弄？還是願意擺脫制式形象，追求不一樣的空間吧！

候不被沒收，他爸爸把這隻「傳家錶」塞到「屁眼」裡藏了整整五年，死前把錶交給這位上校，上校爲了完成託付，也把錶藏在屁眼裡二年，直到被釋，並把錶交到他手上爲止。

　　這個關於金錶的夢爲什麼那麼重要呢？長大後的小男孩，也就是布魯斯威利，以打拳維生，操縱賭注的馬沙老大（他又出來了！）逼他在第五局放水輸掉，他卻打死了對手還捲賭金潛逃，臨行前，他發現女友忘了把他千叮嚀萬囑咐的金錶帶出來，爲了這隻「傳家錶」，他只好冒險回到可能還被馬沙老大派人駐守的公寓拿錶。荒謬的是守在那裡的文生（還記得他嗎？）因爲正在蹲馬桶，所以不但沒機會攔擊他，反被守在廁所門外的拳擊手給射成蜂窩，而拳擊手開著車

離去時，卻在班馬線前遇見了買完漢堡（天啊！）過馬路的馬沙老大，兩人你撞我、我射你，結果卻雙雙被一個店家伙記給打昏，挪到地下室，之後又來了一個像是警察的人，他和伙記先把馬沙老大拖進密室，外面的拳擊手只聽到裡邊慘叫連連，等他掙開繩索闖進去時，竟發現他們在雞姦馬沙老大。他等於救了馬沙老大，馬沙老大因此放他一條生路，既往不究，但這個密室裡發生的事，絕對不可說出去。

　　我何必要把整段情節給講清楚不可？不是那隻錶有什麼好感人的，你不覺得它被詮釋得太刻意了嗎？因為玄機不在這裡，塔倫提諾什麼不好編，偏要掰個把錶藏在屁眼七年的狗屁故事。等等，答案就在這裡了，藏金錶的屁眼（肛門），上大號而被射死的殺手（肛門排泄），到老大被雞姦（肛門性交），乖乖，原來塔倫提諾把本段不時重現的母題定為「肛門」啊！

　　這大概是色情片以外，第一部拿肛門做母題的電影吧！

　　你說他懂不懂藝術的技巧，這不是嗎？但還是頑性不改，非得讓你笑死或氣死不可。如果到這裡還無法領會，那再往下看吧！

III・邦妮狀況／敘事結構與類型傳統

　　當第三段的標題打出後，欸！拷貝放錯了嗎？怎麼又回到文生和朱斯去解決那班小蘿蔔頭的戲，但是再看下去，原

來當他們槍斃了客廳的人時，並不曉得廁所裡還躲了一個，當廁所的這個衝出來對他們連發三槍後，竟然沒一顆擊中，這個三發不中的倒楣鬼自然掛了。老愛引用聖經的朱斯認定這就是神蹟，一路上依然和文生爭論不休，而拿著槍的文生一不小心，走火炸開了坐在後座的小弟腦袋，這時候緊張的不是誤殺了人，而是光天化日之下開著一輛塗滿腦漿的車在路上跑，不是瘋了才怪。於是他們只好把車停到距離最近的朋友家裡（這個朋友就由昆汀塔倫提諾親自扮演），而這個朋友看到滿身血漿腦漿的車和人，想到的竟然是有潔癖的老婆下班回家後怎麼辦（這個穿著睡袍的男主人好像不必工作似的），最後馬沙老大派了一個「處理專家」（哈維凱托）來坐陣指揮，清理完畢後，兩名殺手只能穿著Ｔ恤、海灘褲（褲裡還插把槍），搭計程車回去交差。

這個部分正是第一段「文生與馬沙太太」漏掉的，但是我們在看第一段的時候，並不覺得有何不妥，這是因為按照類型的慣例，我們看到殺手殺人和交差，就以為看到了全部，沒人會在乎他們花多少時間坐車回家、走哪條路線、甚至怎麼處理血跡或屍體。塔倫提諾則掀露了類型的馬腳，告訴你工整的故事是多麼的不可信。以往，第三幕的功能都是用來解決錯誤、提供結局的，他卻把它拿來顛覆古典的敘事結構，重造一套遊戲規則。

你也不能怪他突兀，因為在「文生與馬沙太太」這段裡

面，文生和朱斯是穿西裝出任務，穿 T 恤回來交差的，塔倫提諾早就埋下了伏筆，只是為測驗觀眾是不是只會照著劇情走而荒廢其他的可能。而且他收拾得還真乾淨，在第三段的最後，也是文生和朱斯見老大前，他們先去快餐店用餐，正好又撞上雌雄大盜突發奇想要搶快餐店，這其實正是序場那段戲的引子，昆汀塔倫提諾非「玩到盡」不可，這場搶劫最後成了搶匪和黑道殺手之間的講道和救贖。《霸道橫行》的黑道像是流行歌曲評論家（他們對瑪丹娜「 Like a Virgin 」的詮釋令人噴飯），《黑色追緝令》的黑道則成了佈道專家，這年頭也找不到幾個像昆汀塔倫提諾這麼會「掰」的人，難得的是他真能掰出些道理，而且讓類型電影換個說故事的方法活過來。

電影的最後一個鏡頭，是終於可以交差的朱斯和文生走向戶外的陽光，這不是 happy ending，因為我們在第二段「金錶」裡，已先預知文生的死亡，而且是狼狼地死在馬桶上面。由此來看，整部電影還真夠「黑色」到家了。

法國理論家巴贊（André Bazin） 說過：「要了解電影較好的方法是知道它是如何說故事的。」不妨用這種態度來看《黑色追緝令》。而美國評論家溫柏格（Herman G. Weinberg ）也說：「一個故事如何被敘述，亦是那個故事的一部分。同樣的故事可以說得好也可以說得壞，也可以說得不錯或極偉大。這全看是誰在說故事。」做為一個具備反諷與

求變能力的說書人，昆汀塔倫提諾用《黑道追緝令》掀起了超乎意料的高潮，維持多久，則要看他在掌聲過後的自處之道了。

⊙原載於1996年5月〈世界電影〉

輯 II

愛情神話

麻雀變鳳凰

第六感生死戀

二見鍾情

麥迪遜之橋

變男變女變變變

蝴蝶君

麻雀變鳳凰

Pretty Woman

好萊塢就是夢想之地

導演：Garry Marshall

編劇：J. F. Lawtow

攝影：Charles Minsky

演員：Julia Roberts, Richard Gere

　　融合了《仙履奇緣》（灰姑娘）與《窈窕淑女》（賣花女）奇遇特質的《麻雀變鳳凰》，假如擺到幾年後再看，也許會像現代年輕人初看七〇年代愛情巨片《愛的故事》一樣感到單調乏味；但是將近二億美元的美國票房又證明了它在「時效」內的強撼吸引力。說穿了，這種影片恰似「微波食品」禁不起品嚐，不過熱鬧繽紛的外貌印象卻緊咬時尚，既符合現實的需要，也滿足想像的餘地。話說回來，好萊塢電影最堪玩味的地方，可能就是它夢幻外衣下所放射出的時代趨向。

　　六〇年代《窈窕淑女》藉著中年語言教授改造賣花女成爲上流社會淑女的故事，諷刺階級的隔閡與歧視。《麻雀變

鳳凰》在類似的關係上，對兩者身分下了更重的藥：男主角愛德華（李察吉爾飾）是年輕性感的億萬富翁，女主角費雯（茉莉亞羅勃茲飾）則驚世駭俗地成了阻街女郎。重商主義的勢利、一飛沖天的奇蹟與衛道意識揚棄，是後者時代感的展現。至於社會階級的比較，在男女主角匆匆上床並迅速愛慕下減弱不少，較明顯的是費雯先被名牌服飾商店的服務員下逐客令，在經過打扮後，費雯穿著名貴服飾回頭諷刺勢利店員的片段，其他則乏善可陳。需要注意的是這個看似批判的插筆在影片中不過是刺激觀眾驚豔與發笑的賣點，全片嘲諷上流社會矯揉偽善的企圖早被女主角充分享受上流生活的「好運道」給淹沒，而觀眾也隨之浸淫於銀幕世界的優渥奢華而不自覺。假如傲人的票房可以代表一般觀眾對影片精神的認同，那麼既不屑上流階層的拘禮僵化，又渴望成為其中一份子以享奢華生活的矛盾情結，應是觀眾在「享受」本片時所洩露的心態，大大反映了「表裏不一」的時代個性。

　　就連演員本身都是《麻雀變鳳凰》的現代夢想化身。八〇年代初期取代約翰屈伏塔成為男性性感象徵的李察吉爾，在影評圍剿與票房受挫的打擊下，於八〇年代後期沈寂了好一陣子，九〇年代挺著一頭夾雜銀絲的頭髮復出影壇，先在《流氓警察》詮釋一名關係良好的惡警，卻奪走了大部分觀眾同情，配合市儈功利的世界潮流，結局的死亡甚至帶有悲劇英雄的傾向。《麻雀變鳳凰》的愛德華在編寫時就顯得表

演空間狹小，但是包裝精美，迷人的西裝造型再度喚回女性觀眾的傾慕，吉爾也成了想帶女友觀賞本片以促進感情的男性觀眾們最大的「敵人」。

絕難把茱莉亞羅勃茲和《窈窕淑女》的奧黛麗赫本聯想在一起。紅髮、大嘴、過高的身材、狂放的笑聲，茱莉亞羅勃茲儼然是風靡九〇年代的個性美女。她在片中穿著華服卻屢出褻語，外表高貴而內心自由，是本片矛盾情結的最大利器，亦是現代感的發電機，觀眾認同她的演出就等於認同全片，成為注目焦點毫不意外。

好萊塢是最龐大的夢幻製造廠，《麻雀變鳳凰》在織夢之外，也承認了這點。影片的開始與結束都有一名狀似異常的黑人高喊：「你有夢想嗎？有的夢能實現，有的則不行；但仍要夢下去。好萊塢就是夢想之地！」這也許是導演蓋瑞馬歇爾唯一的創意，片中一再強調劇情背景是好萊塢，對其工廠特色不無指涉。即使《麻雀變鳳凰》在片頭道出一些妓女吸毒入獄或陳屍垃圾堆的慘狀，也揶揄地表演妓女以名人大道的明星手印劃分拉客地盤的規矩，但是馬上被女主角一夜之間飛上枝頭的境遇給掩蓋住，鏡頭中的妓女宛如「股票族」不可思議，她們口中說出的「慘痛經驗」不如夢想來得多，單純得真像「演戲」，所以女主角的室友小姬也在最後關頭輕鬆「從良」學美容去了。二小時的電影，我們看到一大堆似乎不合情理卻完全符合好萊塢邏輯的安排，我們意外

麻雀變鳳凰

飯店經理的和善，驚訝女主角爲歌劇掉淚卻以「感動得幾乎尿溼褲子」做比喻，進而猜中世故的男主角將寬宏大量地放商業對手一馬，然後期待白馬王子手捧鮮花、不顧身分地向公主示愛——即使騎乘變成轎車，王子有懼高症，公主並非聖潔，我們仍感動得要死—— 好一個好萊塢的甜俗魄力。

　　你有夢想嗎？有的夢能實現，有的則不行；但仍要夢下去。好萊塢就是夢想之地！

⊙原載於1990年9月8日〈中時晚報〉

第六感生死戀

Ghost

愛情、報應、偷窺

導演：Jerry Zucker
編劇：Bruce Joel Rubin
攝影：Adam Greenberg
演員：Patrick Swayze, Demi Moore,
　　　Whoopi Goldberg

　　一九九一年十月就已在台先行試片的《第六感生死戀》
，遲遲到十二月底才上檔，二個月的等待，在台灣得以避掉
《麻雀變鳳凰》長賣不降的壓力，在美國則等候《第六感生
死戀》的票房超越《麻雀變鳳凰》的紀錄。期間從未停止的
造勢，早使《第六感生死戀》立於不敗之地，畢竟先前看過
《麻雀變鳳凰》的觀眾怎能忍得住不去看更「賣座」的《第
六感生死戀》呢？所以儘管映期已逾三星期，幾家大型戲院
前仍大排長龍，甚至連「站票」都賣出了。

　　但是這部深諳宣傳之道的影片表達了些什麼呢？愛情？
除了稍有創意的「我愛你！」「 Ditto　我心亦然。」以及

片尾男主角山姆（派屈克史威茲飾）臨上天堂之際仍不忘向女主角莫莉（黛咪摩爾飾）來句：「愛情的真諦就是至死不渝。」實在看不出如此膚淺的處理道出幾分情意，大概全得靠黛咪摩爾淚眼矇矓的大眼睛特寫鏡頭與正義兄弟的老歌 Unchained Melody 硬撐場面。就連素有令譽的配樂名家莫利斯賈爾（《齊瓦哥醫生》、《印度之旅》、《春風化雨》）都晚節不保，扣除老歌的運用技巧外，實在無啥成績，窘態較之《直到永遠》的約翰威廉斯有過之而無不及，他們原本出色的原創配樂在一片復古風中消失殆盡，雖不至於像《跳火山的人》老歌用得幾乎溢出銀幕，亦堪唏歔幾番。

綜觀《第六感生死戀》涉足最多的當是善惡有報的觀念。不知是巧合，抑或是好萊塢電影肌理的退化，近來看的一些好萊塢作品都有簡化問題、共趨逃避的傾向，不僅是情節上的，更是創作心態的表呈。同樣是黛咪摩爾主演的《惡靈第七兆》，將世界末日的救贖歸於一名小母親的抉擇，儘管影片前半部經營得頗具神祕魅力，但結論的草率根本忽視了人的複雜，教人不忍回想柏格曼早三十年就拍了相近題材的《第七封印》。《別闖陰陽界》則把生死之謎的偌大問題輕易地用簡單的原罪與贖罪蔽之，充其量只是一部自我逃避的變相ＹＡ電影。《第六感生死戀》亦然，天堂的藍光與地獄的黑影毫不隱諱地呈現在銀幕上，善惡有報誠屬可言，但是編導對角色的善惡之分簡單出奇，絲毫不見人性的複雜，宇

宙法則的信仰到頭來只淪為主角無瑕的三流視野，天堂、地獄的入門標準不過是兒童寓言的那套，電影的大題小做，令人擔心觀眾有被愚化的傾向。這大概也是好萊塢為鞏固市場，傾力於特效、暴力後的退化症候群吧！

真正令我感興趣的是本片對鬼魂偷窺人間世的描述。死後的山姆毫無困難地關照莫莉、追蹤凶手、調查好友，這些關照、追蹤、調查說穿了就是「偷窺」，只是山姆鬼魂的身分替這些行為做了藉口，而觀眾則做了「黃雀」，看著山姆觀察銀幕上其他的角色而樂此不疲。當山姆看到好友意欲染指莫莉，幾乎忘了鬼魂的身分而加阻止時，正呼應大部分觀眾投入劇情時，每遇與自身經驗疊同就難以自拔的通性，只不過我們永遠沒有山姆神通廣大，能夠獨力改變窺探的世界。山姆鬼魂不用為道德負責的偷窺行為牽引著大部分的銀幕焦點。一旦偷窺行為結束，影片的魅力自然消失， The End。

而如果這部電影還有任何可觀的話，大概只有琥碧戈珀的表演。她是全片唯一具有道德複雜性的角色，經由喜感的詮釋，種種小奸小惡與成人之美，都顯得極具魅力，不過也因此益發凸顯男女主角的乏味呆板。

⊙原載於1991年1月9日〈中報晚報〉

二見鍾情

While You Were Sleeping

是神話是童話，似夢似詩似畫

導演：Jon Turteltaub
編劇：Daliel G. Sullivan, Fredric Lebow
攝影：Phedon Papamichael
演員：Sandra Bullock, Bill Pullman,
　　　Peter Gallagher, Jack Warden

　　雖說「姻緣天注定」，但就算兩情相悅，如果沒化做行動，終究也只是過往雲煙。

　　追求浪漫、嚮往愛情，從來都不是罪過，否則法國導演楚浮那些琳琅滿目的情愛經典又如何成立呢？怕只怕可貴的人本精神往往在堂而皇之的藉口下，遭千篇一律的公式腐蝕掉。

　　關於這點能耐，好萊塢夢工廠向來最拿手，甚至藉此賺取暴利名聲，說它是養植罌粟的沃土也不爲過，而《二見鍾情》就是一九九五年度的最新品種。

　　影片的情節是描述珊卓布拉克飾演的地鐵售票員，每天

對著熙攘人群，內心世界卻是一片空白。她暗戀著一名穿著入時的俊美乘客，就在聖誕節的前夕，這名乘客因爲與流氓產生衝突而跌下鐵軌、昏迷過去，千鈞一髮之際，女主角救了他，並把他送進醫院，然而卻在她的無心和別人的誤解下，她被當成昏迷者的未婚妻。偏偏這個時候白馬王子的兄弟又突然跑了出來，女主角和他相處之後，才發現這個人才是她所想要的，最後她放棄了剛清醒過來的夢中情人，等待著因緣際會但認識清楚的第二個男人。

　　是要主動追求愛情？還是被動等待夢想降臨？《二見鍾情》在中間不停地搖擺，而整部電影的進行，卻充滿意識型態的矛盾。

　　當坐在售票窗內的女主角走出牢籠，救起夢中情人，陰錯陽差地走進他的家庭時，電影像是在鼓勵她的主動。跨出售票亭的那個意象，成了一個最正面的指標。然而在面對道德複雜性的時候，這部電影卻完完全全地退縮了。當人主動地進入生活後，才發現夢想和事實總有一段不小的差距。夢中情人並不如想像中的完美，他的手足兄弟才是她真正渴望的對象。是要背叛一個植物人呢？還是蒙蔽自己的真心？

　　這原本是個相當有力的衝突點，但是以全世界的荷包爲對象的好萊塢電影，基本上就先存在保守的因子在裡面，所以當面對人性與純潔性扞格的時候，往往選擇了鴕鳥策略。先前對主動追求這項行爲的歌頌，霎時又拋諸腦後，當女主

角又跨回窄小的售票亭內時，電影已經違背了它原先的信念。但是好萊塢又沒膽接受「現實殘酷」這種事實，畢竟它是靠「販賣夢想」致富的啊！

於是在面臨這種意識型態矛盾的時候，它又用「奇蹟」來做為解救的方式。

就像茱麗亞蘿勃茲非得遇上李察吉爾這種不計出身的完美男人，方有《麻雀變鳳凰》；梅格萊恩在帝國大廈旁的餐廳甩掉未婚夫後，如果沒遇到瞭望台上的 magic，也構不成《西雅圖夜未眠》。好萊塢電影雖然准許女人的心蠢蠢欲動，卻永遠把她們的價值擺在男人和上帝（他也是男人）的垂青之下。

《二見鍾情》也一樣，到了矛盾的節骨眼，好萊塢式的奇蹟就靠過來貼補漏洞。先是女主角所愛的人也一樣的愛死她了，而被她蒙在鼓裡的人們似乎也樂於改湊新的佳偶，條件是女主角必須乖乖地退回到原來的籠子裡，等著男主角帶著投幣的銅板和戒指過來，一切困難迎刃而解，先前的道德衝突也跟著湮消雲散，保守的夢想才是它的一切，片頭擺出來的主動性只不過用來唬唬現代觀眾罷了。

在觀影的過程中，我不時想起另一部叫做《甜蜜寶貝》（Zukerbaby, 1984）的德國電影，它是講述一個體型龐大、在殯儀館工作的女人，被一名地鐵司機所吸引，於是展開天羅地網的追求，在她甜蜜而辛酸的努力中，沒有來自上帝

的賄賂，卻在那一百公斤的身軀上，展現了個人主體性的價值，以及它迷人的光環。

　　《二見鍾情》也承認真情可貴，但是在矛盾的意識形態和奇蹟的解決方式間，它握緊好萊塢賣座的真諦，卻鬆開了人性的努力，而這種電影是永遠不會少的。

⊙原載於1995年9月16日〈工商時報〉

麥迪遜之橋

The Bridges of Madison Country

慾望的中年，真情的出軌

導演：Clint Eastwood
編劇：Richard Lagravenese
攝影：Jack N. Green
演員：Meryl Streep, Clint Eastwood

　　麥迪遜郡，一個義大利裔的農婦，在丈夫兒女帶著種豬參加市集的四天裡，和一個前來拍攝遮篷橋的攝影師發生了短暫而激烈的愛情。她沒有跟他走，卻用一輩子來憑弔這段感情；他也一樣。直到死後，她的子女才從回憶錄裡了解他們原以為認識的母親，和她這段過去。

　　《麥迪遜之橋》，一個好故事但二流的小說，試圖把平凡人生裡的偶然出軌，化為永恆的記憶，但煽情浮面的筆法並不如序或跋裡所提的情感要深，頂多只是又一本羅曼史小說，不同的是主角的年齡比平均指數「老」了許多。

　　但是變成電影，它卻是一回出色的改編。尤其是擺在好萊塢的言情通俗劇傳統來看，它的直線敘事手法外加偶然打

斷的現實插敘（故事是從女主角的子女在她死後閱讀她的回憶錄開始），一方面流暢地呈現當年的戀愛事件，另方面也加以對照閱讀者（子女）對當事人的感動，讓電影在懷舊的情緒當中，仍不時暴露詮釋者的地位，益發凸顯本片的改編意義和後設意圖，而絕非照本宣科。

　　然而除卻這層知識或理論性的陳述，《麥迪遜之橋》的感情刻畫比起小說，也要節制但深刻得多，較之小說女主角幾乎毫不考慮就跳上男主角的貨車帶他去找遮篷橋的突兀，電影版女主角從熱心地指路到說不清楚只好親自帶路的動機層次，顯示合理合情。中年人的慾望出軌應該不同於羅密歐茱麗葉的不顧一切，而電影《麥迪遜之橋》很成功的一點就是在講一個極具夢幻特質的故事時，懂得挖掘屬於中年的人情世故。無論是女主角對男主角身體的慾望，或是男主角親眼見到一個被控與人有染的女性慘被排擠而勸告女主角三思而行，女主角以她的堅決回應，到兩人如膠似漆，這一切宛如天方夜譚的愛情進展，在情感力度上面，找到了足以支撐的基礎，並藉由樸實的場面調度和豐厚的表演傳達出來，這是它找到的「真實」，套句高達的話，它就有美。

　　自導自演的克林伊斯威特（他還作了優美的配樂）很不尋常地採用按劇本發展順序來拍的方式，而非一般把同一場景的戲一次拍完的做法。不曉得是不是因為這樣，造成了影片的味道愈來愈濃郁的效果，正如片中人的感情變化一般貼

合，也讓人有漸入佳境、甚至益發激動的感覺。到了女主角隨丈夫到鎮上採買，大雨滂沱中，男主角佇立街角望她，接著把車開在女主角的車子前方，並把刻有女主角名字的項鍊掛在後照鏡，此時此刻，女主角那雙緊握門把，隨時都可能開門跑下車的雙手，完全超越了文字刻劃的領域。這場「點睛」的高潮戲，令我霎時想起《長日將盡》的安東尼霍普金斯和艾瑪湯普遜、《布拉格的春天》的丹尼爾戴路易斯和茱麗葉畢諾許……。

克林伊斯威特一向有他的兩把刷子，但《麥迪遜之橋》的柔情令我有點驚訝。梅莉史翠普的表演仍然具備「奇觀」性質，身材、念白到臉上的七情六慾，實非常人能及。到底用一輩子的平凡來換四天比擬永恆值不值得，是個人感情信仰的問題；《麥迪遜之橋》卻用電影實現了這份令人懷疑的可能性。

⊙原載於1995年10月14日〈工商時報〉

變男變女變變變

Switch

換身喜劇的趣味與局限

導演：Blake Edwards

編劇：Blake Edwards

攝影：Dick Bush

演員：Ellen Barkin, Jimmy Smith,
　　　JoBeth Williams

　　某天，當你醒來，發現自己心智正常，卻換了一個軀體而痛苦不堪時，它就成了偷窺者的笑料，我稱這種電影做「換身喜劇」。換身喜劇其實是其他類型的一種改裝，譬如《像兒子像爸爸》、《Viceverse》、《重返十八歲》讓父子祖孫交換身體，其效果就像《回到未來》有意去碰觸現實的親子隔閡，卻用換身（時空）的糗態壓抑枯燥的嚴肅感，結論則異曲同工。至於《衰鬼上錯身》、《黃花閨男》到《變男變女變變變》，無不是用笑點來遮掩對性別差異的探索，喜劇型式其實是避免刺激觀眾的道德意識，銀幕上下所進行的實則意淫、曖昧。

時常性話連篇的老牌導演布萊克愛達華，在一九八三年就曾讓太座茱莉安德魯絲在《雌雄莫辨》以女扮男裝的姿態嘲弄性心理劃一的荒謬性。《變男變女變變變》對視女性爲玩物的沙豬的「懲罰」是變成金髮豐滿的尤物，讓「她」同受其苦。影片在基礎上就有可觀的潛力，男性沙文主義者被迫進入女性的生存空間，領受昔日加諸女性的侵迫，而主角對男性的反擊不啻是對過去本身的否定；雌雄同體的上帝，宛如沙豬色魔的撒旦，更是對大男人主義的嘲諷。再者，主角男／女雙性的身分及其與好朋友的性關係，也有質疑性別定位，並推翻同／異性戀差異的野心。

　　不過布萊克愛德華的媚俗也在這裏，他一方面鞭笞男性沙文主義殘忍的損人策略，另一方面又不敢大張女權旗幟以觸怒保守的觀眾。合力殺死男友的三個女人被塑造成吸毒、迷信、歇斯底里的中產婦人，而非自我覺醒的新女性。奇觀化的女同性戀敘述也被簡化爲異類的笑料，顯然跟前述同／異性戀界線不盡清晰的突出觀點相矛盾。迅速退回保守的窠臼，造成雷聲大雨點小的結果。

　　這種無力感在結局最爲明顯，布萊克愛德華在難以自圓其說的窘況下，匆匆讓艾倫芭金遭誣受審，懷孕時得知身染之病不利生產，然後義無反顧地發揮「母性」，生產完畢含笑以終，總算上了天堂。影片絲毫不提主角與生前好友發生關係後所引發的性別、性向的糾葛，只是對朋友揮以老拳，

高喊「我還是處女！」一筆帶過。這種草率的態度造成銀幕一片父慈母愛的煙障，導演企圖以母性遮掩男女性別的課題，連吉米史密斯在最後都匪夷所思地辭職並撫養女兒，好一個好萊塢通俗劇的虎頭蛇尾法，不過騙得了人嗎？

換身喜劇最有意思的地方就在其迂迴探觸禁忌的方式，藉身歷其境來顛覆某些成規；但是也往往受限於喜劇化的人生觀，免不了簡化原先的假設。父子、祖孫的「換身」旨在回頭肯定親子情深；性別互換的結果則不脫「因互相了解而結合」的窠臼。《變男變女變變變》在開頭似有打破往例之勢，但結果連作者都迷惑了，他不敢承認佛洛依德已說的，也羞於肯定自己所想的。

⊙原載於1991年9月16日〈中時晚報〉

蝴蝶君

M. Butterfly

西方眼中永恒的蝶翼幻影

導演：David Cronenberg
編劇：David Henry Hwang
攝影：Peter Suschitzky
演員：John Long, Jeremy Irons

　　一九八六年五月，一位法國外交人員助其華裔妻子將機
密情報轉交中共，東窗事發，才發覺結髮愛妻竟然是個「男
人」。

　　一九八八年三月，華裔劇作家黃哲倫（David Henry H-
wang）的作品《蝴蝶君》（M. Butterfly）首演即造成轟
動，甚至一舉贏得百老匯最高成就的東尼獎。

　　一九九二年九月，《蝴蝶君》首次在台灣上演，由陳培
廣翻譯、導演，進行式劇團演出，賣座鼎盛，但批評亦交相
而出。

　　一九九三年十月，電影版的《蝴蝶君》於多倫多影展公
映，仍由黃哲倫編劇，大衛克羅能堡（David Cronenberg）

導演。十一月，台灣旋即上映。

　　從這熱熱鬧鬧的幾年紀錄，不難發覺不僅外國人對《蝴蝶君》有興趣，中國人亦不遑多讓。「真人真事」是它吸引東西方的魅力之一，再說其中的曖昧、傳奇，簡直比所有虛構的情節都來得不可思議，所以它同時也是一個有張力的「故事」。至於黃哲倫的成功是不是讓東方人更喜歡《蝴蝶君》呢？應該是的，尤其對一向視在美國功成名就爲天大榮耀的中國人而言。當然，《蝴蝶君》對「蝴蝶夫人」意識型態的顛覆，也讓不少痛恨西方白種沙文主義的人大感痛快。但是這些條件能確保最後集大成推出的電影版《蝴蝶君》的成功嗎？我懷疑！

　　首先，從大隊人馬拉隊到北京開戲的頭一天起，就宣告了《蝴蝶君》電影與戲劇的決裂。因爲舞台的《蝴蝶君》是個經過簡約與抽象後的產物，黃哲倫乾淨俐落的手法，可以把當事人宋麗玲、蓋利馬化爲東方／女性／服從、西方／男性／宰制的象徵再予顛覆，從愛情事件翻騰出屬於性別（向）、種族、政治各個層面，至於同床、造愛這些惹人遐思的小節反而在不追根究底的情況下得以保持神祕。

　　一旦上了銀幕，電影鏡頭的暴露特性，勢必與舞台劇的象徵、寫意背道而馳。雖說電影本來就該追求自己的獨立性，不必向戲劇擠眉弄眼，但是在轉移過程中的犧牲或增補，卻不是一門簡單的學問，尤其對象是一齣已有令譽的作品時

。

我不太明白為什麼選上大衛克羅能堡執導筒。我一向欣
賞他，欣賞他在《掃瞄者大決鬥》、《錄影帶謀殺案》、《
變蠅人》、《雙生兄弟》、《裸體午餐》對生物之謎的探索
，以及那股令人不寒而慄的內省功夫。難道《蝴蝶君》也只
是他的標本，那麼屬於較大層面的種族、政治議題怎麼辦？
當他也像大部分拍中國的外國導演一樣，汲汲於用寫實手法
獵取大陸奇觀時，這部電影已經註定難以成功了。光從片中
宋麗玲（尊龍）登場演「貴妃醉酒」的外行片段，以及鏡頭
對古董、民族服飾的窮追不捨，甚至是尊龍行走時的搔首弄
姿，都暴露出導演對中國的無知。儘管我對《霸王別姬》刻
意壓縮歷史來成全通俗劇式情節不以為然，但也不得不承認
在類似的時空背景中，陳凱歌這方面要比大衛克羅能堡強多
了。

然而最可惜也最失敗的地方，還是幻覺營造的無效。傳
統舞台的距離，幫助《蝴蝶君》塑造它的曖昧，保持它的神
秘，但是電影鏡頭對細節的暴露，卻完全斬殺了這層魅力。
無論尊龍剃掉多少腳毛手毛，學習多久女性的儀態，一碰上
無情的特寫鏡頭，「男相」依然畢露無遺。這已經不光是演
技的問題，而是先天的局限（這也是為什麼張國榮在《霸王
別姬》如魚得水的道理），當觀眾一眼就識破宋麗玲是個假
女人的時候，又如何要求他們相信蓋利馬會被蒙在鼓裡二十

多年？而尊龍的造型（包括極不自然的髮型及類似《印度支那》的服裝）在殺風景的打光下，更加凸顯西方觀點的突兀好笑。即使編劇是黃哲倫又如何？

我對黃哲倫的電影劇本放棄政治層面的論述感到洩氣，也為畫蛇添足的野餐戲感到肉麻。原劇應該是對《蝴蝶夫人》那套西方的自大提出批判的，但是當我看到尊龍在囚車裸體以示那場戲，卻發覺意義整個被扭曲了。原本這應該是扒開白種沙文糖衣的高潮，可是尊龍那副屈膝以求、淚眼婆娑的模樣，以及傑若米艾朗一再維護白種異性戀男性威權的作態，無不凸顯背後的意識形態根本脫不了窠臼。這也使得最後傑若米艾朗在獄中以蝴蝶夫人扮相自刎的收場，喪失應有的性向曖昧感，因為囚車裡那場對手戲已經先否認了諸多可能，又如何激得起省思的餘波呢？頂多只是再增加一項奇觀而已。由《蝴蝶君》可以見證藝術受限於電影工業的實況：不管原來是多麼具有顛覆性格的作品，都可能被削改成最保守的商品。黃哲倫放棄深層的政治諷喻而取不痛不癢的傳統情戲，已是一道妥協；大衛克羅能堡不了解中國又打不破西方偏見，更是雪上加霜。整部電影就像尊龍的表演，想要瞞天過海，卻被人一眼看穿：原來是「假」的！

⊙原載於1993年11月13日〈工商時報〉

禁忌的遊戲

激情薔薇
Rambling Rose
難道性感也是罪惡

導演：Martha Coolidge

編劇：Calder Willingham

攝影：Johnny Jensen

演員：Laura Dern, Diane Ladd, Robert
　　　Duvall, Lukas Haas, John Heard

　　「愛人」是不是一種病？

　　《激情薔薇》的女主角蘿絲（蘿拉鄧恩）天真又性感，她總不懷疑別人的「善意」，又克制不了愛人的衝動。她說：「做愛就像蚊子咬（真是對陽具崇拜的諷刺！），女人要的是愛不只是性。」所以她穿著暴露的洋裝，踩著挑逗的步伐，引爆保守淳樸的南方小鎮。女主人說：「愛是宇宙創造的偉大力量。」她認為這是蘿絲的天賦，完全沒有惡意。男主人則說：「愛沒有限制就會變成災難。」他曾被蘿絲對他的迷戀與熱吻嚇著。

　　《激情薔薇》把「天性」與「禮教」的矛盾搬上檯面，

早已接受禮教的觀眾在黑暗中為蘿絲的率性而發笑，導演則利用男（勞勃杜瓦）女（黛安賴德）主人的觀點進行辨證。影片當然是為女性翻案的，蘿絲與女主人都是孤兒，影片中的她們毫無階級的隔閡，更像扶持的姊妹或母女。女主人被刻意塑造成高學歷（哥倫比亞大學碩士人選）的知識分子，擺明是要說服觀眾相信她的無私與論點，於是蘿絲一面引出問題，女主人一面為她辯護。

導演高明的地方是強迫觀眾看到蘿絲的「背德」行為：迷戀男主人、讓男孩撫摸她的胸部和私處、引起男人打架、婚前性行為……。但是蘿絲不是蠱惑男性的蛇蠍，更像純潔的兔子（片中說她的豐滿健美來自小時候吃完賣不出去的兔子肉）。問題的產生實由於她不像大部分人善於掩藏自己的感情，於是大男人們垂涎她的美色，卻又想用教條打擊她。演繹終結，男人才是自纏於慾望與禮教的糊塗蟲，女人只不過催化了這層矛盾。

男性沙文膨脹的結果是醫生和男主人計劃拿掉蘿絲的卵巢，此時女主人憤怒斥責男人的自以為是，甚至想剝奪女人的天賦。她立於性別歧視外的清明，老被丈夫譏為「第四空間」，但是她這次毫不妥協的強硬指責，教男人們不得不認錯，而有了令人欣慰的結果。

蘿絲與女主人象徵女性的自然與智慧，聯合體現了女人背負男人罪惡的不公，但這並不表示《激情薔薇》仇視男人

，男主人後來的從善如流就是一例，再細究影片細節，沒有一個角色被指為壞人，人們誤解禮俗與面對天性的無措，才是造成迫害的關鍵。更何況本片是經由青春期男孩的眼光追憶蘿絲的形象，影片的熱情和諒解正是他的態度。當蘿絲出嫁時，男孩那無人能懂的眼淚，是最令人動容的一刻，顯見女導演跨越性別局限的關懷。所以多年之後，當女主人和蘿絲分別去世，長大成人的男孩與父親追悼兩人時，話語間相信這兩名女子永恒地存在於宇宙，才印證了導演的結論：男主人應用了女主人的「第四空間」哲學，男孩肯定蘿絲是他第一個愛上的女子。男人接受並肯定女性對他們的影響，反之亦然。

瑪莎柯莉姬藉少男回憶的片段化，打散強硬說教的姿態，改以抒情懷舊的調子，雖然銜接不免有斧鑿痕跡，還是瑕不掩瑜。但是《激情薔薇》最出色的應是演員，過去我一直不欣賞蘿拉鄧恩的演技，這次看她優游於奔放與罪惡感的自然，入圍奧斯卡不是僥倖。黛安賴德與勞勃杜瓦也極具水準，飾演思春少男的盧卡斯哈斯亦可圈可點。優異的演員讓鋼索上的劇情不但沒變得肉麻，更豐富了影片的訴求。

⊙原載於1992年3月22日〈自由時報〉

激情海岸
Salt on Our Skin
階級現實與痴情神話

導演：Andrew Birkin
編劇：Andrew Birkin, Bee Gibert
攝影：Dietrich Lohmann
演員：Greta Scacchi, Vincent D'Onofrio

近日友人紛紛走告：台北正上演著一部令人意外的電影叫做《激情海岸》。也許是五、六月的電影街已被大量粗糙的三級片搞得烏煙瘴氣，所以一部打著情慾口號卻細緻言情的電影反而令人「驚喜」—我這樣猜著。

一個是在巴黎長大的富家女，一個是英格蘭的打漁郎，「階級」這個永遠不褪流行的戲劇衝突，如影隨形地出現在本片的每個角落。其實好萊塢也興這套，舉凡近年最賣座的幾部電影如《麻雀變鳳凰》（富少／妓女）、《阿拉丁》（公主／平民）那個不是大打階級旗幟，然後在勇氣與愛情的捍衛下去拆卸它。觀眾長年對這種模式樂此不疲，可見階級在日常生活中不但確實存在，而且根深柢固。

《激情海岸》令我喜歡的地方正是它對「階級」的詮釋。階級不止是橫亙在男女雙方間的外在障礙而已，最難、最可怕的是階級意識紮實地活在當事人心中，談愛情的人絕非頭腦一片空白的無辜者。所以在巴黎鐵塔上，女主角清楚地拒絕了男主角的求婚，她斬釘截鐵地說：「我不屬於你的世界，你也不屬於我的世界。」她也不要男的改變來配合她，因為喜歡的正是當前的他。這裡所逼現出來的不僅是階級間難以跨越的鴻溝，更透露不同階級間暗藏的「吸引力」，這股刺激吸引力的具體呈現，就本片來講，則是藕斷絲連的性愛關係。

　　別說這份階級意識只存在於女主角複雜而理性的腦袋裡，直來直往的打漁郎儘管勇於開口要求天長地久，但是在多年以後，當他們站在一座仿中古西班牙的花園裡，他指責了女主角：「為什麼你非要用你的品味去歧視別人的快樂？」你可以視這句話為對知識份子的當頭棒喝，不過它同時也凸顯了階級不只活在像女主角這樣千思萬慮的人心中，自認單純的男主角不也承認了此中的矛盾。只要他們活在人群中，就逃不過這層詛咒。

　　這讓我想起義大利女導演莉娜韋特穆勒七〇年代的一部電影《隨波逐流》。女主人和男僕因為意外而流落荒島，在那裡他們才得脫去枷鎖，愛慾纏綿；然而當他們獲救重返社會後，一切又回歸原狀，彼此只能在遠方交換無奈的眼神。

階級是窒人的，但是單一的打破階級又可能帶來更大的傷痛
。

　　相較之下，《激情海岸》不像《隨波逐流》那麼強調政
治性，而更投合中產品味。男女主角在默認無望又深知對方
是自己最愛的情況下，採取了變通的方式：一年五十二週，
有一個禮拜他們是完全互屬的。弔詭的是週遭的人似乎都默
許了這種行為：男主角的太太毫不過問，女主角的兒子甚至
自動消失一星期。難道只要是不致鬆動這套人際網脈的行為
，就得領受「睜一隻眼，閉一隻眼」的待遇？

　　這既是一個恣情縱慾的故事，男、女主角有如乾柴烈火
，彼此的關係似乎只建立在肉體的吸引上，但是它最後又發
展成一個痴情的故事，從影片的敘述口吻來看，彼此的心中
都只有一個人。由這裡可以發展出另外兩個問題：建立在性
愛上的感情足以如此刻骨銘心嗎？儘管大部分的電影都以含
混其辭的態度略過這種問題，但是像《巴黎野玫瑰》（法國
導演尚賈克貝內）如此放任性愛的電影被本地不少電影社團
的青年學子視為熱烈崇拜的cult film 看來，縱慾與痴情之
間，難以天長地久，足以刻骨銘心，是被強烈接受的。但是
它又出現一個疑問，《激情海岸》的論說是誠實的嗎？用一
百分鐘來講23年的故事，刪存之後所剩的面貌是一個新的實
體，男、女主角之間的吸引力從沒有受到挑戰嗎？我之所以
視之為一樁痴情故事的理由正是如此，因為《激情海岸》對

男女感情的詮釋是愈到後頭愈死心塌地，因為我們看不到他們分開的五十一個禮拜是怎麼生活的，所以影片所呈現的關係反而給人一種「忠實」的感觸。既大膽地釋放情慾，又製造彼此忠實的幻覺，加上本片第一人稱的口吻是在另一人死後展開，更多了一層緬懷的煙幕，彷彿衝來一道痛人的大浪後，又徐徐推來溫柔的輕浪。

本片的編導安德魯柏金曾經參與改編過艾訶的名著《玫瑰的名字》（電影片名叫做《薔薇的記號》），艾訶的書迷可以不滿意影片的詮釋，但是就電影論電影，確實是一部敘事明暢又暗寄寓意的佳作。我不曉得讀過原著的人會怎麼看待《激情海岸》，不過我並未如外傳看到太多關於女性主義的養分在電影中出現，僅僅浮光掠影地提到西蒙德波娃，或是片面呈現女性咄咄逼人的面貌，應該是算不上數的。用功的部分還是在堆塑一個帶有懷舊氣息的言情故事，一對男女在階級桎梏下偷渡情慾的歲月累積這個層面。

如果主角所言：快樂是如此容易，就是和你在一起。像柏格曼這樣不相信愛情、婚姻的人也說過：「痛苦的人生中，愛情是唯一可靠藉的休息站。」把柏格曼的話用到《激情海岸》，或許能夠明瞭男女主角不求長相廝守反而得以刻骨銘心的道理吧！

⊙原載於1993年6月19日〈工商時報〉

桃色交易／桃色機密

Indecent Proposal／Disclosure

娘子，今晚價碼如何？

桃色交易

導演：Adrian Lyne

編劇：Amy Holden Jones

攝影：Howard　Atherton

演員：Robert Redford,
　　　Demi Moore,
　　　Woody Harrelson

桃色機密

導演：Barry Levinson

編劇：Paul Attanasio

攝影：Authony
　　　Pierce-Roberts

演員：Michael Douglas,
　　　Demi Moore

　　一對年輕性感的夫妻需要五萬元來保住他們的夢想之屋，於是到賭城試試手氣，卻遇上了中年迷人的億萬富翁，他出資一百萬買對方的妻子一夜。年輕夫妻初則拒絕，隔天在考慮之後「忍痛」答應（還不忘找律師簽約），他們相信：這場性愛交易將會是「無意義」的！

　　大概只有好萊塢電影會出現這麼天真的夫妻。不過，《桃色交易》卻拍出了一個頗堪玩味的問題：性愛是無價的嗎

？或者這兩個字可以拆開來討論？賣或不賣，倒不是我最在意的問題，如果它是想藉這場交易來剝示「人在表面之下都是娼妓」的話，我還會尊重它想陳述的用心。怕就怕敗德的人還要道貌岸然地說教，那才真令人無法忍受。

影片自己承認，這場交易是不可能沒意義的。返家後，丈夫開始疑神疑鬼、歇斯底里，最後只有分居一途。而億萬富翁又趁虛而入，對人妻展開攻勢。這個小妻子又做了一次天真的決定，為了富翁一番孩提時代天真的回憶以及昂貴的浪漫，她決定和丈夫離婚了。

說句老實話，我實在無法從黛咪摩兒呆板的演技中瞧出她做此決定的理由。好吧！就算導演是要訓誡我們把性愛拿來交易的下場。但是當丈夫在保護動物認養會上以一百萬支票買下一隻河馬（這關乎夫妻倆回憶中無關痛癢的一章），我們又被天真擊敗了！因為這樣，罪惡的一百萬元用掉了；因為這樣，妻子決定重回丈夫懷抱；因為這樣，善解人意的富翁決定成全他們。原來這場桃色交易還真有意義！？

觀眾可以為勞勃瑞福無懈可擊的笑容所迷惑，但是編導如牆頭草的態度卻讓人不解。才剛扯完鉅款的迷人，下一秒鐘就忙著遮掩銅臭；這廂說此情不渝，那邊已經準備琵琶別抱。艾德安林的思想常受劇本局限，壞就壞在艾美何頓瓊斯的劇本偏偏虎頭蛇尾，以至於《桃色交易》除了他一貫擅拍的激烈床戲（回想一下《愛你九週半》、《致命的吸引力》

），就只剩勞勃瑞福努力把持金童形象，沒有床戲（全由年輕人包辦），永遠合身的三件式西裝，這個攪亂一池春水的男人反而成了全片最清純的人物，至少對觀眾認同頗爲受用。黛咪摩兒比起《今夜你寂寞嗎》的莎拉潔西卡帕克六萬五的身價高出太多，不過在這五十步和百步之間，卻同時逼現出奧斯卡把本年（一九九三）定爲「女性年」的諷刺。

再來看看《桃色機密》這部同樣是話題之作的電影，它的情節是男職員被昔日女友，也是他目前的女上司騷擾並誣賴的際遇。

從邁克道格拉斯那副無辜的表情看來，《桃色機密》在男女關係的對待態度上，簡直是《致命的吸引力》再版。聳動而合時的題材，緊湊而煽情的佈局，當然還有一個保守的意識形態。

性騷擾在這部電影只不過是虛晃一招，它真正談到而且演繹成功的，是人際間的鬥爭與傾壓。性不只是權力，也是政治。無論是陣前倒戈的同僚，或是背後相助的黑手，說穿了都是利益激素下的產物。本片猶如驚悚片般的節奏，更直接確認了這份人與人之間的恐怖性。

但這絕不代表這部電影單純，或者可以用娛樂來搪塞，事實上，它更像一部好萊塢遏阻女性勢力的恐嚇信。既提不出女主角騷擾男主角的動機，還大言不慚地表明只要男人的生殖器沒進入女性體內就等於無辜。聰明而狡獪的編劇，故

意設計了默默支持丈夫的妻子（她最關心的是別的女人身材可以得幾分），幫男主角辯護的女律師（一直點明她愛出鋒頭），甚至還安排了一個不具性魅力的女上司，暗地幫忙男主角，這就是好萊塢可以接受的好女人嗎？幾部「桃色」電影下來，黛咪摩兒也該榮獲好萊塢沙豬男人的「最佳的女主角」了。

⊙原載於1993年5月13日〈民生報〉與1995年1月2日〈聯合報〉

肉體證據
Body of Evidence

瑪丹娜又被打敗了

導演：Uli Edel

編劇：Brad Mirman

攝影：Doug Milsome

演員：Madonna, William Dafoe,
　　　Joe Mantegna

　　身爲當代最引人注目的圖像文化實體之一，瑪丹娜似乎在電影的領域中乏善可陳。除了《神秘約會》的本色演出令人眼睛一亮外，接踵而來的成績足以使任何一個明星萬劫不復。她倒是韌性堅強，模仿瑪麗蓮夢露不成，就轉向瑪琳黛德麗，要不然學學「黑色電影」的蛇蠍美人也行，至少可參考的對象比較多，不至於像前兩者已被視爲不可複製，動輒得咎。

　　然而一九九三年的《肉體證據》又添一次敗筆。儘管瑪丹娜不厭其煩地脫衣服，劇本也把她寫成一個足以用肉體謀財害命的金髮蛇蠍，卻激不起幾分觀影興味。要命的編劇一

開始就站不住腳，五分鐘以後就失去「誰是真凶」的猜謎樂趣，蛇蠍美人發自神秘難測的性感魅力，一下子就被瑪丹娜迫不及待地撕裂薄衫給摧毀。通俗電影比春宮Ａ片更能讓人意淫的法寶即在於若隱若現、欲擒故縱，《肉體證據》卻活像部乏味的色情片，黑紗下的人體扭動拍來虛假無比，鏡頭下一覽無遺的瑪丹娜，更給人東施效顰的尷尬。光就販賣色相來看就輸《第六感追緝令》一大截。

或許我們更希望瑪丹娜能從大刺刺的肉搏戰中顛覆些什麼意識型態，就像她那些惹人爭議的ＭＴＶ，身體也能成為政治語言。瑪丹娜是示範了一些露骨的性愛遊戲，像是滴蠟油、躺在玻璃上做愛、手銬、皮帶。然而虐待／被虐待的關係並沒像《情人們》（文森阿藍達導演的西班牙片）所釋出的愛慾與政治性的辨證，反而掉入更難堪的窠臼：瑪丹娜終究輕易地被氣急敗壞的男人所殺。何其保守的緊箍咒！

《肉體證據》最大的失敗是創作者自身價值觀的矛盾，既想藉出賣皮相吸引人，又一副多烘衛道的模樣，加上錯把色情當性感，不但壞了導演烏利艾德爾（拍過《布魯克林黑街》的德裔導演）的名聲，又給瑪丹娜一次挫折。一支五分鐘的ＭＴＶ也許能在快速的剪接中發揮類似海綿的效果，提供廣大的解讀可能；但是一部一百分鐘的電影卻難以遮掩不足的窘況，儘管你虛張聲勢「前衛」了大部分的時間，仍然逃脫不掉被洞察出理念貧乏、內容保守的真相。《肉體證據

》就是一個警惕。

⊙原載於1993年3月25日〈自由時報〉

激情維納斯
Delta of Venus
薩曼金情色經典的真相

導演：Zalman King
編劇：Elisa Rothstein,
　　　Patricia Louisiana Knop
演員：Costas Mandylov, Audie England

　　一部平凡的情慾電影，在片商與電檢的衝突中，搭上「台大女生Ａ片事件」話題便車，成了一部「嚴重」的電影。真正在鏡頭背後掌控的導演薩曼金（Zalman King）， 又是何許人也？

　　他是《愛你九週半》（9 1/2 Weeks，1986） 的編劇（導演則是《致命吸引力》、《桃色交易》的艾德安林），導演作品有《激情交叉點》（Two Moon Junction，1988 ）、《野蘭花》（Wild Orchid，1990）， 以及這次爭議的導火線《激情維納斯》（Delta of Venus ）。

　　《愛你九週半》描述一名女中產階級被一個神祕男人所吸引，在九週半之內進行各種性冒險的經過。

《激情交叉點》則是富家女把貞操獻給英俊的流浪漢，而直接讓未婚夫戴綠帽的性啓蒙通俗劇。

　　《野蘭花》長在熱帶巴西，出身美國中西部的拘謹女律師，跟旅居當地的億萬富翁展開激情野戀。

　　《激情維納斯》在三〇年代的巴黎，美國女作家與風流才子正面或間接（利用文字）做愛的亂世情緣。

　　不論是編劇抑或導演，薩曼金電影的模式永遠是保守、單純、天真的女子（他對這些「特質」的詮釋一概用「缺乏性經驗」帶過），如何被一個謎樣的男子吸引、迷戀，而後解放的經驗。而這一套模式的呈現，往往就是薩曼金最受批評的部分。因爲在他的電影裡，女性情慾的自主總是要透過男人的「教導」，而且以「性經驗」次數的多寡來衡量女性自覺的程度，未嘗不是一種物化女性的做法。到頭來，這類所謂對女性情慾探討的電影，除了引起一陣騷動外，意識上還是落入剝削女性、販賣色情的窠臼；自覺與解放，只淪爲一兩句無關緊要的對白罷了。

　　問題是出在「男性觀點」嗎？這個答案或許可以解釋大部分電影看待女體的態度，但是把它當成一個絕對負面詞，卻也有二分法的誤謬在其中，好像用男人的眼光來看女性的情慾態度，就一定是罪無可赦的，那麼柏格曼的《哭泣與耳語》、《假面》，楚浮的《夏日之戀》、《巫山雲》，伍迪艾倫的《我心深處》，阿莫多瓦的《精神崩潰邊緣的女人》

，以至於張毅的《玉卿嫂》，不是都應該被推翻嗎？可見得問題不是那麼簡單地出在男性或女性上。我們無權要求男導演變成女人來看問題，因為他本來就不是，將來也不可能是；這就好像以為女導演拍的女性題材影片就一定尊重女性一樣有其盲點（你不妨檢查一下潘妮馬歇爾的《紅粉聯盟》的意識型態是多麼符合男性沙文主義）。問題實際是出在創作態度上。薩曼金的電影確實矮化了女性心理與智識，但只有性治療師或種馬功能的男角，難道就是對男性的提升？恐怕很多男性也不以為然吧！

回到作品本身，《激情維納斯》確實是暴露薩曼金對待情慾問題思考薄弱的最佳證明。這次他不甘寂寞地搬出三○年代納粹勢力逐漸染指歐洲的時代做為背景，又借用了美國藝術、文學家在前半世紀以到巴黎取經為尚的風氣來做角色動機。也就是說，在他的藍圖裡，性愛與政治的互動，創作跟人生的辨證，都是等待被勾勒的遠景。

但是，《激情維納斯》的性愛跟《激情交叉點》、《野蘭花》幾乎是一模一樣的：不明所以的異國情調，風花雪月的自白，氾濫煽情的音樂，一幅幅活動的春宮圖。薩曼金無能學大島渚的《感官世界》、文森阿藍達的《情人們》用無政府主義般的激烈性愛來對照、批判某個時期他們國家裡無可救藥的軍國或獨裁主義，只好拍成ＭＴＶ般的語焉不詳、不痛不癢。當女主角跟個納粹隊長發生關係，薩曼金也羞於

像莉莉安卡凡妮的《守夜人》（或譯《狂愛》，一九七五）勇於挖掘性愛中的階級、虐待等灰色層面。事實上，除了挑戰我們台灣「唯眼論」（只管眼睛看到的）電檢制度外，《激情維納斯》其實是一部相當保守的電影。而女主角涉足歐洲，所見識到的藝術火花，或是她自己的文學啟發，平板得像是三流的羅曼史小說，薩曼金對這些時代、地域根本既無體會又無感情，何苦附庸風雅？發生在美國的《激情交叉點》雖然只是五十步笑百步之差，但至少還沒有這份刻意風雅的尷尬。

所以，稱薩曼金為「情色大師」，絕對是過譽，甚至誤導。不過新聞局堅持修剪，最後總算剪了三秒鐘的「克盡職守」，讓我想起我十八歲可以看限制級的那年，在板橋一家二輪戲院觀賞《激情交叉點》（雪琳芬主演），「千真萬確」地看到了三點全露的畫面，是放水（電檢）？還是偷跑（片商／戲院）？已不得而知。無論是七年前的突如其來，或是七年後的正面膠著，薩曼金的情色電影還真暴露了我們自檢查體系到觀影態度上的一味壓抑，以及只會看而不思考的可議模式。可以預見的結果是除了繼續對情色電影良莠不分外，還有對慾望自主的打壓、逃避、精神分裂。

⊙原載於1995年7月15日〈工商時報〉

同志愛曲

迷情殺機

愛德華二世

費城

神父

迷情殺機

The Comfort of Strangers

遮遮掩掩的男色

導演：Paul Schrader

編劇：Harold Pinter

攝影：Dante Spinotti

演員：Christopher Walken, Rupert Everett,
Natasha Richardson, Helen Mirren

　　銀幕上最美的城市是哪一個？當然是威尼斯！它既有讓人跌入慾網的風情，還有引人慨然赴死的魔力；維斯康堤永垂不朽的《魂斷威尼斯》就是最好的註腳：失意的音樂家迷戀上美如雕像的男孩，沒有言語，無從親炙，卻義無反顧地為他留駐，不管惡疾來襲的流言，只得魂斷水都。

　　對於電影瞭如指掌的美國導演保羅許瑞德也來到了威尼斯，他當然不至於像唐吉訶德一樣，挑戰舊經典已成範本的長時間攝影機運動，只是在開場利用空鏡頭「意思」了一下，環顧威尼斯建築擺設的精雅。我不敢妄稱這叫「致敬」，或是揣度博學如許瑞德者，是否供奉起前輩經典來拍片。不

管這些，只是放肆地將《迷情殺機》和《魂斷威尼斯》兩部相距近二十年的影片擺在一起欣賞，倒有另一番趣味。

　　《迷情殺機》的俊美男星魯伯艾略特好比《魂斷威尼斯》勾魂懾魄的達秋「成人版」，他帶著情人娜塔莎李察遜重遊威尼斯，《魂》片的古典風韻徒成觀光用的橋木，現實則是嘈雜但孤寂的。這次跟蹤者不再是文質彬彬、止乎禮的音樂家；變成過度熱情，老愛纏著人述說往事的美裔商人克里斯多夫華肯，他有個足不出戶的怪異老婆海倫米蘭。《魂斷威尼斯》美在含蓄的象徵，《迷情殺機》則故意觸碰入世的沈淪。所以魯伯艾瑞特不是《魂》片不食人間煙火的美少年，反而成了焦點集中，被窺視的對象（object）。而這種視見的刻意凸顯，成了《迷情殺機》的曖昧關鍵。

　　換句話說，保羅許瑞德放大了觀眾「偷窺」、「意淫」明星的快感，成了劇情的主題。克里斯多夫華肯用照相機偷拍魯伯艾略特的身體，和妻子一起觀賞，千方百計地邀這對年輕情侶來到家裏，趁他們熟睡時，偷藏起衣服。諷刺的是華肯夫婦刻意的窺淫，反而刺激了年輕情侶幾近僵化的關係，回到旅館熱烈地做愛。連帶發覺所有人的眼光都落在俊男艾略特的屁股和大腿上，而非娜塔莎李察遜。以往銀幕都是女性被男性無意識的「視見樂趣」所結構，《迷情殺機》卻讓美男子成為眾人「慾望」的對象。

　　男色！維斯康堤晚期的古典史詩，總以贖罪般的意識見

告別大師

證同性戀的滅亡，天鵝輓歌中猶帶自我承認的罪惡感。保羅許瑞德也曾在《豹人》、《三島》婉轉地坦述同性戀痛苦，《迷情殺機》看似解脫了《魂斷威尼斯》那種欲言又止的情愫，克里斯多夫華肯大剌剌地向魯伯艾略特說：「我告訴別人你是我的愛人。」但是當謎底逐漸揭曉時，許瑞德又開始遮遮掩掩了：魯伯艾略特為了救女友才願意「犧牲」肉體，克里斯多夫華肯則一刀劃在艾略特的頸子上。最後的警局問訊根本多此一舉，似乎只想緩和掩飾肉慾的血跡快感，為驚嚇的觀眾、也為主使的作者找個台階下。

　　遮遮掩掩的男色！保羅許瑞德快要抵達終線時，又調頭回到起點。

⊙原載於1992年4月24日〈自由時報〉

愛德華二世

Edward II

愛在愛滋蔓延時

導演：Derek Jarman

編劇：Derek Jarman, Stephen Mcbride,
　　　Ken Butler

攝影：Ian Wilson

演員：Steren Waddington, Keven Collins,
　　　Tilda Swinton, Andrew Tiernan

　　有些導演雖然從未有作品在本地院線上映，卻被一圈子的影癡奉爲偶像，金馬獎國際影展就是他們膜拜的聖地。德瑞克賈曼正是殿堂裡的偶像之一，自從他的《浮世繪》在一九八七年國際影展艷驚全場，之後的每部作品都受邀參展，包括《英倫末路》、《戰爭安魂曲》、《花園》和本屆（一九九二年）的《愛德華二世》。

　　賈曼是個公開的同性戀者，他的電影也被奉爲同志電影的「極品」，除了那些眩目駭人的影像外；最重要的是他旁徵博引、引經據典的功力無人能及。就拿他那部集大成的《

花園》來說，從聖經到《甜姐兒》他都有所詮釋，多媒介的轉換並置也如臻化境。可怕的是，賈曼把同性戀者長久遭到的迫害和耶穌受難達成共鳴，直指偏見的惡果，不僅讓馬丁史柯西斯《基督的最後誘惑》小巫見大巫，更把同志電影的史觀推到顛峰，足可媲美《偏見的故事》。

但是賈曼在拍完《花園》，後期製作都來不及完成就住院了。賈曼有愛滋病在身，幾次入院，都在死亡邊緣掙扎。有人說他瞎了，這等於宣布導演的死亡。幸好傳聞總是誇大的，賈曼不但沒讓很像「遺言」的《花園》成為天鵝輓歌，又迅速完成《愛德華二世》，把英國衛道人士激得火冒三丈，因為這次賈曼要開刀的對象是：英國。

愛德華二世是英國歷史上最著名的同性戀國王，也是最苦命的一個。他寵愛法國情人蓋維斯頓，弄得眾叛親離。同性戀傾向不見得是主因，問題在於他愛得太誠實。最後在皇后的策動下，先誅殺蓋維斯頓，再逼愛德華交出皇位。愛德華死得很慘，一把滾熱燒紅的鐵棍刺入肛門，淒烈的慘叫連五里外都聽得到。

賈曼改編的是十六世紀的劇作家馬羅（Christopher Marlowe）的同名劇本，原本是齣十四世紀的宮廷劇，賈曼卻把它改裝成一個溶合古今、難辨時空的寓言。只有那些在獵犬和哨子帶領下、迂腐而且毒辣的貴族們，一看就像英國政客的縮影，他們發自骨子裡的恨意和切齒的逼害，反而成為

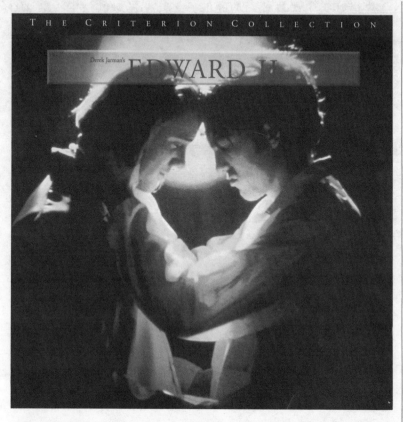

賈曼是同志電影的一代宗師，本片巧妙地穿梭古今，將一個事件擴展成千古寓言。

335

全片最好笑也最具批判力的部分。沈溺於愛的國王，則搖身變為同志運動的領導者；法國情人則是勞工階級的化身，足以讓上層階級恐懼血統與地位的動搖。

這可能是賈曼最「好看」的一部電影，不但典故減到最低，熱烈的男同性愛和峰迴路轉的情節，也流露通俗劇的甜俗魅力。賈曼沒有使用多媒體來論述，反而將場景減到簡約的極限，讓憤怒與愛慾不至於會被煽情而變形。殘忍的極刑，從現實變成夢境，是不忍再睹同志被加害的殘酷嗎？

擺在「愛在愛滋蔓延時」的專題裡，賈曼的成就，無疑是其他同志作者的精神指標；《愛德華二世》融貫古今的苦心深旨，也為影展此番創舉的美意留下最適切的註腳。

註：一九九二年金馬獎國際影展「破天荒」以「愛在愛滋蔓延時」為題，辦了一個多達二十四部影片參展的同性戀電影專題，對國內的同性戀論述及社團造成重大的影響。

⊙原載於1992年11月28日〈自立晚報〉

告別大師

費城

Phildelphia

只道人權，未進人心

導演：Jonathan Demme
編劇：Ron Nyswaner
攝影：Tak Fujimoto
演員：Tom Hanks, Denzel Washington,
　　　　Jason Roberts, Mary Steenburgen,
　　　　Antonio Banderas, Joanne Woodward

　　在討論《費城》之前，我們有必要明瞭它是好萊塢主流首次以愛滋病爲題材的電影。

　　這個「第一次」不見得要爲它加分，而是讓我們更加注意創作者想藉此樹立「典範」的用心。既然是好萊塢的典範，《費城》勢必在表面的人道關懷之外，保留家庭價值、感情忠誠，甚至在正面的人生觀與美好的主角形象上注意分寸。

　　於是我們看到形象健康的湯姆漢克斯雀屏中選，演出罹患愛滋病的同性戀律師安迪。對演員而言，這是博得演技口

碑的契機；對投資者而言，除了確保票房吸引力，更重要的似乎是降低同性戀的威脅性。這聽起來好像有點矛盾，使用一名異性戀演員主演同性戀角色，難道不可以視爲族群彼此的互諒嗎？如果你指的是安東尼歐班德拉斯去演《慾望法則》那個被愛沖昏頭的同性戀男孩，那麼我相信。我也承認一個同性戀律師可以是隱藏得好好的，並且年輕有爲、打扮入時、廣受歡迎，和異性戀者沒有兩樣。但是如果一部電影只是把同性戀處理成外表光鮮的可人兒，很可能是爲了逃避探索內在層次的一種遁逃手法，而且我相信這份疑慮並非憑空捏造。《費城》只出現過一次暗場處理湯姆漢克斯在同性戀電影院勾搭陌生人的短短幾秒鐘跟同性性行爲有關的情節，並推測這可能跟他身染愛滋病有關，就不再碰觸同性戀跟異性戀不同的地方，到底是保護同性戀，還是怕激怒異性戀呢？再者湯姆漢克斯的奮發向上，以及飾演他情人的安東尼歐班德拉斯那種匪夷所思的寬容大度，在拉拔同性戀地位的同時，是否也泯沒了應有的人性反應？

同性戀電影從地下到地上，在尋求認同的階段，曾染上嚴重的「潔癖」，俊美的主角、摯情的舉止，彷彿在恐懼「變態」攻擊的加身。或許我們應該將這視爲一個階段性成就，至少這些有潔癖的同性戀電影曾經做過一番改變，但是如果不加思索地繼續奉行，極可能形成另一個陷阱（譬如浪漫的同性愛情故事已成爲大宗，並在市場上被接受，值得探討

的是這些俊美異常的男主角和旖旎的異國風光如何被解讀，是多加一層紗呢？還是促於溝通？）New Queer Cinema 的觀念出現，鼓吹摘除掉自己與人相異的那股歉疚，進而擁抱這份特殊。就電影而言，大可描繪同性戀者的灰暗、困境，他們既是人，就有七情六慾，而且是同志的七情六慾，何怪之有？「正視」比「美化」更要來得有尊嚴。

耐人尋味的是當同性戀電影作者自行撤走過去領域，投入 New Queer Cinema 以後，異性戀陣營反而接收了這塊園地。從這裡來看，《費城》和《喜宴》是很接近的，它們雖然都包容了同性戀者的意見或意念，但是真正主導的還是異性戀觀點。這是既定也是難以改變的事實，如果我們相信電影有所謂「作者」存在的話，你如何要求李安或強納生德米以同志角度來創作，無非是緣木求魚。堅持以同志觀點實現所有關於同性戀的電影，仍然值得保有（在劣幣仍遠多於良幣的情況下，堅持陣線是有其立場與必要的）；但是我們是否也試著省視這些「異性戀觀點的同性戀電影」的另成一格？

如果可以，我在之前所提出的疑問，諸如《費城》漠視同性戀者可能的憤怒、沮喪、慾望等內在層面，而刻意把焦點擺到某特殊「事件」上，好去探討同性戀對異性戀機制造成的衝擊和反省，可能正是目前此類作品的共同策略（《喜宴》未嘗不是如此）。這倒不是平地一聲雷，至少大眾傳播

在慾望的刻劃上，《費城》避重就輕。

媒體對同性戀議題的討論，以及愛滋病出現後的誤導與澄清
，都助長此類題材被觀賞與被接受的可能性，才讓保守的電
影大企業肯於嘗試。李安於《推手》後執導《喜宴》，強納
生德米在《沈默的羔羊》後拍攝《費城》，都不是貿然成事
，前作的名利雙收才是真正的背書。嚴謹的態度是他們的優
點，卻也同時制肘影片的可能潛力。

《費城》的成形充分顯示這種多方顧慮的結果，就是成為一部「無害的宣導『長』片」。片中的每一場戲都清楚地標示其指意功能：安迪在工作上的幹練，告訴你「同性戀不因性取向而影響工作能力」；當他發病時，情人的常伴身側，又說明了「同性戀不見得濫交，也許有出軌，但真情也能無悔」；而每一場法庭戲，更在大量的主觀鏡頭運用下，不厭其煩地告訴每個觀眾正確的愛滋病觀念，甚至安排了一位因輸血而感染愛滋病的異性戀婦女當証人，企圖從感性的証詞和她對男同性戀病友的認同眼光中，強調接納的重要。

　　由此不難理解為何要大費周章描述安迪和家人相處的情形。這可能是全片最不可思議，也是最催淚的時刻。全家竟然沒人怒斥他的性向或是為家人帶來困擾，兄弟姊妹放心把嬰兒讓他抱，老爸老媽那句「至少我從沒讓我的孩子躲在人家背後！」更是如雷貫耳。就像《喜宴》後來 Simon 答應和偉同一起當葳葳肚子裡孩子的爸爸一樣，導演無視「必然」的困境，顧自為同性戀勾勒理想國，能感動人，卻有欠考慮，也暴露創作者對這些問題思考的底線過度一廂情願。

　　不過強納生德米對這種表態是樂此不疲的，可從原本憎惡同性戀的黑人律師接下這件官司看出，德米有意聯結兩種受剝削族群的力量，共同對付象徵白種異性戀威權的事務所，黑人律師替安迪打贏官司，安迪也啓發黑人律師感動生命。優異的表演，成功軟化原有的隔閡，讓這組人際關係最具

在正義的詮釋上,《費城》才敢大聲疾呼。

說服力。強納生德米也藉此間接聲明他用《費城》發言的正當性和可信度,既然異性戀律師可以為同性戀者討回公道,他自然也有資格執導這部詮釋同性戀人權的電影。

奈何現實的處境是投資者有其不變的保守性(特別是好萊塢),觀眾也不見得全走在前面(用異性戀道德看電影的大有人在),強納生德米(也包括李安)必然多經考慮,在

不醜化同性戀者的前提下，所顧慮的其實是異性戀觀眾。也就是這類「異性戀觀點的同性戀電影」飽受激進評論攻擊的原因之一，因為它們企圖讓觀眾認同片中同性戀角色的同時，往往也挖空了這些角色的性格與慾望，一個清淨的空殼顯示導演自己都無法正視，又如何引導觀眾認識真正的同性戀者。

　　所以《費城》處心積慮的分明結構，仔細蘊釀的戲劇張力，只能說出人權平等的概念，卻沒進入到角色的心緒。我們驚訝的是湯姆漢克斯這名演員的表演幅度，而不是安迪這個人物的複雜程度，正說明了《費城》做為好萊塢的「第一次」，甚至可能的「典範」，所努力走到的、與視而未見的。

⊙原載於1994年6月〈影響〉

費城

神父

Priest

信仰與情慾的天人交戰

導演：Antonia Bird

編劇：Jimmy McGovern

演員：Linus Roache, Tom Wilkinson,
Robert Carlyle, Cathy Tyson

　　年輕英俊的蓋瑞神父接下了新教區的職務，略顯貧脊的小鎮上，除了想巴結他的葬儀社老闆、天真虔誠的兒童，志願為他清潔住處的婦女們，似乎還有更可怕的試鍊。

　　他發現講道彷彿在宣揚社會改革的同事馬修神父，竟然和他們的女管家有染。從孩子的告解中，他得知有個女孩正在遭受父親的性侵犯之苦。前者犯了「神父當守獨身」的誓約，但是女管家真誠的告白，讓他寧可當做沒這回事。女孩的遭遇呢？「神父要將告解的內容保密」的教條，教他明知罪惡正在滋衍卻不能講。而他自身的同性情慾也在此時爆發了，他愛上了在酒吧邂逅的年輕男子，也和他發生了性行為，蓋瑞為此所苦，卻又陰錯陽差地在汽車內親熱時，被逮個

正著，成了小報的頭條醜聞。

　　當他再披上教袍，重回教堂主持彌撒時，沒有人願意領他的聖體，甚至有一半人早因唾棄他而離去，唯獨那曾受父親侵犯的女孩接納了他。

　　由英國廣播公司（BBC）資助拍攝，女導演安東妮雅柏德（Antonia Bird）執導的《神父》（Pirest）在台灣上映前，我已經從英、美、香港的電影雜誌讀到不少對本片讚美、批諷的爭議文字。同性戀可以當神父嗎？如果只有異性戀可以當神父，為什麼又要有禁慾的規定？因為如果禁慾，他內在到底是同性戀或異性戀，又有什麼差別？禁不了慾，就當不成神父了嗎？告解內容需要保密，是否等同於袖手旁觀，見死不救？一部電影可以纏上這麼多問題的燃線，自然不必為它引爆的震撼感到意外。

至少，我們不必做隻駝鳥

　　其實打從電影一開始，《神父》就露出挑釁的姿態：一名老神父在精神崩潰的情況下，拆下了教堂的十字架；你還記得當年耶穌背負著自己的十字架上山受刑的苦路嗎？按耐不住的老神父也走出一條苦路（儘管中途曾經犯規搭巴士），他走到教區負責人窗前，然後像撐竿跳選手一樣扛著十字架衝破窗門。自然，他被開除了。

　　大聲吶喊的神父，破壞用的十字架。打破傳統的開場逼

使我們去正視世界的複雜絕不如教條所寫的和我們所學的單純，這也是大凡對這部片子的期待與震驚所在。

和女管家有染的馬修神父似乎較能瞭解這一點，他用著邏輯看待一切，而非教義。他認為神父獨身的誓約，只是教會可以自由驅使教士的謀略，他對自己觸誡的感情並無罪惡，但也不公開。正如他在篤信上帝的同時，也藉用教徒對儀式的崇拜，在講道中散佈社會改革的思想。

在充滿理想色彩的蓋瑞眼中，馬修更像是工黨政客或是小丑。但世界確實在變，當社會行動比「上帝保佑你」更能改善貧民區的同時，教會也早已成為一個類似托辣斯的企業體。關於這點，丹尼斯阿坎德（Denys Arcand）導演的加拿大電影《蒙特婁的耶穌》（Jésus du Montréal, 1989）有更尖銳的反省。事實上，能跟群眾一起唱歌飲酒的馬修，也比蓋瑞的講道更令人樂於接受。

諷刺的是蓋瑞和馬修彼此接受的關鍵，竟然是在蓋瑞的同性戀新聞爆發後，馬修的熱心除了「正義感」以外，是否也夾雜著戮破教條偽裝的快感？不難發現當蓋瑞事件發生後，馬修的講道更加激進了，他諷刺中產階級、資本主義、種族歧視（他的女管家是個黑人）、以及異性戀霸權。其實在某些層面上，蓋瑞對馬修而言，成了一名待吸收的同志。當蓋瑞被調往更偏僻、冷峻的教區後，馬修前去看他，除了指責蓋瑞不要再鄙視自己的內在情慾之外，他甚至讓一向謹慎

神父

的蓋瑞捉弄老是監視他的老神父，並且要他重回原先的教區面對教條和群眾。

誰自認無罪的，就丟石頭吧！

「同性戀」一直被視為本片最聳動的部分，聖經裡明文指出：「男與男行可羞恥之事，就在自己身上受這妄為當得的報應。」被教會引申為同性戀必是罪惡。但是歷經思潮的幾番風雲，這些原被視為真理的條文，更可被解釋成大部分異性戀以其性傾向而對小眾做出的歧視侵壓。片中有句對白譏趣地指說蓋瑞因為同性戀而成為好神父，因為他更溫柔，而且具有同情心。而這部電影弔詭的地方正是刻意呈現除了同性戀行為外，蓋瑞幾乎是個完美的神父；亦即在完美行止掩護下的神父，會不會是個同性戀，或是其他教義不容的叛徒呢？這個反向的思考要比角色的設定更具爆炸力。

安東妮雅柏德在處理同性戀場面的手法，或許也是令本片升溫的原因。我很喜歡她處理蓋瑞神父換裝那場戲，他的衣櫃裡，前面是他傳教時所穿的教袍，後面則是件黑色的皮夾克，當他撥開掛在前面的教袍而取下皮衣牛仔褲時，影片隱約地暴露一個訊息：你怎麼知道在教袍跟夾克下所包藏的是同一個靈魂？我們看慣了銀幕上的神父「永遠」穿著傳教的制服，卻忽略了他只是個「人」的時刻。從同性戀酒吧到肉體的相擁，安東妮雅柏德直接了當地呈現蓋瑞神父的興奮

與感動，這時候只有人與人性。有趣的是當蓋瑞騎著腳踏車離去時，一個踩著滑板的長髮年輕人（面貌酷似蓋瑞神父）經過他的身邊，透過蓋瑞的眼睛，這個年輕人彷彿飛行一般，是天使？是幻境？蓋瑞神父又被拉回神所掌控的人間。

導演是怎麼看待同性戀的？如果用「進步同志電影」的眼光來要求這部電影的話，你可能要大失所望。雖然有一場蓋瑞在無人的沙灘上擁吻情人的戲，被快速迴旋的攝影機運動拍得天地迷醉，但是主角蓋瑞神父更多時候是恐懼並抵斥自己的同志慾望的。當他的同性情人來領聖體時，他拒絕給他；當馬修問他如何看待同性情人時，他說：「我看輕他。」而馬修責備他憑什麼因為自己真切的情慾而把一個同胞一個愛他的人貶為撒旦和蛇，他才悠悠地說：「我想我愛他。」最後重回教堂，他也說：「我來請求你們的寬恕。」對「Coming Out」的成員來講，蓋瑞神父的表現其實是令人洩氣的，因為同性戀終究被認為是罪。第 423 期香港電影雙週刊有一篇「阿綠」所作的「《神父同志》一則現代聖經故事」（《神父同志》是《神父》在香港上映所用的片名）就說：「《神》的失敗是在於導演並沒有質疑同性戀者被教條（宗教的 law）壓抑的問題，格力（註：蓋瑞的港譯）神父的反省也只限於內疚，當他的內心掙扎發展到挑戰神，挑戰信條的時候，卻又再次原地踏步……。」所以他的結論是：「說到底，《神》不單沒有為被壓迫的同性戀者平反，反而是再

次肯定同性戀是罪的幫凶。」

　　這篇文章有其他精彩的部分，我只取其一，主要是想擺在「同志電影」的角度來看《神父》。確實，它不像賈曼（Derek Jarman）或法斯賓達（Rainer Werner Fassbinder）的作品有著先鋒般的舉旗功能，而比較接近《同性三分親》（或譯《火炬三部曲》Torch Song Trilogy, 1988）的自憐自傷。但這類電影的精彩或叮親，往往就在於他們願意用凡夫俗子的遭逢起伏來提出他們的問題，情緒多於理念，長於煽情而拙於革命，但沒有必要把它打到反同志的陣營裡去，畢竟它是誠實地坦露它的不足，而非扯謊。

　　蓋瑞神父為他的同性情慾感到罪惡，並不代表導演認為同性戀是罪。換個角度看，正由於蓋瑞苦苦無法掙脫這股罪咎，才更顯得教條束縛人之深，而見導演的批判。況且就統一性來看，如果蓋瑞神父突然跳脫出變成一個同志運動份子，那才欠缺說服力而譁眾取寵，蓋瑞神父一直走不出去的，正是宗教與社會長期壓制下的結果。我想導演做到的是這個，至於 New Queer Politics 所講求的振奮自得、發揚光大，苦思的《神父》還沒走到這一步。

　　值得注意的是蓋瑞神父與馬修神父各自的性出軌，是有互照的功能。其實他們所犯的誡律都一樣，都沒有守獨身的誓，只不過馬修的對象是女人，蓋瑞則愛男人，所以蓋瑞要受更多的苦？是個性使然，也是信仰本身的反同性戀立場，

或是我們直覺認為神父的同性戀是更嚴重的？蓋瑞神父說當他陷於同性情慾煎熬時，抬頭求助十字架上的耶穌，看到的卻是一尊裸男！

是反宗教（天主教）嗎？

　　《神父》是質疑了教律與人性、現實的衝突矛盾。除卻前述的情慾外，還加進了一段父女亂倫的衝擊問題。蓋瑞神父明明知道小女孩正被父親貪婪地侵犯著，但是守誡讓他不得說出這樁秘密，只能消極地暗示卻徒勞無功。但是與其說這種種都是向教會勢力進行顛覆，還不如說它反映了人們對教會需要一些變革的看法。

　　況且，導演還承認了「神蹟」的存在。當蓋瑞神父痛苦於無法解救受迫的小女孩而提早散會，在房間無助地向神祈禱，也間接促使了女孩的母親因為提早回家而撞見了丈夫的醜行。通過情緒高張的交插剪接，我們看到了事情如何在人為的無能與命定式的巧合下曝光，這樣的安排，其實默認了上帝的存在，而且超乎人所能預料與控制。反對本片的衛教團體可能無視於此，而攻擊本片對教條的鬆動，未嘗不是見樹不見林。

　　對此，導演技巧地安排女孩的母親忿怒地走到神父面前，指責他知道卻隱瞞事實，忿而指責蓋瑞神父要為此下地獄。女孩的母親在教堂工作，更是教義的支持者，這時卻完全

忘了教條中的規定而咀咒神父的守誓。教條是有違背人性的地方，在這裡由守護它的人證明了，這才是本片的宗教質議的重心所在，而不在推翻那個教派，或抵毀它的價值。

女孩因爲神父的不得不守誓，傷害更深；神父爲他的信仰和情慾的衝突，痛苦不已。當蓋瑞神父重返教堂引起渲然大波，有人離席，有人咒罵，沒有人願意領他的聖體時，只有這個女孩站到他的面前。我不想用「女孩寬恕了神父」來詮釋這個收尾，而願望把它視做兩個明白曾因孤立而受傷害的靈魂的互相了解。女孩還會被大眾視爲受害者，而同性戀神父呢？是上帝身上的櫛子嗎？這也是爲什麼女孩往神父面前一站時，神父也忍不住痛苦失聲。他的救贖不是因爲他的同性戀是罪，而被寬恕了；而是有人認同他的痛苦和無助，而且這個人感同身受。

對照這兩個擁抱的個體，其餘的教徒只有怔怔地駭然駐立。其他人也會像這名女孩一樣地走向神父嗎？沒有，至少電影的結尾沒出現。聖餐的意義不是分享人性的善與愛嗎？我們卻發現護衛教條的多數人忘了它，神父與女孩，反而通過了這場試鍊。

嚴格說起來，《神父》既不是激進的同志電影，也沒有反天主教的企圖。令衛道者膽顫心寒的是它不像《刺鳥》（The Thorn Birds）或《卡蜜娜》（Camila）發生在海角天邊或前個世紀而帶有「故事」的距離美感，相反的，《神父

》一再渲染它的寫實氛圍並且投擲難題，讓觀者接受它極有可能發生，甚至已經發生的觀點；並基於人道的互動，去感受片中人的苦痛。雖然有些時候因為煽情而流於片面，像是侵犯女兒的父親就顯得性格扁平。 但是經由吉米麥高文 （Jimmy McGovern）衝突疊起的劇本，理努羅屈（ Linus Roache）令人眼睛發亮的表演，安德妮雅柏德已經讓每一顆埋好的炸彈全數引爆。

　　現在，你應該可以聽到巨大的反響。

◎原載於1995年9月〈世界電影〉

神
父

溫情綜藝機

金錢帝國

白宮夜未眠

窈窕奶爸

野蠻遊戲

魔幻大聯盟

金錢帝國
The Hudsucker Proxy
送給好萊塢的自白書

導演：Joel Coen

編劇：Ethan Coen, Joel Coen, Sam Raimi

攝影：Roger Deakins

演員：Tim Robins, Paul Newman, Jernifer
　　　Jason Leigh, Charles Durning

　　以獨立製片起家、著稱的柯恩兄弟，這回真的一頭栽進好萊塢裡去了。情況恰好跟他們進軍好萊塢的新作《金錢帝國》的男主角一樣，很可能一步登天，也搞不好摔個連全屍都落不著。

　　我們的疑慮主要來自柯恩兄弟許多突出的創意常是在成本拮据下迸發出來的奇想，到了什麼都能用錢砌出來的好萊塢，會不會就此喪志？老實說，剛看到《金錢帝國》宛如《蝙蝠俠》系列的開場時，我還真耽心柯恩兄弟創意不足，跑去模仿提姆波頓了。幸好玩笑慣了的柯恩兄弟還沒忘記他們的幽默感，即使進了好萊塢，也好萊塢了一番，仍然記得用

不落俗套的方式取悅觀眾。

　　提姆羅賓斯在《金錢帝國》飾演一個鄉下來的土包子，原先還只是個被人呼來喚去的發信員，卻在董事會圖謀不軌、隨便拱人的情況下，當上了大企業的總裁。寶刀未老的保羅紐曼則是在幕後興風作浪、面善心惡的老滑頭，想利用土包子當總裁所造成的股票狂跌大撈一筆，再換自己坐上寶座。珍妮佛傑遜李的真實身份是記者，爲了獨家新聞，不惜混進去當女秘書，然後如大家所料，不由自主地愛上男主角。

　　這組人物關係其來有自，說穿了根本是法蘭克卡普拉一九三九年完成的《華府風雲》的翻版：憨小子、女記者、老滑頭，一邊搬演人間的爾虞我詐，一邊強調天無絕人之路。卡普拉是個極端信奉美國立國精神的樂天派，我不曉得還有哪個導演像他一樣毫無懷疑地信仰純潔；高大憨厚的男主角，幾乎成了他心目中美國希望的具體成形，詹姆斯史都華、賈利古柏都是這種象徵。了解這一點，就不難明白爲什麼《金錢帝國》要找個快二百公分的提姆羅賓斯當男主角。

　　除了《華府風雲》，卡普拉的另一部經典《風雲人物》（一九四六年）也是《金錢帝國》諧仿的對象。《風雲人物》是描述一個好好先生在耶誕夜打算自殺，被他的守護天使勸阻，並點明他的生命價值的喜劇片。《金錢帝國》最後男主角在除夕夜要自殺，去世的老總裁揮著翅膀、頂著光環從天而降點化他的爆笑場面，就是仿自這一部被美國視爲耶誕

必看的老牌經典。

不過柯恩兄弟的態度不像致敬（homage），至少不是這麼單純。除了展現豐富的類型知識、旁徵博引之外，《金錢帝國》和他們的前作《巴頓芬克》一樣，都不乏柯恩兄弟對好萊塢體制的看法，不同的是《巴》尖銳的反感較多，《金》除了以精密分工的企業體喻之外，也進一步指出好萊塢肩負造夢與寄託希望的功能，卡普拉的喜劇電影就是最有力的代表，《金錢帝國》的仿效即說明了一切。

而好萊塢除了優渥的資金，到底提供了柯恩兄弟什麼？特效！能夠把人從四十五層高樓墜下的「景觀」給拍出來的，大概只有好萊塢吧！而柯恩兄弟也樂得使用這項法寶，拍上面、拍下面，還能停格休息，就像被丟到大街上的呼拉圈會自動「滾」到需要的小孩面前，柯恩兄弟對特效的運用不是為了製造幻覺，反而是利用觀眾對特效的認識，達成另外一種效／笑果。你說《金錢帝國》夠好萊塢嗎？絕對夠！只不過並非囫圇吞棗，而是經過反芻，除了娛樂耳目，還能替腦袋的齒輪上上油。

令人遐思的是柯恩兄弟為什麼要拍部鄉巴佬發跡，高樓摔下都毫髮無傷的電影？莫非也在安撫我們這些「柯恩迷」，說他們此去好萊塢，儘管可能驚濤駭浪，卻不至於翻船。男主角既然可以否極泰來，聰明的兩兄弟應該也不例外。《金錢帝國》竟然是他們有史以來結局最樂觀的一部，希望不

是苦中作樂，而是信心的自白書。

⊙原載於1994年6月4日〈工商時報〉

白宮夜未眠
The American President

卡普拉電影新仿品

導演：Rob Reiner

編劇：Aaron Sorkin

攝影：John Seal

演員：Michael Douglas, Annette Bening,
　　　Martin Sheen, Michael J. Fox,
　　　Richard Dreyfuss

　　《白宮夜未眠》的女主角安奈特貝寧第一次進入白宮時，跟警衛寒暄她來自維吉尼亞，並且扯出了美國導演法蘭克卡普拉（Frank Capra，1897-1991）和他的電影，當隨行的另外一位知識分子直嚷著：「何必跟他講這麼多，他那會知道？」的時候，警衛隨口背出了：「《華府風雲》（Mr. Smith Goes to Washington，1939 ），我知道，法蘭克卡普拉導演，詹姆斯史都華（ James Steward）主演的。」

　　這對解讀本片是個相當重要的線索，《華府風雲》是描述一位好好先生到首都上任議員，卻發現滿腔理想全被其他

政客和財閥所陷害，最終決定以一擋百、勢不低頭的故事。女主角刻意舉出這個典故，除了表示她也是第一次上華府外，也暗示了《白宮夜未眠》的類型精神：繼承卡普拉電影的理想主義、浪漫主義的美式喜劇。至於安排白宮警衛隨口背出片名、主角，則指明了早已屬於美國人民集體記憶的　部分。當然，台灣（或其他地方）觀眾了解多少，則不在考慮之內，反正故事會說明一切。

卡普拉電影慣用的模式，是安排憨厚誠懇的主人翁進入都會或政局的染缸裡，在了解其中的險惡與複雜後，頂多沮喪一下，然後又會恢復唐吉訶德式的精神，繼續奮鬥下去，由於信心、毅力加上「天公疼憨人」的好運，最後總有否極泰來的一天。然而，做為一位大師級的導演，卡普拉並非說說勵志小語就拍屁股走人的說書者而已，事實上，如果你仔細去勘察他的作品，會發現卡普拉其實非常了解生命與世界的複雜，因此他的主角如同螳臂擋車般的努力，才充滿英雄式的格調，他的民粹主義，才會是有感而發。二次大戰後的好萊塢喜劇，無論再世故，多半還融有這分卡普拉精神，樂觀進取，只是窮究生命複雜性的程度，膚淺了許多。所以楚浮說他會為卡普拉電影的結局流淚，但後繼者呢？門都沒有！

一九九四年，好萊塢有《阿甘正傳》想扣上卡普拉傳統，但愈到後面愈一廂情願；一九九五年，就屬《白宮夜未眠

》最像了。雖然勞勃雷納加進了一些環保、民意調查、抹黑等等現實議題，但這些只不過是裝飾而已，打從片頭聲影融接出美國歷代明君畫（雕）像，這個類似《華府風雲》也運用過的手法，就嗅得出「致敬」的味道了。再看看男主角（鰥居的總統）、女主角（能幹的遊說專家）近乎「普級」的調情方式，勞勃雷納是真想調製出一部卡普拉式的喜劇片。

不過問題可能也就出在這裡，卡普拉喜劇裡的男主角一向是詹姆斯史都華、賈利古柏這類高大誠懇的白種男性（所以柯恩兄弟故意仿製卡普拉式的喜劇電影《金錢帝國》時，特別找了身高將近二公尺的男星提姆羅賓斯擔任主角），一方面他們的身型宛如天塌下來也能扛著，二來他們的銀幕形象本來就是觀眾心目中的「美國先生」、「Mr. Right」。而《白宮夜未眠》卻找了沾了一身「桃色」的麥克道格拉斯來擔負這種角色，是想出其不意、製造話題嗎？只見道格拉斯擠眉弄眼地要「演」出理想君子的典型，教人怪不習慣的，所以也不得不依賴一場義正辭嚴的演講來輔助形象的可信度，但是這麼一來，就像所有想模仿卡普拉卻只學到三分樣的電影一樣，這分樂觀和理想不是從導演複雜的體認中提鍊出來的，而是無力回天後的粉飾太平。

所以你根本就不必去思考男主角的政治對手（另一位總統候選人，由李察德瑞福斯飾演）為什麼「壞」得這麼容易被「辨認」出來，否則怎麼凸顯道格拉斯的人格正派？

或許我們應該直接講：把掌握全世界最大權力的美國總統擺進卡普拉電影那種涉世未深、質樸勇敢、擇善固執的男主角典型裡，本來就有欠考慮吧！這也是為什麼《白宮夜未眠》的劇本結構標準而完善，道具陳設一絲不苟，演員表演經驗豐富，但是除了一場慷慨激切的演講之外，大部分時候都像「扮家家酒」的原因了。

　　這是一部搭錯線的美式喜劇，勞勃雷納執意向卡普拉效法的意願雖然明確，執行的成果也遠勝他上一部作品《浪子保鑣》（North，這部則比較接近卡普拉的《風雲人物》），但是奇觀（白宮內部與階級戀情）的成分還是蓋過了人性與處境的關心，更遑論永恆的美式英雄了。

⊙原載於1996年1月6日〈工商時報〉

窈窕奶爸

Mrs. Doubtfire

揭示新的家庭價值觀

導演：Chris Columbus

編劇：Randi Mayem Singer, Leslie Dixon

攝影：Donald McAlpine

演員：Robin Williams, Sally Field,
　　　Pierce Brosnan, Harvey Fierstein

　　經過拙劣、浪費、無趣的《玩具兵團》（Toys）後，羅
賓威廉斯又從《窈窕奶爸》（ Mrs . Doubtfire）拾回他迷
人的特質。

　　打從電影一開始，羅賓威廉斯就忍不住大秀那套絕妙的
配音功夫，一下子是高唱「費加洛婚禮」的小鳥，一下是垂
涎三尺的餓貓。擺明了是爲羅賓威廉斯量身訂造。

　　不過這部電影卻很聰明地在羅賓威廉斯的個人風采與影
片本身的言志企圖之間，維持平衡，做到「寓教於樂」。譬
如羅賓威廉斯的角色會主動替卡通小鳥添加「拒菸」對白，
甚至因此跟雇主鬧翻，不歡而散。這種橋段既滿足羅賓威廉

斯的口技才華（令人馬上聯想到他在《阿拉丁》為神燈配音的傑出表現），也傳遞了明確的拒菸思想而不令人討厭。

類似的例子還能從男主角哥哥身上看到。此角由著名的同性戀藝人哈維賈斯坦（ Harvey Fierstein） 飾演，他自編自演的《火炬三部曲》不但得到百老匯東尼獎，後來還拍成電影，台灣錄影帶譯成《同性三分親》，電影述而不彰地呈現和他同性情人共同經營化妝、造型店面，幫助想照顧兒女的男主角「改頭換面」，以女性面貌前去應徵保母。同性戀者在這裡是不被嘲弄誇示的，他們反過頭助異性戀者一臂之力。

不要小看這些枝微末節，正因為電影連這些小地方的意識型態都考慮進去了，證明它絕不可能只為搞笑娛樂，它有訊息待傳達。

羅賓威廉斯扮成保母重回以前的家庭，是本片思索現代家庭意義的開始。過去當他還「只」是個大男人的時候，只懂得遂孩子的心願，叫老婆不要嚴肅，卻忽略了責任的問題。保母裝扮掩飾了他本來的面目，其實也等於給他一個機會重新來過，他開始關心孩子的課業與道德，也學會傾聽前妻的心聲。諷刺的是當他們還是一家人的時候，彼此卻說不出也聽不到這些感覺。溝通能力的衰竭，是《窈窕奶爸》為現代家庭診斷出的病症。

電影中所反映的家庭結構也已經改變。十一年前，達斯

羅賓威廉斯具備一種「向下」的魅力。

汀霍夫曼在《窈窕淑男》中的男扮女裝，反映了失業危機，
也提示了美國女性走出家庭工作的趨勢。到了九〇年代的《
窈窕奶爸》似乎已成定局，片中的太太不但在工作上比丈夫
順利，丈夫甚至心甘情願地負起帶孩子的責任。如果類型電
影多少反映了時代潮流的演變，那麼男女地位的調整似乎信
而有徵。但是《窈窕奶爸》不像《推動搖籃的手》，表面上
鼓吹家庭團結一致對外，骨子裡卻是恐嚇職業婦女快快回歸
家庭；《窈窕奶爸》並不迴避婦女外出工作對妻子或母親角
色的影響，但絕非不負責任地一味想把女人趕回廚房就算了
事，而是讓作丈夫、爸爸的試著走進另個角色，體會家庭另
一根支柱的感受，並且尋找新的平衡點，而非拉回原狀。

本片不強作解人的寬容態度，令人樂於接受。

　　所以莎莉菲爾德飾演的妻子／母親，沒有遭到不平等的責備，甚至可以說活得更自在了。離婚，在片中未被處理成理所當然的悲劇（出人意外吧！）。追求母親的新戀人皮爾斯布洛斯南除了高挑性感外，也未按好萊塢慣例，非把情敵塑造成口是心非的草包不可；他不但愛女主角，也疼她的小孩。這點，看似容易，卻是掙脫通俗喜劇窠臼的一次突破。

由此看來《窈窕奶爸》是可喜的。它樂於挖掘男人的「母性愛」，這點法國片《光棍添丁》早就做過，但是好萊塢按本翻拍的《三個奶爸一個娃》卻複製不出原版中「男人也愛小孩」的特質，一直要到《窈窕奶爸》才稱得上成功。把主角的哥哥塑造成親切的同性戀，承認情敵比主角優秀，都讓本片顯得開通、寬容。不過這些都比不上全片對家庭價值的大力肯定。同性戀哥哥為異性戀弟弟化妝解難，是家庭成員的互助；情敵承認家庭對男人的重要，也是肯定家庭價值；男主角最後上電視主持教育節目，更是落實他的親子信念。

　　只是時代變了，電影也必須調整角度與方向，男主角最後講的那段話意義深長：「有的家庭有爸爸媽媽，有的只有一個爸爸，或者只有一個媽媽，儘管他們兩人或許不再相愛，但那並不代表他們不愛你（小孩）。」不硬塞一個闔家團圓的結局，是《窈窕奶爸》的好處，我們無法預期男、女主角將來會不會復合，卻清楚意識到他們對子女關愛的增強。《窈窕奶爸》順應時代變遷而調適家庭價值的做法，相當有立場，也使得它的看法不至於淪為空洞教條。

　　有了這些樑架支柱，羅賓威廉斯的表演也就找到了重心。他仍然不忘隨時來段模仿或口技，效果足以令人噴飯，但這些表演同時增強了片中主角的個性特質，如魚得水、相輔相成，不顯得過分。藉著他的明星魅力，《窈窕奶爸》處處

窈窕奶爸

369

佈滿的信條理念，方才不致落得說教呆板，而能脫胎換骨成人人愛看的表演。羅賓威廉斯對《窈窕奶爸》的實際貢獻，就如同片中主角對教育電視台的革新一樣，都是灌注活水的靈魂。

⊙原載於1994年2月5日〈工商時報〉

野蠻遊戲

Jumanji

昂貴的冒險，甜蜜的獎勵

導演：Joe Johnston

編劇：Jonathan Hensleigh, Greg Taylor,
　　　Jim Strain

攝影：Thomas Ackerman

演員：Robin Williams, Jonathan Hyde,
　　　Kirsten Dunist, Bradley Pierce,
　　　Adam Hann-Byrd

　　從克利斯范奧斯柏格的童話到羅賓威廉斯主演的電影，想像性的文字落實成逼真可鑑的影像，看起來簡簡單單的一場遊戲，其實卻包含了文學改編電影、好萊塢電影工業體制和明星形象等等議題從中運作，才生出這麼一部《野蠻遊戲》出來。

　　毫無疑問，只有好萊塢生產得出這種電影，因為你不可能把整座動物園搬進客廳來演，也冒不起指揮／虐待動物的風險，可是當你要就此指出電影不如文字自由而富想像力時

，一群從《法櫃奇兵》、《侏羅紀公園》一直玩到現在卻鮮少被人記得名字的特效小組，憑空創造了雄獅、巨鱷、大象、犀牛，以及令人抓狂的瘋猴子，雖然你還是可以看得出來牠和「真實」尚有一小段差距，但已經足以造成戲院裡的狂笑和驚叫。

　　不過我相信好萊塢之所以選擇改編這個故事，並不是為了炫耀他們的技術工業，更多因素應該是精神脾性上的契合，不只是號稱「造夢工廠」的好萊塢本身即具有童話性格，奧斯柏格的故事藉由想像性的冒險遊戲來重申家庭價值的用心，更是對好萊塢的胃口。

　　故事裡，羅賓威廉斯的少年時期（由亞當漢拜德飾演）極不快樂，他老被同儕的男孩所欺負，他恐懼承認不小心犯的錯，更重要的是他覺得得不到父親的認同。就在一次爭執過後，他拿出無意中撿到的遊戲盒，卻不曉得這場遊戲不只是擲擲骰子、走幾步棋而已，而是你所走到的狀況都會真實降臨在身上，而他的遭遇是從此消失，一個人在蠻荒的叢林中自生自滅，直到有下一個人擲出五或八為止。

　　玩這個遊戲的時候，他只有十二歲，但是當他被釋放回現實世界時，卻已經三十八歲了。這二十六年之間，他的父母心碎了，工廠倒閉了，所有人都以為他被殺死，而救他回來的一對小姊弟，也是因為父母猝逝，不得不跟阿姨搬到這棟荒廢的大宅，誤觸遊戲盒才發生的。這個巧合其實是必然

文字化爲影像的難題，不只在改編，像本片更有技術上的得天獨厚來支撐。

這場冒險的獎勵是讓主角再有一次機會擁抱家庭價值。

的安排，擁有三十八歲身軀卻只有十二歲文明經驗的羅賓威廉斯（雖然他沒表演出這個複雜的層次，但是他的明星特質卻具備一種向下的親和力）和失怙失恃的怪胎姊弟同病相憐，他們都欠缺父母完整的愛。

遊戲又開啓了，必須走完才能回復正常。羅賓威廉斯找到當年跟他下第一步棋的青梅竹馬（現在自然已經人到中年），和小姊弟繼續進行遊戲。於是我們一面欣賞野蠻遊戲層出不窮的恐怖關卡，一面見到兩個大人暫時扮演起「代父母」的角色，帶領兩個小孩全身而返。過程當中，小男孩因爲作弊而受到變成半猴半人的懲罰，以及羅賓威廉斯給他的安慰，就變得饒富重要性，因爲它不僅是一種家庭式教條的展現，還是一種親子和樂的催眠。

這也是爲什麼走完全局後，除了災難結束外，並沒有任何實質的獎勵，因爲它最大的獎勵是讓你的人生重新來過。羅賓威廉斯重回到12歲與爸爸爭執的那個晚上，他表示了對父親的愛，承認了無心之過，原先的驚魂夜變成了另一種平安夜。更要緊的是他預知了未來，從此未卜先知般地平步青雲，他娶了跟她在野蠻遊戲中同甘共苦的女人，並在38歲那年巧妙地阻止了一對年輕夫妻的死亡，並在邀他們來家裡過節的時候，見到他們的小孩，自然這兩個小孩就是那對古靈精怪的小姊弟。誰都沒失去父母，各自都有幸福美滿的家庭，然而只有他倆（和觀眾）知道爲什麼。

於是你可以發現：這場讓人筋疲力盡的野蠻遊戲，只是要告誡你維繫一個家庭需要多大的努力，以及不珍惜擁有所需付出的代價。童話和電影，透過作者與導演無垠的想像力，讓角色重新來過，是彌補真實人生的不可行與遺憾，也是對其他多數（擁有完整家庭者）的惕勵，栩栩如生的特效和歷險情節，就是它的糖衣，可是就電影的《野蠻遊戲》來看，這層糖衣差點厚到掩蓋了要讓你吸收的療效，卻是不爭的事實。

在屬性上，《野蠻遊戲》和《外星人》、《回到未來》、《侏羅紀公園》是同一個路子，既具備華麗的外觀，內在則有複合類型電影的傾向（科幻片加家庭通俗劇精神）。它的開發性雖然不及後幾部，尤其角色本身的層次或塑造性太弱，羅賓威廉斯甚至不如那個作弊的小男孩布萊德利皮爾斯來得複雜，而早熟的女童星克絲汀鄧斯特又有太多不必要的聰明。但做為一場「遊戲」，它至少不會讓你玩得乏味。

⊙原載於1996年2月10日〈工商時報〉

魔幻大聯盟
Angels in the Outfields
男性誓約與美國夢

導演：William Dear

演員：Danny Glover, Tony Danza

　　美國的棒球電影，從來不只是棒球而已。

　　在美國，幾乎每個小孩都有和爸爸玩接傳棒球的童年記憶，正因為棒球聯繫的人際關係是如此的深厚，每每在分析棒球電影的內在精神時，一些美國電影的基本性格也跟著呼之欲出。

　　最明顯的，是屬於「男性通俗劇」這個範疇。男性與男性之間，藉由棒球完成一種傳承的儀式，但是沒有廝殺，代之以感動的淚水，經典性的近例包括《夢幻成真》（Field of Dreams, 1989），凱文科斯納挖光玉米田蓋球場，長途跋涉尋找啟示，付出一切所換來的最大回饋，就是和他來不及說抱歉的父親的鬼魂重溫棒球舊夢。勞勃瑞福在《天生好手》（The Natural, 1984）也是先拿著亡父為他刻的球棒闖蕩天下，甜美的結局則停格在他和自己的兒子玩棒球。棒球不

僅是父子關係的一種活動證據,甚至包含了某種理想性的純潔。即使是特地挖掘職棒醜聞的《陰謀祕戰》（Eight Men Out, 1988）都不得不承認白襪隊在冠軍賽的放水,對兩個天真送報僮造成的靈魂打擊。

至於為什麼要在通俗劇前面加上「男人」兩個字,這是歸納的結果。女性在這個範疇裡面,幾乎派不上「決定性」的用場。潘妮馬歇爾的《紅粉聯盟》（A League of Their Own, 1992 ）嘗試改變,仍逃脫不了男性棒球電影的模式,除了窺視女性的身材,回歸保守家庭價值外,並沒拓出新境,改變的只不過是球員穿上裙子而已。除非像《百萬金臂》（Bull Durham, 1988 ）另闢蹊徑,讓蘇珊莎蘭登的演技空間轉移到場外,才見較好的成績。這當然不是「定律」,但至少到目前為止,球還在男人手中。

重拍一九五一年同名影片的《魔幻大聯盟》（Angles in the Dutfields） 也沒例外,當新版把主角的小女孩改成小男孩後,他的演出領域也隨之擴大,從看台、特區、休息室、最後進了球場跟教練的家。而故事的起頭,照舊是一句男性的誓言,父親告訴他如果能團聚,除非是加州天使隊贏得冠軍。在整部電影裡,我們看到男孩與他同病相憐的黑人小孩,和暴躁的天使隊教頭之間,也在玩類似《夢幻成真》、《天生好手》的遊戲,所有對棒球的努力,都和自己內心的想望成正比,然後達成一個和諧。小男孩的爸爸雖然沒

回來，教頭卻收養了他，男性之間的誓約還是實踐了。有趣的是，裡面連天使頭子也是男的，善良的收養之家保母則從不看棒球。很自然而然的，《魔幻大聯盟》又鞏固了棒球電影等於男性通俗劇聯盟的事實。

比較特別的，是在這部電影裡，真的有出現天使來幫助天使隊贏得勝利。這種天上解救地上的模式，早在法蘭克卡普拉一九四六年的經典之作《風雲人物》（It's A Wonderful Life）就已經建立好了。這是最典型的美國夢：走投無路的好人在風趣天使的協助下重新出發，世界永遠有希望。只不過棒球電影較少運用，但還不至於突兀。因為美式喜劇的內在精神和通俗劇類似，都在強調社群整合、烏托邦的可行以及合作的價值。從這裡分析起，其實棒球運動跟這股類型精神實在投契得很，這也是為什麼最好的美國棒球電影，往往也是最精彩的通俗劇的道理。

在這裡，棒球不只是棒球，是夢和人生的揉捏。

⊙原載於1994年10月15日〈工商時報〉

魔
幻
大
聯
盟

迪士尼與歌舞片

小美人魚

美女與野獸

阿拉丁

風中奇緣

玩具總動員

修女也瘋狂

小美人魚／美女與野獸／阿拉丁

The Little Mermaid /Beauty and the Beast /Aladdin

說一段音樂故事

作詞：**Howard Ashman, Tim Rice**

作曲：**Alan Menken**

　　華德迪士尼公司接連三部長篇動畫：《小美人魚》（The Little Mermaid）、《美女與野獸》（Beauty and the Beast）、《阿拉丁》（Aladdin）在奧斯卡頒獎典禮拿了六座金像獎。不是最佳動畫，而是三座最佳配樂，三座最佳歌曲。這是相當特殊的情況，大概除了以披頭四為藍本的《黃色潛水艇》（Yellow Submarine, 1968）外，只有迪士尼的動畫會是以音樂來主導大局的。所以當我們論及幕後功臣時，提到的不是這三部動畫的導演，反而是它的配樂、作曲者亞倫孟肯（Alan Menken），作詞者霍華艾許曼（Howard Ashman），以及在霍華艾許曼去世後取代他的提姆萊斯（Tim Rice）。

　　道理何在？總不能因為這些動畫的插曲支支動聽，就隨便把「作者」的帽子從導演頭頂摘掉，改戴到他們頭上吧？

當然不能如此草率；其實辨別的方法很簡單，只要運用些許類型知識，再回溯迪士尼的傳統家法，答案就出來啦！事實上迪士尼動畫早從三〇年代的《花與樹》（Flowers and Trees）、《三隻小豬》（Three Little Pigs）到全盛時期的《木偶奇遇記》（Pinocchio），都帶有強烈的「歌舞片」味道，亞倫孟肯、霍華艾許曼等人只是把這股原味調製得更道地罷了！只要看過近期這三部傑作中的任何一部，都可以察覺「歌曲」才是帶動電影的主力，不但情節藉此推展，主角的性格、情緒也在歌曲中發洩，遑論片中刻意安排的歌舞場面（以畫技取代舞技）多麼接近某些歌舞片經典。一言以蔽之，這些動畫都可以歸到歌舞類型中看待了。

所以，《小美人魚》、《美女與野獸》、《阿拉丁》的意義不僅在於振興了原已走下坡的迪士尼動畫，也連帶復興了精神渙散多年的歌舞片型。

歌舞片的發展從華納時期的柏克利風格（三〇年代前期）、雷電華時期的佛雷與琴姐（一九三三至一九三九）、米高梅黃金時期（四、五〇年代）到百老匯時期（一九五六至一九七二），已經走得差不多了。自從《週末的狂熱》（Saturday Night Fever, 1977）以流行歌曲搭配新潮舞步，同時在電影票房、唱片銷售大收名利，歌舞片便走向青春叛逆路線，許多論者已不承認它們是歌舞片，因為這些新型片種的歌和舞往往是沒有關係的，它們結合的理由只有「流

告別大師

行」，已不符合歌舞片「以詞傳情，以舞達意」的整合功能。中間或有《爵士春秋》（All The Jazz）、《楊朵》（Yentl）、《歌舞線上》（A Chorus Line）復見歌舞精神，然而蔚為主流的《閃舞》（Flashdance）、《渾身是勁》（Footloose）、《熱舞十七》（Dirty Dancing）卻無不走上「歌舞分家」的路（或許我們可以把這些變型的歌舞片視為近年類型之間彼此複合的結果）。沒想到歌舞片在真人演出電影中流失的養分，竟會在動畫裡重拾。

　　不過這份意外之喜也非無端從石頭中迸出來的。重領風騷的亞倫孟肯、霍華艾許曼也算是來頭不小。他們的名聲首先是建立在舞台上的，霍華艾許曼是外百老匯與百老匯的創作家兼導演，他因為舞台音樂劇《祝你好運，羅斯威佛先生》（God Bless You, Mr. Rosewafer）而結識作曲家亞倫孟肯，並展開合作關係。霍華艾許曼後來改編「B級片教父」羅傑柯曼的黑色喜劇《恐怖小店》為一部新型歌舞劇《異形奇花》（Little Shop of Horrors）並且親自導演，立刻大受好評。尤其是他填寫的歌詞精確地傳達出劇中人的性格，而亞倫孟肯活潑的曲風又兼容了百老匯與黑人歌曲於一爐，當歌舞劇已逐漸成為英國的安德魯洛伊韋伯（Andrew Lloyd Webber）的天下時，艾許曼與孟肯這對搭檔遂成為美國唯一可資抗衡的希望了。

　　一九八六年，舞台劇《異形奇花》總算得以搬上銀幕，

導演換成了法蘭克歐茲（Frank Oz），但是霍華艾許曼的編劇、填詞，亞倫孟肯的配樂、作曲維持不變。《異形奇花》是講一個小店員養了一株靠吸血維生的外太空植物的故事，它為男主角帶來了名利與愛情，卻也幾乎毀滅了地球。艾許曼和孟肯除了把原用在舞台的歌曲搬上銀幕外，又另外新作了一首《Mean Green Mother From Outer Space》給那株「奇花」演唱，這首新曲入圍了當屆的奧斯卡，雖未得獎，卻深受好評，迪士尼公司看準了這點，遂將兩人收歸旗下。

眾所皆知迪士尼動畫乃以溫馨、浪漫加幻想著稱，然而一旦好萊塢的科幻片已能製作出動畫無法比擬的質感後（特別是史蒂芬史匹柏、喬治盧卡斯的作品），迪士尼就變成小孩子的玩意了。同時身兼填詞、編劇、執行製片的霍華艾許曼顯然洞悉了這點，他把《小美人魚》從一則悲傷的愛情故事轉化成關乎親子問題、愛情抗爭等富涵現代精神的新題材，又增添了各種原創的次要角色來插諢打科，統合在歌舞片進取喜趣的精神下，迪士尼動畫於斯重生。

霍華艾許曼可以稱得上是近年最出色的電影歌曲作詞家。實際的編、導、製經驗讓他在作詞時都會考慮到每首曲子的「整合作用」，也就是說每首曲子都必須善盡功能，不可以只是陪襯的背景音效就算了。舉例來說，《小美人魚》中那首盪氣迴腸的「屬於你的世界」（Part of Your World）寫的就是人魚公主對人世的渴望；輕鬆活潑的「海底下」（

Under the Sea）讓寄居蟹大臣向人魚公主盡訴生活在海底的樂趣，順便也讓眾家魚兄蝦弟來場歌舞表演；詼諧幽默的「親吻這女孩」（Kiss the Girl）則帶來既緊張又爆笑的效果，因為人魚公主需要王子真情的一吻，而他卻裹足不前；就算是可怕的海巫婆都有一首「可憐的靈魂」（Poor Uufo rtunate Soul），用以刻劃它不陰不陽的邪惡威力。關鍵時刻無不發之以歌曲。艾許曼的詞不但能貼切地傳達情緒或處境，就算抽離成單曲欣賞，都讓人讚嘆意境的優美。他往往在同一首歌裡使用兩種韻腳，轉換之間卻不留痕跡，此等功力在史蒂芬桑漢姆（Stephen Sondheim，《西城故事》《小夜曲》）、亞倫與瑪麗蓮柏格曼（Alan & Marilyn Bergman《往日情懷》《楊朵》）後就難得一見，艾許曼譽之為新一輩的翹楚也不為過。

當然，負責譜曲及配樂的亞倫孟肯也非省油的燈，他的曲風不但雅俗共賞，悠遊於各類音樂領域的能耐更令人刮目相看。《小美人魚》不但有管絃樂團編制的大型配樂，從英國民謠到法式歌舞一應俱全，連加勒比海音樂都能和百老匯音樂並容不悖，各式樂器像博覽會般地出現在不同音符中，豐富卻無雜駁之感。難怪連各據一方的約翰威廉斯（John Williams《七月四日誕生》《聖戰奇兵》）和戴夫葛魯辛（Dave Grusin《一曲相思情未了》）也要俯首稱臣。孟肯比人家占便宜的地方是他一次就拿兩座獎：一座配樂，一座

歌曲，進帳永遠是以「加二」來計算的。

　　《小美人魚》成了狄斯耐的還魂丹以後，艾許曼和孟肯又在兩年後製成了另一顆長生不老丸，《美女與野獸》勢如破竹的氣勢有過之而無不及，不但再添兩座金像獎，連葛萊美獎都收獲豐富。相較之下，《美女與野獸》顯然不如《小美人魚》花俏多樣，卻更形嚴謹。譬如「樓塔之戰」（Battle on the Tower）用在村民成群結隊大鬧城堡以及野獸，蓋斯頓的對決，層次相當豐富，扣人心弦，顯見亞倫孟肯的用心。所以《美女與野獸》可聽的部分不僅是歌曲，純配樂也是不容忽略的重頭戲。

　　《美女與野獸》入圍奧斯卡歌曲獎的數目有三首，嚇人吧！開宗明義的「貝兒」（Belle）隨著女主角出場而詠唱，不但介紹了小城風光，也透露了旁人看待貝兒的眼光，最後更讓貝兒表明不願被限制於此的心願，稱得上是支「大曲」，一開始就把背景交待得一清二楚。

　　主題曲「美女與野獸」（Beauty and the Beast）是全片最浪漫的一首，同樣也最知名。在片中是出現在野獸、貝兒共舞時，「茶煲太太」在一旁輕聲詠唱的。配合令人屏息的三度空間質感的畫面，直有畫龍點睛之效。不過大家常聽到的抒情版則改由流行歌手比柏布萊森（Peabo Bryson）和席琳狄翁（Celine Dion）演唱，這個版本是為了發行單曲以及上排行榜用的，由此也能看出發行公司一網打盡的處心

積慮，這似乎成了目前強調「造勢」的時代風氣下的必然反應。

不過最讓我意外的一首歌曲是「當我們的貴賓」（ Be Our Guest ）。這首歌是由城堡裡所有的傢具在燭台管家的帶領下聯合表演的，獨唱、齊唱、合唱熔於一曲，明快的百老匯風格，竟呈現三〇年代巴士比柏克利（Busby Berkeley）的「萬花筒歌舞片」的熱鬧光景，充分顯示其做為一部歌舞片的自覺。

一九九二年的奧卡頒獎典禮，《美女與野獸》如預料般讓眾家配樂大師（包括了聲譽最隆的義大利藉配樂家顏尼歐莫利克奈《豪情四海》及美國首席約翰威廉斯《誰殺了甘迺迪》在內）棄甲投降，排行榜的年度冠軍《羅賓漢俠盜王子》（ Robin Hood: The Prince of Thieves）的「Everything I Do, I Do It For You」也不敵「 Beauty and the Beast 」。然而頒獎時瀰漫著一股哀傷氣氛。

霍華艾許曼不在了，一九九一年底《美女與野獸》推出前，他即因愛滋病去世了，才四十一歲，正值創作的巔峰，影藝學院善體人意地「破例」安排由艾許曼生前的同性伴侶代他致謝辭，成了當晚最感人的一刻。這麼一位才華出眾的導演、製作人、劇作家兼作詞家被同儕們讚美為「賦予美人魚聲音，創造野獸的靈魂」的天才是怎麼改造這兩個痴情的角色？人魚愛上了人，野獸也愛上了人，兩者的心靈都是正

正常常的人性，卻囿於外形、身份的限制而被認為不正常。相對於艾許曼自身的同性戀傾向，難說他沒把自我的感情投射到他所疼愛的角色上，藉由它們來闡揚他那份「愛不必限制」的渴望，我們才能看到如此多情細膩又敏感神傷的野獸與美人魚。尾鰭和鬃毛是肉眼加在心靈的枷鎖，隱藏在皮毛下的美麗才是值得去愛的真實。

　　艾許曼在去世前已經為還沒完成的《阿拉丁》作了三首歌詞，分別是「阿拉伯之夜」（Arabian Nights），「像我這樣的朋友」（Friend Like Me）以及「阿里王子」（Prince Ali）。由於他病得很重，這些歌都只能由亞倫孟肯獨力製作，不曉得艾許曼知不知道完成後的模樣。

　　折損了一員大將，對迪士尼不啻是樁重挫，但是《阿拉丁》已是箭在弦梢，勢在必發，誰能取代艾許曼的位置才是當務之急。他們找到了提姆萊斯——百老匯東尼獎得主，有類似艾許曼的經歷與獲肯定的文字實力，接下了艾許曼未盡的工作。提姆萊斯寫下了他有史以來最受歡迎的一首詞，也是阿拉丁主題曲「全新的世界」（A Whole New World）證明了他繼承的資格。「全新的世界」不僅上了排行榜冠軍，也在當屆奧斯卡拿下最佳電影歌曲，提姆萊斯領獎時一再推崇已逝的霍華艾許曼，並慶幸自己的好運。畢竟這個位置並不好坐啊！

　　黃金搭檔折逝後，亞倫孟肯的責任愈形龐大。他的配樂

成了《阿拉丁》的重頭戲，他不但要延續與艾許曼合作時期活潑多變的樂風，還要引領新伙伴提姆萊斯適應環境。事實証明他們都非常稱職，已逝者為前半部留下輕鬆慧黠的詞作，後繼者則在後半部粧點抒情的意境，亞倫孟肯則為自己的音樂領域再添一門「阿拉伯風」，真教人難以置信的是他每每信手拈來，就是一段迷人音樂，內行外行都為之風靡，拿獎有如探囊取物，儼然已是九〇年代的電影音樂龍頭了。

我個人十分偏愛「像我這樣的朋友」一曲。如果你有看奧斯卡頒獎典禮，一定不會忘記幾十個大人小孩在台上熱鬧追逐表演此曲的精彩段落。在片中，它是神燈向阿拉丁吹噓自己能力所唱的歌曲，為了証明忠心，他一再重複「你再也找不到像我這樣的朋友」、演唱者是當紅巨星羅賓威廉斯（Robin Williams），他也是「阿里王子」的演唱者，把霍華艾許曼又長又饒口的歌詞表現得趣味盎然，讓人聯想到《小美人魚》有異曲同功之妙的「海底下」。短期內大概很難找到像艾許曼一樣能把詞寫得如此逗趣漂亮的人了。

至於那首「全新的世界」採的是和《美女與野獸》主題曲一樣的策略，片中雖由布萊德肯恩（Brad Kane）和莉亞莎朗嘉（ Lea Salonga）對唱，是男女主角乘坐魔氈遨翔天際時所唱的情歌，但是另有一個由比柏布萊森（Peabo Bryson）和蕾姬娜貝爾（Regina Bell）演唱的「流行版」用做單曲發行。提姆萊斯以這首歌詞証明他有繼承霍華艾許曼在

抒情文字方面的功力。不過《阿拉丁》只能算小試牛刀，提姆萊斯表現的機會還不算多。尤其一部完整的電影歌曲創作必須要有填寫各種情境的歌詞的能耐，《阿拉丁》有一大部分功勞仍應歸給已逝的艾許曼。面對前人留下的高標準，提姆萊斯仍需要一段時日的試練來証實他的才華，《阿拉丁》只能算是一個好的開始。

⊙原載於1993年6月〈年代〉

風中奇緣

Pocahontas
面對現實的尷尬

導演：Mike Gabriel, Eric Goldberg

編劇：Carl Binder, Susannah Grant,
　　　Philih Le Zebnik

作詞：Stephen Schuartz

作曲：Alan Menken

　　《風中奇緣》將會是迪士尼動畫史上的重大斷層。

　　早從三○年代的《花與樹》、《三隻小豬》到近年的《小美人魚》、《美女與野獸》，迪士尼的「家法」向是以超越現實、具備童話氣質的故事，來包藏美麗的愛情、家庭價值等題旨。事實上，也唯有採取此類型態，迪士尼那種近乎純潔的道德世界，才能合理地成立。

　　可是《風中奇緣》卻打破了這道家規，而向欠缺幻想特質的「歷史」下手，刻劃十七世紀初，英國的探險船在貪婪的貴族率領下，駛向新大陸的事蹟。雖然《風中奇緣》的女主角寶嘉康蒂也像小美人魚一樣擁有追求自由愛情的積極性

格，亦能和自然萬物打成一片，但她終究是個囿於「現實」束縛的人，既然取之於歷史，就會受限於歷史，編導不可以安排她和動物交談，也不可能讓她乘坐魔毯，那棵看似和人說話的柳樹婆婆已經是「極限」了，再發展下去，取材史實的《風中奇緣》就要打自己的耳光。因為能夠輻射的範圍減小，寶嘉康蒂遂成了近年以女主角為主的迪士尼動畫中，神采最弱的一位。與繪圖師給她的長相無關，而是受限於取材角度與表現手法。

突破傳統，難道不是好事嗎？並非「寫實性」的動畫沒有空間，事實上，日本動畫巨匠高畑勳早就致力於此二十餘年，包括電視動畫《小天使》、《萬里尋母》、《紅髮安妮》都是以人與生活為重點的實踐；電影動畫《螢火蟲之墓》甚至進入到悲劇的領域；而《回憶的點點滴滴》則把主角提升為成人。由此可見《風中奇緣》觸及到的嘗試，諸如歷史、種族、成年人的世界等等，高畑勳都已經革命成功。問題是拿《風中奇緣》跟高畑勳上述任何一部作品相比，都能發現《風》片的膚淺，道理何在？表現形式的問題！

形式與內容，本來就是互為表裡，不可分割。前面也提過迪士尼傳統的歷久不衰，跟它選擇的故事類型及其表現手法的契合無間，大有關係。可是今天《風中奇緣》的內容型態改變了，它有太多寫實性的元素不可廢缺，譬如種族衝突，但是整部電影的形式風格卻沒有隨之調整，結果正如你所

告別大師

394

見的，全片的高潮早在二分之一時，公主高歌「 Colors of the Wind 」，銀幕呈現大自然的壯麗奇景後，就已經到達巔峰了。最後男主角上刑台，女主角衝出來講了一句話，就把種族衝突解決掉的安排，真是拙劣極了，毫無層次，毫無深度。相信迪士尼自己也察覺此點，《風中奇緣》的宣傳廣告裡，幾乎不敢讓這部分出現，大力渲染的還是寶嘉康蒂徜徉在風中精靈的場面。迪士尼的幻想本質未變，所以這次向「真人真事」取材有點像自掘陷阱，因為它「真」的部分都沒做好，精彩的還是與歷史無關的部分（比方虛構的動物、植物角色就比人有趣）。此次改變，只有暴露出以往隱藏得很好的局限性；至於新局，則沒被開發出來。

算算《風中奇緣》最值得高興的，還是作曲、配樂的命脈亞倫孟肯（Alan Menken） 的重新歸隊。從類型的角度來看，絕大多數迪士尼的動畫都該劃為「歌舞片」，也就是說真正帶動劇情、解決情境、表現角色性格、傳達角色心聲的是詞曲，所以這些負有整合作用的歌曲不是用來裝飾陪襯的，事實上影片的張力就靠它來完成與維繫。

亞倫孟肯和作詞搭檔霍華艾許曼（Howard Ashman） 聯手的時候，是迪士尼動畫「整合」最成功的時刻（包括《小美人魚》、《美女與野獸》及一部分的《阿拉丁》）。尤其霍華艾許曼當過舞台劇導演，也編過劇本，除了作詞家要有的文筆外，他還有其他作詞家比不上的電影感與結構觀念，

所以在他當道的時候，迪士尼動畫的衝突矛盾幾乎全跟著歌曲走，而且動人極了，直逼好萊塢歌舞片黃金時代的大家風範。可惜他死得早，《阿拉丁》歌詞只寫了三首就與世長辭，接替他的英國作詞家提姆萊斯（Tim Rice）表現不俗，抒情性的歌曲如「A Whole New World」挺有水準，可是在詞風的靈活上卻遠不及艾許曼的多采多姿。

到了去年的《獅子王》，已經得了六座奧斯卡的亞倫孟肯索性休息，提姆萊斯的詞改由艾爾頓強（Elton John）作曲，配樂則另有漢斯辛默（Hans Zimmer）擔任。雖然這個組合「照例」在奧斯卡拿下最佳配樂和電影歌曲兩項獎，但明眼人都看得出來《獅子王》幾首歌的音樂性，遠勝於電影所需要的整合作用，它們對電影情感、張力的意義，已不若以往舉足輕重了。

《風中奇緣》的作曲、配樂有了亞倫孟肯，至少可以吃顆定心丸，但是到哪裡去找霍華艾許曼的接班人哪？這回的作詞者史蒂芬舒華茲（Stephen Schwartz）。在合唱、獨唱的安排技巧上，是很類似霍華艾許曼，但詞采不如他，或許也受到了取材與形式扞格的影響，很多最重要的心聲要發表時，歌詞都缺席了，所以也只有形似而神未到。不過反正奧斯卡的歌曲獎只頒給一部電影的一首，而不管全片歌曲的總體水準，那麼「Colors of The Wind」很有可能又在奧斯卡、甚至葛萊美，為迪士尼再多得幾座獎。這種情形說來

有點諷刺，迪士尼對於如何算計上排行榜與得獎，幾乎爐火純青，但這些數字與名次，卻不見得意味在創作上比以前更進步。

　　幸好亞倫孟肯還是神采飛揚的，《風中奇緣》的歌曲數量不夠平均，相形加重配樂的責任，這回片中配樂的分量，大概超過以往的任何一部迪士尼電影。亞倫孟肯，遂成了掌握迪士尼精髓的重要舵手了。

⊙原載於1995年7月15日〈工商時報〉

玩具總動員
Toy Story
新科技為老故事上粧

導　　演：John Lasseter

編　　劇：Joss Whedon, Andrew Stanton,
　　　　　Joel Cohen

特效導演：Dr. William Reeves

作　　曲：Randy Newman

　　新穎的製作技術、富有想像力的故事，包裝老生常談的
公式家法，迪士尼似乎迅速就扳回了前一部產品《風中奇緣
》劣評如潮的尷尬，讓《玩具總動員》在創新和守舊之間，
尋找到一個較清晰的平衡。

　　所謂的「創新」，指的是在技術層面的發揚。《玩具總
動員》是電影史上第一部完全三度空間電腦立體動畫長片，
早在《美女與野獸》的時候，迪士尼就已經和 Pixar公司初
步合作電腦動畫的可行性，如果不健忘，應該猶對舞會那場
充滿立體動感的繪圖，印象深刻才是，而《玩》片則象徵全
面性成功的開始。這並不意味電腦動畫已可完全取代傳統賽

璐珞片的繪製，事實上從《玩具總動員》的質感來看，其細緻的程度或藝術美感上，還不如優質的繪製式動畫，但它的里程碑意義來自於另一種可行性的開發與確立。電腦動畫可以不再只是一堆點、線、面的抽象圖案，而是有角色、有造型、有情節，甚至有電影感的創作實體。當這些最基本的「電影性」問題獲得解決之後，剩下的像是技術的再改良，或者是找到電腦動畫獨有的美學特質，都成了指日可待。

從賽璐珞片到電腦，是可以改的；但是想像性情節這個傳統，卻必須守住。《風中奇緣》刻意往現實人生靠攏，落個畫虎不成反類犬的結果，是迪士尼近年最大的教訓，讓他們知道本身類型傳統的限制，以及家法的可用之處，早已根深柢固，不是改一、兩個環節就可以全盤適應另一種美學風格（那就變成高畑勳，而不是迪士尼了）。

《玩具總動員》的故事基點是：玩具是有生命的，當主人看不到的時候，他們開始組織自己世界的人際關係。而影片的衝突來自「胡迪」這個傳統的牛仔玩偶，原本是小主人最喜歡的玩具，也是其他玩具羨慕與服膺的對象，但是有一天主人又得到市面上最時髦的太空戰警「巴斯光年」，他的出現開始讓「胡迪」的地位受到動搖，最令「胡迪」不能忍受的是，「巴斯光年」不認為自己是玩具，自詡是拯救地球的太空戰警。於是嫉妒的「胡迪」開始計畫趕走「巴斯光年」，不幸的是卻在意外中，一起迷失在屋外的世界（而非玩

具的世界），只好相依爲命，雙雙展開尋找回家之路的冒險旅程。

這是一個相當公式化的故事，就像所有起承轉合清清楚楚的童話，更像所有好萊塢體制內的類型電影一樣，世界的中心就是主角的遭遇。《玩具總動員》就勝在會玩公式，不僅是外在敘事的緊湊而已，更在它能把迪士尼的家傳信條，技巧地消化於情節當中。

如果不管動畫這檔事，光看它的敘事結構，《玩具總動員》根本就是部訓練有素的三幕劇電影：犯錯、發現、解決，一應俱全。而兩名主角則在這個模式裡面重整關係。因爲地位被取代而心生嫉妒的「胡迪」，率先展示本片的道德議題，但他的小心眼還不足以顛覆這個角色的純潔性，在整個冒險當中，他代表了救贖的可能性，並在緊要關頭發揮他「玩具身分」（牛仔警長）的特長：指揮調度，並勇敢以赴。而「巴斯光年」則要先領受從雲端跌下來的殘酷，認清自己只是個「玩具」的事實後再從頹喪中尋求自我價值的認同，樂觀精神才於焉底定。當「You are a Toy！」不再是個諷刺或怨艾，而是一種驕傲的宣告時，所有玩具不論美醜，方能團結一致，教訓虐待他們的壞小孩。沒有座騎的「胡迪警長」於是有玩具車可控馭，不會飛的「巴斯光年」也有沖天炮可用，原先的不足瞬時被解除，再加上玩具家族的協力，終於順利趕上小主人搬家。這就是電影裡的烏托邦實踐，像

《綠野仙蹤》的桃樂絲找到回家的路，她的同伴彌補了自己的缺憾，只不過《玩具總動員》改由「胡迪」和「巴斯光年」來完成罷了！

不過仔細的辦案，你還是可以發現《玩具總動員》不同於傳統迪士尼的幾個小節。

首先是女性角色的重要性降低。以往迪士尼的動畫無論戲分，女性總會適時扮演激發男性正面力量的催化劑，但是《玩具總動員》的玩具裡面，只有一個點綴性的牧羊女娃娃。當然，這跟主人是個男孩有關，但整個敘事過程當中，也側重男性情誼的渲染，卻是傳統迪士尼難得一見的。這不免令人遐想：迪士尼人士是否把電腦動畫歸類成一種「陽性」創作，而賽璐珞片繪製則被視成「陰性」了？

而最直接的一個影響，是在少了足以牽動大局的女性角色之後，《玩具總動員》也不能成為傳統歌舞類型的一部分（你大概也沒見過兩個大男人深情對唱吧！我指的是在歌舞片裡。）雖然迪士尼還是大費周章地請了倫迪紐曼來配樂、寫歌，但這部分的重要性，絕難和其他迪士尼動畫相提並論的。

⊙原載於1996年1月27日〈工商時報〉

修女也瘋狂系列

Siser Act

讓「類型」也瘋狂

導演：Emile Ardolino

編劇：Joseph Howard

攝影：Adam Greenberg

演員：Whoopi Goldberg, Maggie Smith,
　　　Kathy Najimy, Wendy Makkena

　　類型（genre）　電影發展至今，距離「古典時期」的「純粹」要求愈來愈遠。

　　有幾個趨勢是值得我們注意的！其中一個是熟悉類型而再去顛覆類型的頑童作風，譬如提姆波頓的《陰間大法師》、《剪刀手愛德華》、《蝙蝠俠》系列，都故意一面遵循古典敘事策略，一面顛倒角色地位，在利用前者收服觀眾注意力的同時，也藉由後者來諷刺或反省類型精神。另外，類型之間彼此「假借」的情況，也形成一種「後類型」趣味，例如充滿科幻聲光之娛的《星際大戰》，以及被歸為警匪動作片的《終極警探》，其實從主題到結構，用的都是西部片那

一套，只不過時代背景不同罷了。還有一種趨勢是乾脆把不同的類型元素「複合」成所謂的「多類型」電影，比方在《第六感生死戀》裡面，黛咪摩兒幾近氾濫的眼淚與琥碧戈珀瘋狂喜劇的表演，就能並存不悖，我們也可以從片中証明各式類型的混雜，儘管組接上較前幾個例子都要來得生硬，觀眾卻沒有不適應的反應，而這麼多的類型到底是結合在哪一種精神之下？也成了可堪玩味的課題。

《修女也瘋狂》是近期既結合上述傾向於一身，又受到多數觀眾歡迎的現成範例。

從第一集開始，它就不停干擾我們對類型的直覺。女主角琥碧戈珀明確地展露 talk show 藝人特有的喜感節奏，但是飾演黑社會老大的哈維凱托卻呈現出盜匪黑幫片裡的狠角模式，修道院院長瑪姬史密斯的不慍不火、抑揚頓挫，又是心裡劇與文藝片的演法。三者之間的不協調，乍看是個錯誤，卻可以解釋成三角彼此的矛盾隔閡。如果先不管這些表面複合類型的生硬，再往下檢視，會發現前面這些都是「虛招」，影片真正是被結合在歌舞片的精神下的。

前面出現的黑幫追殺，其作用在把歌舞女郎推入修道院避難，在這個安定的環境裡，才是歌舞精神播種的園地。首先，主角得接收一群音樂上的烏合之眾，在教導她們的同時，也對其性格做活潑的潛移默化，這時可能會特別標明某一個被改造對象的劇烈改變（如本片的實習修女）來說明這分

成功。有趣的是《修女也瘋狂》跟大部分的「後台歌舞片」
（back stage musical）一樣，特別強調「修正」的必要：
成功不能僅靠個人單打獨鬥，唯有在集體團結並服膺強有力
的領導下，才有可能獲致圓滿。主角在他原有的崗位開始並
不成功（琥碧戈珀在片首也是個抓不住觀眾的差勁歌者），
新環境、新群體是給他東山再起的契機；這和他對這個環境
、群體的改造，其實是相輔相成的。而合作的結果，看似自
由叛逆的主角獲勝，實則規範也已教這個局外人妥協，《修
女也瘋狂》片尾的兩段高潮：修女營救歌舞女郎，以及歌舞
女郎率領修女詩班為教宗表演，都說明了這種主角獲得表面
勝利，卻經由成功融入體制的特質。

　　值得注意的是最後一場「片中秀」（shows-within-the
-film），這絕非畫蛇添足，往往一個故事的結尾，在歌舞
片總被化為最美妙的高潮，《修女也瘋狂》在此毫不保留地
承認它是歌舞類型的家族成員。然而以往這場焦點所聚的大
秀，皆由白人男性擔當領導大任，《修女也瘋狂》卻換上黑
人女性來領導白人。這個安排是否出於自覺雖然有待商榷（
據說琥碧戈珀的角色原屬意貝蒂蜜德勒飾演），但就完成的
作品來看，它確實一面遵循了歌舞片的敘事策略來說故事，
一面顛覆了某些傳統角色定位。

　　《修女也瘋狂2》站在第一集的基礎上，乾脆一開始就
招認自己也要成為一部歌舞片。

本片的序場是由琥碧戈珀在拉斯維加斯的歌舞秀展開，此時，她已是領銜表演的明星了。這場宛如「序曲」作用的歌舞秀，不僅僅只是表演，其演唱的內容也技巧地完成「前情提要」，十分符合「整合作用」的要求。隨後，琥碧戈珀被原班修女請到聖芳濟高中，幫助她們馴服調皮頑劣的音樂班學生，影片則迅速遁入近15年來所流行的「青春歌舞片」模式。

　　「青春歌舞片」是個相當不嚴謹的名詞，主要是指一些融合流行音樂或舞步，具有強烈 Y.A.（Young Adult）電影成份的次類型作品。它們對單獨歌舞意義的掌握，較之前人，實在稀薄得可以，所以有的評論家甚至將它們驅逐出此類型的國度。但是就其趨於自然寫實以及貼近青少年主流觀眾心態的特色來看，取代正統古典的歌舞片，乃時勢所趨；至於能開發出幾許新義？那又另當別論了！

　　《修女也瘋狂２》側重的部分是聖芳濟高中的叛逆學子從捉弄老師到心悅誠服，然後團結練習、參加全州合唱比賽，以冠軍挽救學校面臨關閉厄運的過程。其虛浮光明的結局，上溯可至亞倫派克的《名揚四海》（Fame, 1980）；而其衝突安排，諸如來自體制的惡勢力、反對子女唱歌跳舞的家長、以至學校關閉的決定，都和《青春歡唱》（Sing, 1991）一模一樣。就創意來講，自然差上集一截。

　　向青春歌舞片靠攏的結果，並不表示《修女也瘋狂２》

會來得比較純粹。因為青春歌舞片本身就很雜亂了，只要是青少年題材得以進入的類型都可能涵蓋其中，譬如脫掉道袍，它就像一部女性版的《吾愛吾師》（ To Sir With Love, 1967）；而由於大部分角色都屬於未成年者，所以按例也會延伸一條支線到家庭通俗劇的範疇，碰一下親子問題。當然，最高潮還是在片尾的演出上。這一點，倒是亙古不變的。

到目前為止，我們都還沒碰到評價的問題，只是試圖陳述類型走上交流複合的事實，以及在《修女也瘋狂》系列現形的情況：基本上，它們都是雜陳了不同類型，但統合在歌舞片精神下的作品。所以，瑪姬史密斯、哈維凱托這類演技派演員在片中光芒慘淡，並不表示演技輸人，而是在此領域，與歌舞絕緣的角色本該如此，類型使然。就像在第一集大放異彩的修女們到了第二集，就必須把光彩留給演學生的年輕人一樣，因為這一集的音符是屬於後者的。

不過站在一個歌舞片迷的立場，我是比較傾向第一集的。因為把音樂做為化解宗教與世俗障礙的靈藥，甚至成功地把被視為流俗的歌曲改編成對上帝的讚頌，歌曲不僅僅被唱，還是引發人際變化的神奇酵素，比起第二集直來直往地各抒所長，是有較多驚喜的。而隨著類型彼此的交綜、僭越，我們的解讀可能也必須多加上「撥雲見日」這道關卡。

⊙原載於1994年3月〈影響〉

嘩！英雄

致命武器

終極標靶

魔鬼大帝：眞實謊言

超時空戰警

火線大行動

捍衛戰警

捍衛機密

剛果

正當防衛

城市英雄

英雄不流淚

小人物大英雄

致命武器系列
Lethal Weapon
天真的武器，致命的吸引力

導演：Richard Donner
編劇：Shane Black（Ⅰ），
　　　Jeffery Boam（Ⅱ，Ⅲ），
　　　Robert Mark Kamen（Ⅲ）
攝影：Stephen Goldblatt（Ⅰ，Ⅱ），
　　　Jan De Bont（Ⅲ）
演員：Mel Gibson, Danny Glover

　　《致命武器3》在美國上映三天就創下三千三百萬美元
的超級票房。一來打敗了競爭強手《遠離家園》（ Far and
Away）、《異形3》（ Alien 3）；二來達到三集票房皆
數以億計而且青出於藍的目標；三來解除洛城暴動所引發的
電影危機，片商、戲院同喘大氣。

　　一九八七年《致命武器》（當時中文片名《英雄無敵》
）的叫好叫座，令人吃驚也令人振奮。掌舵的製片家喬伊席
佛（ Joel Silver）之前已製作過類似的賣座影片《四十八

小時》（艾迪墨菲、尼克諾特主演），也有開創新視野的動作片作品《狠將奇兵》（Street of Fire），但是他看出《致命武器》不平凡的地方，決定啓用年僅23歲，剛從 UCLA 畢業的聖恩布拉克（ Shane Black）的劇本。交由專門創造系列票房電影如《超人》、《天魔》等票房神話的李察唐納（Richard Donner）執導，至於男主角方面，一個是演過《紫色姊妹花》、《我心深處》等南方文藝片的丹尼格洛佛（Danny Glover），一個是賦閒兩年的梅爾吉勃遜（ Mel Gibson）。梅爾吉勃遜因爲在一九八四年連續接拍四部電影，包括《叛逆巡航》（ The Bounty ）、《怒河春醒》（ The River ）、《鐵窗外的春天》（Mrs. Soffel） 和《衝鋒飛車隊第２集》（Mad Max Beyond Thunderdome），產生調適不良與酗酒問題，隨後在澳洲農場休息經年，《致命武器》是他重返好萊塢的試金石。結果不但名利雙收，那副瘋狂邋遢的模樣還甚得青睞，直竄性感偶像寶座。根據一九九二年的民意調查，他是全美「最受歡迎男演員」，把凱文科斯納、湯姆克魯斯、麥克道格拉斯、哈里遜福特暫時甩到身後。

《致命武器》第一集採用了老掉牙的黑白雙探和越戰症候群等舊題，但是編劇聖恩布拉克顯然是個腦筋靈活的電影系學生，他顛倒了黑白警探的傳統印象，把梅爾吉勃遜塑造成因爲喪妻之痛而帶有自殺傾向的傷心男人，每次出任務都

不顧死活地橫衝直撞，被封爲洛城的「致命武器」。相反的，丹尼格洛佛則是年過五十，有妻子、孩子、房子、車子和快艇的好好先生，他調節了梅爾的瘋狂，也首次由黑人階層擔綱社會結構的中堅形象。這個聰明點子不但有新意，顯然也討好不少有色人種。

　　第一集裡，他們不但要互相適應，還要聯手對付運銷古柯鹼的退役軍人。導演李察唐納與幕後人員設計了連場好戲，有沙漠中的搶救人質，還有大街上的飛車追逐，外加電刑、洒鹽在傷口上等虐待，兩個大男人的肉搏戰也是結結實實、頭破血流，直把感官刺激提高到頂點。

　　從完美的場面設計到個性化的角色塑造，《致命武器》第一集無論影評、票房都相當得意。

　　一九八九年推出的《致命武器2》，梅爾吉勃遊的情緒問題改善了不少，但是偶而還會爲了打賭而表演「脫臼」，他和黑人搭檔之間的情誼則愈形深厚。片中有一場戲是黑人幹探的馬桶被裝了炸彈，只要一起身就會爆炸，梅爾隻身援救已經蹲了十八個小時廁所的伙伴（雙腿早就麻痺了！）跳進浴缸防爆，「笑」果雖然突梯，卻能體現兩個大男人的友誼，其實相當高明。聖恩布拉克仍是故事構想人，但是編劇之職轉由傑佛瑞波姆（Jeffrey Boam）擔任。

　　第二集的對手是以南非領事館爲障眼，實則從事金幣、毒品三邊交易的走私集團。本集更是大張旗鼓，把箭頭對向

實施種族隔離政策的南非當局，領事館人員不但從事不法行為，還以殺害警察向公權力挑戰，甚至追溯出首集梅爾吉勃遜愛妻的死亡，就是由他們一手策劃，而這集他們又淹死了梅爾的女友。動作片裡的「壞人」很少壞到這種地步，編導渲染的功夫不免過火，但是卻「煽」得觀眾熱血沸騰。

本片還加進了一名污點證人，由奧斯卡最佳男配角喬派西（Joe Pesci）飾演。他是個滿懷英雄崇拜的麻煩精，跟著黑白雙探辦案而燃起效尤之心，主要目的在製造「東施效顰」的笑料，而他那句令人抓狂的口碩禪「Okey」足足出現「一百零八次」，不過卻相當有用，第三集他又堂堂登場，而且掛名老三，這倒是意外的收獲。記得在第二集最後，梅爾遭南非大頭目暗算，身中數槍，原料悲劇收場，結果一把鼻涕一把眼淚之後，他又和搭檔瞎鬧起來，儼然預告「第三集在望」。

第了三年，《致命武器3》總算出爐，這回換成黑人主角有問題了。丹尼格洛佛打算退休，梅爾吉勃遜顯然不同意，先是誤剪引線，電影一開場就炸毀一棟七層大廈，手筆大得令人目瞪口呆；接下來的倒數幾天中，他原被降級到街上開罰單，後來又升為原職查辦軍火流入街頭案，目標是退職警員，威脅他們的武器是足以穿透防彈背心的「殺警子彈」。

《致命武器3》觸及黑人青少年幫派真槍實彈的情節（

有向《鄰家少年殺人事件》效顰的嫌疑），丹尼格洛佛因自衛而槍殺兒子的朋友，為此消沈不已，這回換成梅爾吉勃遜來開導他。爾後當然少不了熱鬧的動作場面，從地下鐵追到高架橋，梅爾不但從橋上掉下來，還再度「脫臼」，看偶像疵牙咧嘴地撞牆修復手臂，迷哥迷姐可能更痛。把警察敗類定為本集惡人，多少也融入洛城暴動的情緒和作用。

　　喬派西的出現已不像第二集那麼有說服力，更吸引人的是和梅爾吉勃遜一樣勇往直前的女警官蕾妮羅素（Rene Russo），她原本是男主角的死對頭，但結實的身手也讓男人佩服。她和梅爾腳衣比彈孔刀疤的愛情戲，怪異得就像《至尊無上Ⅱ之永霸天下》中劉德華、吳倩蓮拳打腳踢的調情方式。四○年代的妖婦形象到了九○年代，可能成了「女終結者」——這是美國影評人歐文葛雷伯曼（Owen Gleiberman）的話。

　　《致命武器3》想再獲得以前的高評價已不太可能，因為它的模式幾乎不變：爆炸、汽車追逐、梅爾吉勃遜的裸體、取材自時事的壞蛋，都有停滯不前的藝術危機。幸好它有兩個有趣而曖昧的主角：詼諧又保守的丹尼格洛佛和瘋狂又性感的梅爾吉勃遜。已有人開始注意他們兩人在三集對手戲所流露的同性愛傾向，不過打死編導也不會承認。愈來愈大的汽車追逐與爆破場面成了《致命武器》誘使觀眾掏腰包的法寶，很少拍續集的李察唐納（他通常拍了賣座的首集後就

停手）竟然拍了五年三集的《致命武器》。據聞他和製片喬伊席佛仍然打算拍第四集，從《致命武器3》丹尼格洛佛最後打消退休念頭可見端倪。

第三集炸了七層大廈才換來長紅票房，第四集該炸哪裡？白宮？克里姆林宮？還是天安門？

⊙原載於1992年7月〈年代〉

終極標靶
Hard Target
少了周潤發的吳宇森

導演：John Woo

編劇：Chuck Pfarrer

攝影：Russell Carpenter

演員：Jean-Claude Van Damme,
　　　Lance Henriksen, Yancy Butler

　　吳宇森對好萊塢的影響，先前已在《絕命大煞星》看到：女主角對第四台播的《英雄本色Ⅱ》目瞪口呆，以及最後決戰時血漿、棉花齊飛的景觀，皆是向吳宇森的致意與學樣。但是《終極標靶》一出，吳宇森正式亮相的結果，證明這種「註冊商標」還是由他自己執行更有看頭——無論在香港，或是好萊塢。

　　別誤會了，以爲前面這番話表示我對《終極標靶》的肯定。事實上，做爲吳宇森的影迷之一（我招認自《英雄本色》起，他的作品我一律看過三遍以上），《終極標靶》給我的興奮不過是說明了吳宇森式的詩化暴力（能否稱做暴力美

學，尚待質疑）即使到了電影異國依然震人耳目罷了（問題是進軍好萊塢真有這麼偉大嗎？）！從序場推拉自如的攝影機運動，讓《羅賓漢俠盜王子》相形見絀的疾箭穿心，以及近乎儀式化的慢動作鏡頭，本片開始才三分鐘，我就已經像聞到熟悉氣味的嗜血野獸一樣興奮。

基於對吳宇森電影的認識，我不會期望看到類似麥當雄的史觀或徐克的犬儒世故；著重節奏、速度和真實感，令吳宇森「移植風格」後，尚不致發生水土不服的通病。他的慢鏡頭依然美得像芭蕾舞，他的快速剪接劇烈得有如運動競技，還有充滿象徵性的白鴿和槍枝，都幫助他成為一位風格化的視覺詩人，甚至挽救了貧血的故事和對白。

如果你問我那場戲才是吳宇森的招牌，我會說結尾的決戰雖然最符合「吳宇森印象」（面對面連續放槍、莫名飛來的鴿群以及男主角神奇的最後一搏），但創意多襲自《鎗神》的枝節，神采不夠。反而是在小鎮街道上警探遇襲，男主角挺身殲敵那場轉折戲，無論是分鏡或場面調度的精密，都屬一流，甚至流露幾許西部風情，氣魄則可媲美山姆畢京柏的《日落黃沙》。可惜這個劇本份量實在有限，既非針對吳宇森而作，又談不上什麼深度，很難給人多少期待。

尤其當我憶及過往，更加覺得眼前這塊血肉失於蒼白。少了周潤發，吳宇森拿手的感傷情調與男性情誼便激將不出來，只好用克林伊斯威特的大鏢客形象來包裝男主角尚克勞

418

德范達米，而他掩藏不了的肌肉和拳腳對吳宇森而言，其實是畫蛇添足（吳宇森需要的是槍枝和爆破，肌肉也不及風衣重要）。范達米或許因爲此片而修正觀眾對他的刻板印象，吳宇森卻得爲不得已的妥協而失色（幸好沒到「埋葬」的程度），或許把《終極標靶》視爲吳宇森在好萊塢得到自主權的前奏會更合適吧！

⊙原載於1993年11月20日〈工商時報〉

終極標靶

魔鬼大帝：真實謊言

True Lies

007 電影＋家庭喜劇

導演：James Cameron

編劇：James Cameron

攝影：Russell Carpenter

演員：Arnold Schwarzengger,

　　　Jamie Lee Curtis

　　自從詹姆斯喀麥隆在《魔鬼終結者》第一集（The Ter-minator, 1984 ）替阿諾史瓦辛格打造出他從影以來最出色的角色後，兩個人都飛黃騰達起來。然而阿諾本身的局限，加上其他導演未能善用，這些年阿諾是拍了一堆賣座可觀但乏善可陳的爛片；在重遇詹姆斯喀麥隆拍《魔鬼終結者第二集》（ The Terminator: Judgment Day, 1991）之前，大概只有保羅范赫文爲他導的《魔鬼總動員》（Total Recall , 1990）值得說嘴。而擅長創造景觀、堆砌氣氛的詹姆斯喀麥隆，雖然在科幻片的領域成績斐然，但也有逐漸玩完的隱憂，和阿諾三度合作，也面臨跨出新局的考驗。

《魔鬼大帝：真實謊言》（True Lies, 1994）這個弔詭的中文片名，正好說明了這種處境。「魔鬼大帝」一詞還是緊抓著阿諾那沒什麼建樹但容易賣座的標語不放，「真實謊言」卻技巧地指出本片的「雙面」母題。

　　阿諾在片中飾演一個專門解救核武浩劫的高級特務，由於工作需要隱密，他不得不欺騙家人是個普通的電腦推銷員。沒想到他盡力平凡的結果，卻造成妻子和一個冒充間諜的騙子發生婚外情，連女兒對他的管教也沒有什麼敬意。比較他在片頭那場意氣風發的滲入行動，以及在家中吃不開的形象，詹姆斯喀麥隆不僅聰明地點出英雄神話的必要，人人愛英雄、想當英雄的渴望，也讓阿諾某些「悲劇性」的表情，產生意外的喜劇效果。

　　所以如果要區別《魔鬼大帝：真實謊言》和以往的「阿諾＋喀麥隆」電影有何不同的話，最大的差別應該是去除科幻包裝後，把 007 式動作片和家庭喜劇溶合成另一種英雄典型的創意。阿諾一面在完美的特效、剪接、攝影機運動下出生入死；另方面還要在半主動的情況下，帶家人見識他的真實身分，也是重建英雄形象的旅程。然而在這段冒險刺激的過程中，詹姆斯喀麥隆卻出現了顧此失彼的毛病。

　　本片的「雙面」母題既然以阿諾的兩種身分為大宗；但事實上，片中的大部分角色，包括他的妻子、女兒、歹徒在內，幾乎都有這種雙面趣味。尤其是傑美李寇帝斯飾演的妻

告別大師

子一角，她愛上假間諜的情節，簡直是對男性自尊的揶揄挑逗，也釋放出主婦不甘於平凡、生氣勃勃的一面。可惜導演對她的後續刻劃，除了讓她在「被窺視」的情況下招供她對丈夫的忠貞，並跳了一場惹笑的豔舞外，只要求他替觀眾擔任見證的角色，證明她的老公多麼神勇——阿諾終究是個英雄，「雙面」的曖昧於是歸於一尊。儘管片尾告訴我們她後來也成爲特務的一分子，但是在過程中我們看不到這層成長，因爲在對手戲裡，她永遠是呼救的那一個。

用這類男性沙文主義的罪名來非議好萊塢，好像是對牛彈琴。但是只要看過《魔鬼終結者第一集》和《異形第二集》的影迷，應該都記得詹姆斯喀麥隆曾經高明地將女性主義融入刻板的類型規則，而開造出不凡的結果。即使是《無底洞》（The Abyss, 1989）這部帶點說教的作品，都還有誠意訴諸兩性在工作、婚姻上的衝突與寬容。有這些珠玉在前，我們是有充分的理由質疑喀麥隆的轉變的！

我想阿諾必須爲此負些責任。自從他一味扮演英雄後，連《魔鬼終結者第二集》都受到影響，硬把他在第一集扮演的恐怖機械人化爲第二集的大好人，就已經看到導演不得不妥協的無奈。當時琳達漢彌頓雖然練了一身肌肉搶鏡頭，卻沒有她在第一集那份打從精神、心理上的自覺吸引人。沒辦法，誰教這部分被阿諾那個會流淚的機械人硬生生地搶了去！潔美李寇蒂斯的處境也一樣，她的喜感確實不錯，所能做

魔鬼大帝：真實謊言

423

的也就是在僅有的喜劇情境中搶鏡頭而已。雪歌妮薇佛（異
形第二集）曾享有的表現空間，對她而言，只是個天方夜譚
罷了！諷刺的是，阿諾如此維護形象，卻從未再造一個超過
《魔鬼終結者第一集》的恐怖機械人的角色過。而觀眾是否
也加深阿諾的擇「善」固執、保衛完美呢？

　　爲了配合大明星的形象，詹姆斯喀麥隆是辜負了自己一
些優點，但是你也不得不承認他依然是個景觀與節奏的天才
，沒有他那媲美「謊言」的技術襯托，阿諾的英雄表現那會
如此「真實」？無論是雪地槍戰、騎馬追凶、直升機救難、
甚至讓阿諾架飛機救女兒的設計，喀麥隆都盡量做到匪夷所
思的地步。因此在執行上，出現了大量快速而且迫人的運鏡
和角度，加上逼真的特效和凌厲的剪接，以及他最著名的「
雙高潮結尾」（救完老婆還沒喘氣又再去救女兒），詹姆斯
喀麥隆依然鞏固了他在這個領域的權威地位。

　　或許阿諾真的很依賴喀麥隆這種導演爲他的演藝生涯注
入活力，但是喀麥隆卻有必要偶爾離開阿諾來保全他的作者
權力。這樣《魔鬼大帝：真實謊言》的創意可能不只是 007
加喜劇的高級娛樂品而已。

⊙原載於1994年8月20日〈工商時報〉

超時空戰警
Judge Rredd

假扮革命英雄的獨裁者

導演：Danny Cannon

編劇：Danny Cannon

攝影：Adrian Biddle

演員：Sylvester Stallone, Armand Assante,
　　　Diane Lane, Rob Schneider, Joan Chen

　　好萊塢的製片大亨們，近來似乎都染上了「投資保守主義」，雖然每一部電影開拍所砸的美金從沒少過，但開發的新意與勇氣卻愈來愈少。《蝙蝠俠第三集》、《終極警探第三集》、《威鯨闖天關第二集》，還有改編自電視影集的《鬼馬小精靈》、循「侏羅紀路線」的《剛果》，幾乎每一項投資都建立在「這種模式以前大賣過」的心態上，結果一九九五年半個暑假下來，好萊塢幾乎交不出一張足以令人「驚喜」的成績單。相較之下，梅爾吉勃遜跑到蘇格蘭異想天開的《英雄本色》反而顯得有精神些。

　　不過這一切保守的成品中，最可笑也最可議的莫過於《

超時空戰警》。這部標明係根據英國暢銷漫畫《西元2000年：爵德法官》改編的科幻片，在外觀和質感上，幾乎等同於男主角席維斯史特龍前一年主演的《超級戰警》，片商何苦在這麼短的時間內「複製」一部差不多的昂貴商品，這種「保守」也未免過了頭。

而席維斯史特龍到底演了些什麼呢？

「我就是法律。」是他在片中的口頭禪。

時空是二十一世紀，戰爭令世界更加邪惡，污染讓生活沒有品質，政府機器由一個結合行政與司法的體系所代替。維持秩序的警察同時也是裁判的法官，他們逮捕罪犯，並且直接定罪、送監。史特龍飾演的「爵德」就是這種維繫秩序的力量之一，當然，他是最強的罪惡剋星，所以當他像答錄機般地重複「我就是法律」時，敢情是沒人反對的。

此類對於未來世界的人性墮落換來權威無限膨脹的科幻批判電影，雷德利史考特導演的《銀翼殺手》（一九八二年）無論在景觀和意涵上，都定下了範本式的楷模。《超時空戰警》的都市堡壘也沒例外，橫行於空中的交通工具，冰冷而灰暗的摩天建築，少數人帝王式的家居對比多數人螻蟻般的苟活，都是在《銀翼殺手》定下的基礎上發展。但是《超時空戰警》缺乏《銀》片的道德複雜性，其實簡單也就罷了，問題是它卻顛倒、矛盾得厲害。

史特龍做為法律、正義的化身，先是被妄想極權統制的

上級所害，以謀殺罪被判終身監禁，好不容易才從一道道的鬼門關闖回來，誓師推翻邪惡的極權份子，不讓無辜受害。然而在這個復仇跟革命的過程中，史特龍卻是以「殺人不眨眼」的方式殺光所有奉令追逮他的人，試問這些領受命令的同僚人員是不是無辜者？何況他們的所作所為，正是史特龍被陷害前一樣在做的，難道不分青紅皂白的把他們全部當肉靶，就是他所說的不傷無辜？這才叫暴力！只為鞏固英雄形像、追求感官刺激，而拿人命當草芥的剝削性手段，讓「我就是法律」這句台詞聽起來教人膽顫心驚，其實真正獨裁暴戾的不是陷害史特龍的人，而是他自己。果然，當他面對和他血緣一模一樣的對手時，他幾乎不需要掙扎，就義無反顧地把對方剷除掉；他推翻了獨裁者，也接受獨裁者才有的夾道歡呼，難保他不是下一個獨裁者。整部電影，彷彿就是一篇華麗的法西斯宣傳稿。

　　從人性與意識型態的角度來思量這部作品，《超時空戰警》是倒退又可怕的。它禁止所有人的暴力，卻認同主人翁的殺戮；它反對獨裁，卻建立唯我獨尊的英雄。導演等於擺了兩套天平在電影裡，男主角用一套，其他人用一套，論點自相矛盾，當然不足為奇。至於影片結尾所追求的平等正義的烏托邦，更成了大笑話一個。

　　有趣的是做為本片中被「窺視」的對象，男性顯然比女性有資格。史特龍的制服，貼身得像是在替絲襪、內衣做廣

告；黛安蓮恩和陳沖兩位女明星，卻活像兩枚紙娃娃聊備一格。尤其是史特龍胯下那道厚實突出的「保護」設計，和《蝙蝠俠第三集》的蝙蝠俠、羅賓如出一轍，顯然都是誇張的陽物崇拜。史特龍雖然還不至於像蝙蝠俠自戀到連衣服上都要裝假奶頭，但欲蓋彌彰的曲線畢露，讓人直接聯想到塑身美容的程度卻足有過之。頭盔加面罩的設計，其實是不適合史特龍的，因為當他只露出兩片扭曲的唇而唸出不太標準的對白時，喜劇感似乎超過了戲劇性。

　　或許是現實中有太多的不確定性讓現眾急於從銀幕上尋找單純的英雄。但是單純卻未必非要反智，年輕的英國導演丹尼坎農並沒能軟化或深化史特龍僵固的特質半分，《超時空戰警》唯一超越的，大概只有成本。

⊙原載於1995年7月22日〈工商時報〉

告別大師

火線大行動

In the Line of Fire

人性、世故的老年英雄

導演：Wolfgang Petersen

編劇：Jeff Maguire

攝影：John Bailey

演員：Clint Eastwood, John Malkovich,
　　　Rene Russo, Dylan McDermott

　　剛看《絕命追殺令》又看《火線大行動》，很難不拿它們做比較。表面上《火》片的節奏及橋段設計都不如《絕》片精彩準確，但是《絕》片對我而言最大的意義是展現好萊塢工廠制度的精密性，《火》卻有較多人性化的空間待咀嚼。一個適合急吃，一個最好慢嚐，類型屬性雖相似，但工夫卻下得不同。

　　說《火線大行動》需要慢嚐，並非指其節奏緩慢，而是某些電影趣味要再外延出去幾分才夠味。譬如克林伊斯威特飾演的特勤人員就相當有意思，片中說他曾是甘迺迪的貼身侍衛，就歷史角度來看，這個安排會讓人自行豐富此角的個

性複雜度，甚至把對《誰殺了甘迺迪》的印象轉到本片，對一部電影來講，多添想像的空間，有益無害。若從明星角度看，克林伊斯威特也大大地幫了本片的忙。

我實在想不出還有誰比克林伊斯威特更適合這個角色，此角的特勤生涯從「刺甘案」發生前延續到今天，既要上了年紀，又得身手夠聰快，簡直是替年屆63還依舊高大挺拔的克林伊斯威特度身打造的。他那臉斧鑿般的紋路，甚至成為表演的一部分，既佐證他的資格，也強化那分陽剛的風霜。當他怒氣沖沖地指著年輕主管說：「想當年我和你一樣狂傲！」老友立即補上一句「你那時比他還狂！」時，應該沒有人會反對，我們很自然地就會想起他在「Dirty Harry」系列的狠樣。克林伊斯威特又紅又長的電影生涯再次和他飾演的角色互通聲息，《火線大行動》之於「Dirty Harry」系列，正如同《殺無赦》之於「大鏢客」系列一樣，過去的形象讓現在的演出更富意義。

所以聰明的演員和克林伊斯威特對戲時，絕對不可以拿自己的形象去「硬碰硬」，否則只有自找苦吃，在《火線大行動》飾演刺客的約翰馬科維奇就是一個成功的例子。相較於男主角從一而終的風采，他則呈現千變萬化的可塑性，角色設計者只不過想到對比而已，馬科維奇卻要把它變成表演的風格，效果出奇得好。他和克林伊斯威特的表演方式背道而馳，卻造成相峙不下的張力，更讓刺客與保鏢的同質／異

質的曖昧性成為耐人尋味的問題。

　　挖掘對立的兩者在性格或處境上的相似性，是以男性為主的動作片最愛暗渡陳倉的東西，一面滿足自戀式的英雄情結，一面提供較具深度的心理背景。我們甚至可以說保鑣和刺客的對決，其實是要消滅自己不堪的過去的一種手段。諷刺的是這兩個心有靈犀的男人卻不得不在身分的障礙下勢不兩立，刺客先跳出了體制，保鑣卻得維護體制，而事實上他並不滿意他所維護的。疏通不滿是類型電影的功能之一，克林伊斯威特就代替了大多數肩扛責任的中年男人發洩這種情緒，婚姻、事業、家庭、社會，你會發覺他不再有年輕人想改變世界的野心，而是只求證明自己，「阻止殺手、解救總統」就是他的機會。做為一部被視為追求感官娛樂的電影，《火線大行動》其實有它相當世故的一面。

⊙原載於1993年10月16日〈工商時報〉

捍衛戰警

Speed

飆速度的新感官主義

導演：Jan De Bont

編劇：Graham Yost

攝影：Ardrzej Bartkowiak

演員：Keanu Reeves, Sandra Bullock,
　　　Dennis Hopper

　　我們幾乎可以打包票：《捍衛戰警》鐵定是一九九四年暑假一檔的票房冠軍。循著《終極警探》、《絕命追殺令》的賣座模式，除了速度，還是速度，偏偏它的片名原譯就叫「速度」（ Speed ），果真片名如其名，一點也不欺騙觀眾。

　　電影一開場，摩天大樓的高速電梯率先爆炸，粗大的鋼索、頓時脆弱得像是一根風箏線，男主角得和拍檔倒吊、懸爬、外加彈跳，才能有驚無險地救出嚇得手足無措的白領階級。剛領了救難義勇勳章，又碰上快速巴士被安裝炸彈，只要時速超過五十哩，裝置就被啟動，一旦時速低於五十哩，

炸彈就會引爆，男主角只好一下表演跳車、一下鑽車底，只有一句話：「這根本不是人做的！」對於把巴士控制在五十哩時速以上的豪氣女主角，我也只有甘拜下風的分，尤其是那場「飛越高架橋」的戲，乖乖，全電影院歡聲雷動！第二次救難，救的大都是藍領階級。最後，換女主角被綁架；這也是男主角跟歹徒唯一決戰的機會，幹掉他，也得到女主角的芳心，然後來個又長又熱的親吻，就像《007海底城》一樣，管他誰在圍觀。The End！

至於歹徒何以喪心病狂？除了曉得他是個心理不太平衡的退休警員，一概付之闕如。男主角又是個什麼樣的人？只見他獨來獨往，資料也是一片空白。電影的張力似乎離因果分明的戲劇結構愈來愈遠，單場節奏與直接的感官刺激，證實更能取悅觀眾近乎癱瘓的心。

整部《捍衛戰警》其實就是好萊塢電影奉行了近一世紀的「最後救援」手法的放大，一面呈現受難者的無辜驚嚇，一面安排英雄適時趕到。只不過以往電影都是先經抽絲剝繭，然後才在結束前來場救援（勞勃阿特曼的《超級大玩家》不就找了茉莉亞蘿勃茲和布魯斯威利共演一段「最後救援」並對此種制式結局加以嘲弄！），《捍衛戰警》卻是從頭救到尾，一點也不鬆懈。

所以男主角不需要布魯斯威利的幽默感，也不必像哈里遜福特總是深思熟慮，他需要矯捷伶俐，甚至帶點衝動，才

這是一部新感官主義的商品，也捧紅了基努李維。

能符合本片對「速度」的要求。年輕俊帥的基努李維雀屏中選，初時令人意外，但是帶領出的新硬漢特質，卻更符合新人類觀眾的慾望，不紅也難。

　　缺乏情節舖敘與心理深度，《捍衛戰警》不太禁得起分析；但是它對速度、節奏的完全服膺，卻是感官主義的最高峰。它不要你反覆思考，一看再看，而是要讓每個人都花錢進場歷險一次。就票房立場來看，後者的利益更多，誰教這是個消費時代，經典之作還不如完美的商品吃香。《捍衛戰警》幕後聰明，幕前衝動，順應時代飽賺票房，開心甘心，還不是姜太公釣魚，願者上鉤嘛！

⊙原載於1994年7月2日〈工商時報〉

捍
衛
戰
警

捍衛機密

Johnny Mnemonic

捍衛乏力，機密失色

導演：Robert Longo

編劇：William Gibson

攝影：Francois Protat

演員：Keanu Reeves, Dolph Lundgren

　　不出所料，正如所有以「未來」爲背景的科幻片，根據短篇小說改編的《捍衛機密》也有一副金屬質感的破敗外殼，外加一顆悲觀而焦躁的心靈。

　　原故事的潛力並非來自豐富的想像力，反而是根據現實加以惡化後的推測。比方片中的世界已有二分之一強的人類染上了世紀黑死病，這個絕症雖然不叫愛滋，卻充分反映了人類破壞生態平衡後又對自我生命的哀憐。男主角既非英雄，也不是複製人，他是個經由造物主監製卻又逃脫造物主掌控的人類，後腦鑿了一個小洞，挖掉部分記憶而成爲一個資料容庫。劇情安排了他被摘取的記憶正是被大多數人視爲最珍貴的童年印象，暗示了人類逐漸物化，最後把自己也變成

「產品」的下場。因此，「感情」成了非常曖昧的指標，因為感情幾乎是人性的測試器，主角自身感情的強弱指數，也就是他為人或機器的定義所依。

可惜本片人馬實在才氣缺缺。導演羅柏容格雖自稱早愛上了這個故事，而且堅持一定要親自拍它，但是他的才情根本跨不過原著的障礙。對於角色，他實在缺乏創造力，只能告訴觀眾誰是誰，他要做什麼，卻完全拍不出角色背後的動機，更別說是內在衝突或情感了。

舉例來說，故事裡的女性角色本來相當別致，她們的工作竟然是當大男人們的保鑣，但是女「強」男「弱」的表面下，她們還是得聽命於男人，因為男人才是出錢的主子！這層兩性關係是原著者對女性轉變以及權力結構的巧妙觀察：女人變強了，卻依然沒打破「平權」的陷阱——灰色，但頗有見地。然而本片導演對此似乎完全視而不見；確實，女主角還是演男主角的保鑣，而且男主角顯然不是個武夫，導演卻拍不出他們之間關係的趣味。莫名其妙的愛情，只因為男、女主角本該如此，那又何必浪費這個苦心特別的故事？硬轉出來的愛情戲，可以想像多像嚼蠟了。

另外，片中有一個由杜夫朗格舒演的殺手是以傳道者的姿態出現。救世與殺人，多麼明顯的諷喻！結果導演就讓他狂嘯幾場戲，又沒頭沒腦地被消滅了。依此類推，當我看到

告別大師

無趣又無力，空有偶像撐腰也回天乏術。

每在自己作品裡神采飛揚的日本鬼才北野武，來到本片演個剛遭喪女之痛又要同時獵捕主角人頭的好角色卻沒如預期般精采時（雖然他已經比其他人都要有趣），實在沒理由再驚訝了。導演幾乎沒能轉化成功原故事的任何一部分創意。

　　整部電影惟一能跟原著同步的地方，是它們一致地敵視日本，又擔心日本未來會因掌握全世界的經濟與科技，而成為人類版圖的真正樞紐。偏偏這也不是原著能說嘴的地方，追上了這分沙文主義外加自卑的思想，無助於挽救已經一敗塗地的電影。

　　節奏拖沓，角色膚淺，觀點渙散，《捍衛機密》在美國劣評如潮，一點都不意外。就連做為美國電影優質技術的象

徵，它都不夠分量。如果這就是基努李維繼《捍衛戰警》後的真正代表作，那麼他該為自己擔心了，或者乾脆直接寄望下部片吧！

⊙原載於1995年8月5日〈工商時報〉

剛果

Congo

惡猩猩與壞老闆

導演：Frank Marshall
編劇：John Patrick Shahley
攝影：Allen Daviau
演員：Dylan Walsh, Laura Linney

　　一個想把研究對象（一隻叫做艾美的母猩猩）送回叢林的動物學家，一個爲尋找前未婚夫下落而甘心冒險的女科學家，一個妄想所羅門王寶藏的羅馬尼亞人，以及從非洲募集來的領隊、腳夫，一塊深入神祕境地的探險電影，就是《剛果》的全部。

　　在外觀與刺激上，《剛果》極類似原著作者麥可克里頓另一部被改編過的電影《侏羅紀公園》，卻充滿人類夢想家想要創改自然的雄心壯志，以及恐怖的後遺症。奇觀式的精良特效是它們製造電影幻覺性的共同法寶；《剛果》最大的成就甚至可以直接歸到他們製造出了一隻唯妙唯肖的電動猩猩。諷刺的是，相形之下，真人演員反而真的因此淪爲機械

性的配角。不過《剛果》還是稍遜《侏羅紀公園》一籌，主
要在棚內景與外景拍攝上，光的控制並不如《侏》片一致到
幾乎沒有破綻的地步，幾場在攝影棚內搭出的叢林景觀，還
是有「搭佈景」的味道。

另外在角色的互動與道德複雜性上，《剛果》也是一部
較簡單的電影。不像《侏》的科學家在和小朋友一起對付恐
龍時，原先對小孩的排斥也很有層次感地一一解除，《剛果
》的幾個演員之間，幾乎見不到情緒有任何流動，只有動物
學家和他帶的母猩猩艾美，存在著大部分動物電影都用過的
擬人化處理和緊要關頭的救主效忠。或許藉由這類關係，也
算對人類的一種諷刺吧！

我們不妨從人和動物（猩猩）的對照上來看這部電影，
那麼駭人的灰猩猩向人類暴力襲擊，以及女主角最後用雷射
槍殲滅灰猩猩的自保行徑，其實一樣地殘忍，都是為了生存
所從事的殺戮行為。只不過電影是站在人的角度出發，因此
侵犯人家樂土的人類學者，自然戴上了正義與救人的防護罩
。難怪討人喜愛的猩猩，也得「人模人樣」了。

但是最壞的，恐怕還是人類的大老闆，他連對自己的兒
子可能慘死異域的關心程度，還不如發現礦源與否來得嚴重
。拚命花錢派人去叢林送死，也顯得草菅人命而不擇手段。
電影在這方面的挖掘直接但流於簡單（女科學家的聰明不應
該會受騙），但至少指出企業體為了掌握未來的大勢，雖然

發明、開創了一堆便於人類使用的尖端物品（本片也有點像先進產品大觀），卻讓原始的人性逐漸乾涸，甚至得從一隻母猩猩身上尋找啓發。

　　然而面對如此，人又能做何辦法呢？遭灰猩猩襲擊，女主角還能拿把雷射槍大開殺誡；被老闆出賣，頂多毀掉他的衛星，讓他心痛一下。是導演厚此薄彼呢？還是勇於承認人對人的無能爲力，人才是人的最大敵人？

⊙原載於1995年8月19日〈工商時報〉

正當防衛

Just Cause

不正當的種族主義怪物

導演：Arne Gilmcher

演員：Sean Connery, Laurence Fishburne,
　　　Kate Capshaw, Blair Underwood

　　史恩康納萊在他涉足製片事業的《正當防衛》中，親自主演一位極力反對死刑，雖然已經二十五年沒有執業，卻在法律學界享有盛名的哈佛教授。當他接到一名即將被送上電椅的法律系高材生的求助信後，他決定爲這名黑人大學生做最後上訴。

　　理論與實務的差距對權威產生的撞擊，應該是史恩康納萊最可以發揮的地方，尤其是案發地點正是典型的美國小鎮，保守的道德觀、人種歧視，以及對外來者的排斥，都足以扭曲許多人事的價值。在土地人情至上的信條下，無論是前來查證的律師，甚至連在外地求學的嫌疑犯，他們的知識都成了被仇視的對象。到此，《正當防衛》似乎有成爲另一部《烈血大風暴》（ Mississippi Burning, 1988 ）的傾向。

然而最有潛力的一個內在衝突，也是它迥異於《烈血大風暴》的地方，是偵破此案的當地警長（由《與愛何干》的男主角勞倫斯費許朋飾演）竟然是個「歧視黑人的黑人」。這個種族認同自我矛盾的命題，之前也曾在約翰辛格頓導演的《鄰家少年殺人事件》的黑人警察身上出現過。有趣而且值得探索的是不僅警長如此，當地的黑人居民，除了死囚的祖母以外，也幾乎沒有人認同這名黑人大學生的處境。而根據描述和照片為證，黑人警長跟當年被姦殺的白人女孩情同父女，這麼特殊的種族關係道理何在，卻沒見導演再予以深究，不免令人懷疑這部電影也在「防衛」些什麼？

　　等到看完整部電影，我的狐疑果真應驗了。什麼理論權威在現實遭遇的衝擊、種族之間的認同矛盾，都是虛晃一招的偽善步數而已。我們的偉大教授雖然錯放了真正的殺人凶手，但最後他還是發現真相，手刃真凶，救了家人，也還他一個道德上的清白。從表面上來看，這種佈局只不過是又回到好萊塢類型電影的故事窠臼罷了，沒什麼好大驚小怪；但是如果把它置於意識型態的天平上來看，它卻是一項恐怖的種族主義怪物。用謀殺案來傳達白人對有色人種有知識有魅力（飾演凶手的黑人明星是《洛城法網》的布雷昂德伍）的恐懼，並以真相否定有色人種求知的必要（因為只會使得他們的手段更狡猾），進而安排認同白人沙文主義的黑人共同打擊這種妄想踰越既有階級的同胞，居心之偏頗，只能用「不

告別大師

正當防衛」來比喻了。

⊙原載於1995年5月6日〈工商時報〉

城市英雄
Falling Down
強裝委曲的白種沙文主義電影

導演：Joel Schumacher

編劇：Ebbe Roe Smith

攝影：Andrzej Bartowiak

演員：Michael Douglas, Robert Duvall,
　　　Barbara Hershey

　　生就一副「道格拉斯家族」的長相，注定無緣以「天生魅力」達到勞勃瑞福、梅爾吉勃遜、湯姆克魯斯的地位。但是如果你夠聰明——譬如像邁可道格拉斯，情況就可能有所改觀。這位在四十歲以前以製片人聞名，四十歲以後才步上演藝高峰的當紅巨星，最受歡迎的銀幕角色無一不具備引爆爭議的話題性：《華爾街》以奸詐爲榮的股市大亨，《致命的吸引力》對妻子不忠的律師，《黑雨》情緒不穩的刑警，《玫瑰戰爭》被老婆鄙夷到死的丈夫……。樂此不疲地扮演誇大陰暗面又深負自信的角色，讓他像吸盤般緊嚙觀眾那股出軌的快感，甚至成爲某種「不正當」的英雄典型。

《第六感追緝令》算是成功還是失蹄呢？就票房效益來看，當然又是一筆勝績。不過當邁可道格拉斯奮力袒露那身就他的年紀而言相當不錯的身材時，卻硬被年輕健美的莎朗史東給比了下去，落得「臀部鬆弛」的訕笑，更要命的是「她」比「他」更邪惡更自信。不曉得算不算孤注一擲？邁可道格拉斯索性把頭髮剪短，架上一副呆眼鏡，外帶增肥地演出《城市英雄》！這回，他堅持一意孤行到了極點，大有破釜沈舟之勢。

　　影片從他那張弧度特殊的嘴唇特寫開始，滿頭大汗的邁可道格拉斯塞在車陣中的模樣真像《八又二分之一》的開場。不過導演喬伊舒麥雪顯然沒有費里尼那種幽默感，他拼命地把鏡頭靠近道格拉斯頸項上的汗珠，恨不得幫它蒸發似的。

　　終於，他忍不住了，做出「交通黑暗期」的台北駕駛們只敢想不敢做的事情，丟下了老爺車（車牌還叫做Ｄ－ＦＥＮＳ，防衛嗎？）頭也不回地開始步行，別小看這個只消開門、下車的舉動，它已經足夠觸發觀眾的認同作用了。

　　他打爛了一家不願換他零錢的韓國雜貨店，要求韓國佬回到一九六○年的售價；教訓了想要搶劫他的拉丁移民後代，接著順手拿走了一袋武器；他對不願意供應早餐的速食店開火，質問為什麼手上的漢堡要比圖片中的縮小好幾倍；他還賞了道路工程處一枚火箭炮，教訓他們不要沒事就把好好

的路重挖－以便消化預算……。最後，他要回到一個已經不再屬於他的家。

　　這個不正當的英雄沒有名字，是要用他來反應大多數人的憤怒嗎？他讓我想起了那樁美國家庭誤殺日本交換學生而獲判無罪的新聞。邁可道格拉斯是一個效忠美國（他在國防公司上班）卻遭解僱，愛家卻遇婚變的白種男性，導演顯然是要人同情他的，所以他就可以教訓「令人討厭」的韓裔、拉丁移民了？影片的情境設計並沒問題，因為對方的行止確有過分。問題是為什麼要先入為主地塑造這些反面移民的形象呢？整部看似隨機發生的事件，其實都是精密計算下的結果，當邁可道格拉斯的憤怒已接近可鄙的白種沙文主義者時，就故意安排他殺死一個硬把他視為「同類」的反同性戀兼納料主義者，道理何在？這一收一放之間，正是在滌清你的疑慮，麻痺你的思維。只要你接受符咒，就會記得後一分鐘的正義，而忘了前一分鐘的惡行。所以，影片中就算有善有惡，但是只要在刻意的結構安排與情境設計下，依然能復歸到單面化的思考去。

　　譬如在影片中有一個和邁可道格拉斯互相對照的警探，由勞勃杜瓦飾演。藉由交叉呈現，你清楚地感受到兩者間的類似，勞勃杜瓦也是抑鬱不得志、有志亦難伸的大男人。事發當天，恰巧是他最後一天上班，而他又是唯一洞悉來龍去脈的人，當他把左輪填滿子彈，義無反顧地去緝捕一個和他

心有靈犀的男子，問題又出現了！

如果邁可道格拉斯的造反被視爲有理，爲什麼安排處境與他類似的警探來制伏他？而且是迅速地制伏，不讓兩者的類同在碰面後繼續發生，顯示害怕碰觸到更聳動的內在問題，即警匪之間的界線。如果導演終究是要批判道格拉斯的破壞力的，前面又爲何一副正義凜然的姿態呢？這不行以「只想呈現事實，不願下定判斷」來搪塞理由，就像把傷口撕裂，然後又貼上膠帶說沒事一樣僞善。

這是創作者的一個大問題，喬伊舒麥雪在拍《別闖陰陽界》就已凸顯這種缺失：大剌剌地丟下一個聳動的論題，然後隨隨便便把它解決掉。解決不見得就比沒解決要來得負責，尤其是虎頭蛇尾！開頭的憤怒到後頭的藏尾，要不是不敢面對，就是自己都搞不清楚。只是在他煽動性十足的影像下，很可能連觀眾也一起迷糊了。特別是本片完全站在男性立場發言，勢必引發不少男性觀眾把平常無處投訴的苦悶全部轉移到對片中人的認同。

據聞邁可道格拉斯的明星老爸寇克道格拉斯投書到報社盛讚《城市英雄》是他兒子從影以來最佳表現。只不過成全了男性，卻明顯矮化了女性，全片的女性角色不脫歇斯底里（讓不平的男性觀眾更認同？）看來英明神勇的女警不到兩下就倒地不起，更浪費了芭芭拉荷西的好演技。

這回，邁可道格拉斯設定的觀眾年齡層要比以往都要高

，如果可行的話，將足以延長他的偶像生命，而不必只受主流的年輕影迷左右。正如缺點一大堆的《桃色交易》能幫勞勃瑞福重拾婦女觀眾的喜愛，《城市英雄》顯然會較受成年男性的青睞。這些電影不見得真關心這些觀眾，卻深知他們的要害！

◎原載於1993年5月29日〈工商時報〉

英雄不流淚

Desperado

墨西哥小子征美記

導演：Robert Rodriguez
編劇：Robert Rodriguez
攝影：Guillermo Navarro
演員：Antonio Baderas, Salma Hayek

　　從前從前，有一個叫做勞勃羅德里茲的墨西哥青年，爲了拍電影而自願到醫院當「實驗鼠」賺錢，好不容易湊足了七千塊美金，找了一堆親朋好友，和他在醫院認識的美國佬，花了十四天完成了一部叫做《流浪歌手》的片子。原本他只想把這部作品帶到拉丁語系的錄影帶市場賣出，沒想到反而是美國的大公司看上了它，結果這部克難拍出的小成本電影，不但在美國正式上映，也爲這位年輕導演得到執導一部好萊塢電影的機會。

　　這支片子大概在一九九三年就有影碟引進，在小圈子裡造成過一小股風潮；一九九四年錄影帶也發行了，只是改名叫《殺手悲歌》，如果用心點找，應該還擺在出租店的架子

上。內容是描述一名流浪歌手來到一個陌生小鎮，倒楣的他因爲裝束、特徵和當地黑道正在追獵的神祕殺手太相近（黑衣黑褲還帶著一個裝滿武器的吉他盒），結果被迫還擊抵抗，無辜地從一介歌手變成了復仇天使。

聽起來好像似曾相識？沒錯！黎明主演過一部叫做《仙人掌》的港片，大體上就是抄襲這部墨西哥片的。

一九九五年，這位幸運的小伙子交出了他在好萊塢的第一張成績單，由於身價不同了，不必賣血、也不用再煩勞親友，直接就請出了近期倍受看好的西班牙男星安東尼歐班德拉斯，飾演新片《英雄不流淚》的流浪歌手／復仇天使。耍酷的是勞勃羅德里茲根本不管有多少人看過他的前作，硬把《英雄不流淚》拍成《殺手悲歌》的續集，男主角一開場就急著找出當年害他失去愛人又踏上亡命之路的幕後主凶，然後穿插新的戀曲，真相大白，再繼續流浪。

有了雄厚的資金以後，《英雄不流淚》可以大玩特玩了。這部電影的槍戰，可以說是影史最誇張。每一個被射殺的人，都像被火箭撞到一樣，不是飛掛牆壁，就是彈上天花板，有幾分「吳宇森式」的浪漫。不知道是不是就因爲這樣，另一個喜歡吳宇森出了名的美國導演昆汀塔倫提諾，才會在本片客串一個短命的混混。

不過，不是我硬要扯好萊塢後腿，《英雄不流淚》雖然有強力的技術和資金支援，卻比不上《殺手悲歌》好看，過

不需要理由的暴力，已經成為新世代導演玩盡的花招。

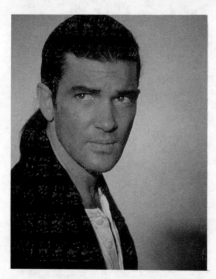

你不覺得安東尼歐班德拉斯這副模樣，彷彿史蒂芬席格的拉丁翻版嗎？

分的賣弄，反倒凸顯感情與內涵上的匱乏。看來又再度應驗了：「才氣」方是拍「好電影」的最重要因素。好萊塢最可怕的一點是能用金錢磨損人的創意。

⊙原載於1995年11月26日〈聯合晚報〉

小人物大英雄
Accidental Hero
媒體英雄的甜蜜謊言

導演：Stephen Frears
編劇：David Webb Peoples
攝影：Oliver Stapleton
演員：Dustin Hoffman, Andy Garcia,
　　　Geena Davis

　　英國籍的導演史蒂芬佛瑞爾斯在拍完《年少輕狂》（又譯《豪華洗衣店》）、《豎起你的耳朵》後，就被挖到好萊塢拍了《危險關係》、《致命賭徒》，評價相當不錯，《小人物大英雄》是他在好萊塢的第三部作品，見他靈活地利用交插剪接／對比的手法，批判之外又尋求溫情救贖的態度，果然愈來愈深入好萊塢核心了。

　　影片一開始，飾演女記者的吉娜黛維絲以其冷酷但專業的方式採訪一個正要跳樓的生意人；並在領獎的時候以洋蔥為例，說明記者需要故事甚於人生的原理，無不戳破新聞工作「公正無私」的假面。從比利懷德、薛尼盧梅到詹姆斯布

魯克，都曾經告誡過我們傳播媒體的不可「盡」信，連帶希望從業者在專業之外，另於人性和良心上能夠自持。

史蒂芬佛瑞爾斯也不例外。他的電影主角常是感性／理性互相矛盾，判斷時遭遇兩難的人物：《年少輕狂》討厭種族問題卻愛上異族男孩的丹尼爾戴路易斯，《豎起你的耳朵》在現實和狂歡間徘徊的蓋瑞歐德曼（他演的是真有其人的劇作家喬歐頓），《危險關係》從打賭到假戲真做的約翰馬柯維奇，《致命賭徒》在亂倫情慾前發生悲劇的安姬莉卡赫斯頓和約翰庫沙克，都因為這層複雜性而充滿角色張力。

吉娜黛維絲在《小人物大英雄》面臨的挑戰是英雄／狗熊、真實／謊言的模糊界線。被謔稱為「犬儒先生」的達斯汀霍夫曼因為一時心軟而救了墜機的乘客，趕忙中掉了一隻鞋，他把沒用的另隻鞋送給安迪嘉西亞，不料安迪嘉西亞因此成了英雄，他卻一路倒楣到底。導演過人的地方是他俐落地指出在媒體的時代裡，有觀眾緣的人才是天之驕子，而電視新聞這種累積「報導」和「影像」兩種偉大力量的霸權，是最可慮的幫兇，甚至主謀。英雄是被塑造出來的，謊言才是最甜蜜。片中的三名主角無不遭遇這種矛盾。

不過史蒂芬佛瑞爾斯避免了過去的悲劇基調，就像他自己的諷刺的對象一樣，在揭露現實人生面目時，卻在故事的底線前停了步，在做了一百分鐘戮破甜蜜的批判後，他卻在最後讓每個人都突然「良心發現」，自廢武功，《小人物大

英雄》還是回到安穩的搖籃。幹練的演員，完備的劇本，還有導演的慧心都不缺，唯獨碰上痛楚的那面時，還是免不了用媚俗來療傷。本片的高潮與結局，見證了這份不自信，也讓人擔心史蒂芬佛瑞爾斯是否開始變質了！

⊙原載於1993年2月22日〈自由時報〉

叛逆巡航

殺人拼圖

殺無赦

致命的快感

瘋狂殺手俏媽咪

殺人拼圖

Homicide

挖掘公式下的生命真實

導演：David Mamet

編劇：David Mamet

攝影：Roger Deakins

演員：Joe Mantegna, William H. Macy

　　《殺人拼圖》是一部令人從憎惡到驚愕的「警探電影」。男主角喬曼塔納挺著一副中年身裁，既沒有梅爾吉勃遜的狂放，也沒有布魯斯威利的狎趣，更誇張的是他三番兩次地掉槍。一個槍袋壞了的警探，夠遜了吧！但是打從影片一開始，片中人就不斷地讚美他，所以你不由得懷疑：向來才氣縱橫的大衛馬密難道江郎才盡了嗎？或是威尼斯影帝（1988《Things Change》得獎）忘了怎麼演戲？

　　戲劇性的巧合還是有的，原本急欲偵破黑人殺警案的男主角，陰錯陽差地撞上猶太老婦陳屍糖果店，又被官商勢力合逼先處理後者，教人不由得期待能翻出什麼世紀大陰謀。就像《大國民》丟下一個「玫瑰花蕾」的字謎，《殺人拼圖

在一連串的失望後，本片反而成功地建立起一個反英雄的圖像。

》也提供「ＧＲＯＦＡＺ」滿足推理趣味。先是猶太學者將
它解釋成希特勒的敬稱，到男主角親眼見識猶太力量，激發
自身的民族認同感，甚至自願去炸毀反猶太組織，《殺人拼
圖》彷彿又變成一部討論種族紛爭與認同的電影。你可能又
開始整理片中有關猶太／反猶太、黑人／白人的訊息。

　　結果將再度令你失望。男主角一廂情願的猶太情結，刺

激他炸毀反猶太基地，卻反被猶太組織拍照爲證，要脅他以法庭證物交換。氣憤的男主角連對方的頭髮都沒碰到，就被狠揍一拳。大夢初醒，又發覺耽誤了緝捕殺警黑人的約定，搭檔因此身亡。而我們的男主角爲友報仇時，再度掉了槍，嗚呼哀哉，還連挨兩粒子彈，被凶嫌譏爲「活像一堆狗屎」。

當男主角自嘲「我的一生就是一堆狗屎」，全片豁然開朗。這部電影不求解決種族問題，不要堆塑英雄，它凸顯的是確立價值觀的困難，強調個人自我定位的模糊。《終極警探》、《致命武器》、《機器戰警》頂多讓主角爲愛、爲家庭傷神，無礙其矯勇英雄形象；《殺人拼圖》則徹底釋放了人性的複雜。片尾意味深長的一場戲是被逐出凶殺組的男主角與一名狼狽犯人的互望，刻意的剪接，讓兩者的感覺極爲相似，再想想，片中那些失望的、橫死的人們不也都如此徬徨嗎？人，才是影片所關心的。

因此，全片加諸傳統類型的可能是股顚覆的力量，它蘊藏在沈緩的節奏中，在結尾爆發成種種迷端。它的小題大作摧毀了警探的英雄氣質，卻成全人性的深度，甚至改造了類型，挖掘到被埋在公式下的生命。《殺人拼圖》的不凡在此，大衛馬密依舊值得期待。

⊙原載於1992年6月1日〈自由時報〉

殺人拼圖

殺無赦

Unforgiven

兩把刷子和兩種光景

導演：Clint Eastwood

編劇：David Webb Peoples

攝影：Jack N. Green

演員：Clint Eastwood, Gene Hackman,
　　　Morgan Freeman

⊙上映時的短評（一九九二年十一月《殺無赦》在台上映，
反映冷淡）——

　　印象裡的克林伊斯威特，應該是先發制人，以暴制暴，
滿足大男人主義的銀幕硬漢。但是由他自導自演（外加製片
、作曲）的《殺無赦》，乍看之下，卻像一部拍壞的西部片
。冗長的前言，拖沓的節奏，不對勁的人物，以及久久不合
併的雙線敍事，在在違背我們對類型的印象。

　　但是影片愈發展下去，愈有味道，每個角色的倫理處境
一再變化。剛開始，你會同情被嫖客牛仔割得一身傷的妓女
，並且視她們籌錢懸賞取牛仔性命的霸氣，爲女性自覺的先

聲。但是當其中一名罪行較輕的小牛仔贈駿馬給受害者以示悔意，其他妓女卻喧賓奪主把他趕走時，你不由得要懷疑：這次取人命的懸賞行動，只是單純的姐妹義憤嗎？

類似的狀況也發生在警長（金哈克曼飾）身上，他給我們的初步印象是純樸率性而且固守律法的硬漢，大力禁止暴力介入小鎮，而且還拆穿想來領賞的英國佬風光傳說背後的真實窘狀。但是在傳記小說家的面前，他卻逐漸變成自己原本極力禁止的暴力英雄，一面誇述英勇行跡，一面在現實中暴打嫌疑犯致死。總結一句話：西部片簡單執守的人物和觀念，已經在《殺無赦》被顛覆掉了。膽小的傳記作家則成了見證人。

所以克林伊斯威特在爛泥堆上撲趕瘟豬，或是幾番墜馬、槍法失靈的落魄模樣，都變得饒富趣味。再看看他的同伴，小的近視眼，老的沒勇氣，真是把《大鏢客》、《比利小子》這班西部英雄打入十八層地獄。原本應該是激烈刺激的槍戰，也變得極端荒謬，兩個牛仔，一個痛得哇哇叫，一個在上廁所被殺。所有的浪漫想像，全被接近寫實的醜陋面目所取代。在反英雄的氣質下，原先過分低調拖冗的缺點，反而成為適合本片特色的優點。

《殺無赦》的後設趣味是建立在作者／作品的關係上，克林伊斯威特以「大鏢客」的形象成為美國的超級巨星，自己卻在《殺無赦》一手導演西部英雄的毀滅。西部英雄殺死

西部英雄，再生之時，看到的是一個影人的自覺。其實只要注意一下克林伊斯威特名利雙收後，擔任導演的一些作品（《蒼白騎士》《菜鳥帕克》《白色獵人黑色心》），的確是有兩把刷子的。

⊙得獎後的分析（一九九三年三月，《殺無赦》奪得奧斯卡四項大獎，水漲船高，重新上映）——

《殺無赦》得到最佳影片，是本屆奧斯卡最不意外的結果。

就近年的給獎趨勢看來，能對好萊塢類型（genre）電影達到傳承兼反省的平衡者，就是最有希望的贏家（《與狼共舞》／西部片、《沈默的羔羊》／驚悚片）。《殺無赦》最有利的部分不僅是它解構了西部鏢客和剽悍牛仔的硬漢形象，更在於指揮這場變革的靈魂人物——克林伊斯威特，本身就是六〇年代以降最重要的西部片圖騰之一，更刺激了影片本身的豐富性。

克林伊斯威特聰明地把原劇本壓了十年，好等自己臉上歲月的痕跡「深」得足以讓人信服，並用極為狼狽的摔馬、槍法失準，來殺死既定的規則。然而在影片結尾，這名高齡六十二的鏢客又神乎其技地演練了一場英雄槍戰。在顛覆之後再予以重建，讓《殺無赦》不至於像《超級大玩家》那樣

令好萊塢難堪，又比故步自封的《女人香》、《軍官與魔鬼》拿得上檯面。

當然，除了克林伊斯威特本身的電影價值外，《殺無赦》涉及的妓女、警長、牛仔等等典型，也都有饒富趣味的變形。把女性自覺、反英雄、反暴力等堂皇信條，和人類本性的自私面，做了相當弔詭卻容易察覺的辨證。

套句流行話，《殺無赦》是有些變，又不會變得離譜的電影。儘管英國片來勢洶洶，但是把文學電影拍到極致的《此情可問天》和一舉顛覆掉政治、種族、性別的《亂世浮生》恰似兩個極端，處在中間的《殺無赦》就容易出線了。更何況還有克林伊斯威特走紅三十年的人望和呼之欲出的保護主義推波助瀾！

沒有意外並不表示實至名歸，就像英國選了《此情可問天》而非《殺無赦》，每種結果都是一次意識型態的表白，它往往比「誰該得獎」更堪細究。

⊙原載於1992年11月13日〈民生報〉與1993年3月31日〈聯合報〉

致命的快感

The Quick and the Dead

致命的無力感

導演：Sam Raimi

編劇：Simon Moore

攝影：Dante Spinotti

演員：Sharon Stone, Gene Hackman,

　　　Leonardo Di Caprio

　　莎朗史東扮演西部女牛仔，所面臨的「轉形」問題，不僅牽涉到她個人形象，更是對類型（ genre）電影行之數十年的模式規則的一次挑釁。

　　類型電影的形成到發揚，並非同一時間熱血沸騰的揭竿起義或圖變自強，而是拍攝條件（工業）、創作者（美學）與觀眾（商業）彼此經過長時間的嘗試、篩選下的結果。某部電影受歡迎，它的成功因素就會得到分析與仿製，久而久之，就有了屢試不爽的類型規則，當中既包含人類長久的偏見，也會有最吸引人的法寶在其中。

　　西部片做為美國電影當中最獨特的類型之一，除了特定

的景觀之外，角色、主題、衝突焦點，早就有根深柢固的傳統。基本上，西部片是個純然陽剛的類型，強調以男性為主體的個人英雄，在混亂的競鬥式空間裡，面對暴力的矛盾衝突，也還之以武力、死亡做結。女性，幾乎只能扮演等待救援的弱女子，要不就是娼妓而已。所以，莎朗史東的標新立異，豈只是她個人的嘗試這麼單純！

其實《致命的快感》在剛開始還真擦出了一絲火藥味：當女主角到酒館租房間而被老闆當成妓女嗤之以鼻，她漂亮伶俐的教訓手腕，大有戳破類型偏見之勢。但全片的開創性大概也到此為止，史東的角色除了一味模仿克林伊斯威特的酷勁卻畫虎不成反類犬外，還添加了悲慘童年遭遇之類的通俗劇元素自圓其說，而犯了兩面剝削的毛病，一個是把女性英雄直接套入男性模式搬演，一個還是丟不掉手帕眼淚，矮化女性自覺的意義。一部穿胸罩玩騎馬打仗的西部片，自然不會讓你對包著緊緊的女主角偷偷利用起床時分難得衣衫不整而搔首弄姿的物化表演感到奇怪。到頭來，所謂的新風格、女英雄，全部是樣板戲。

更能教莎朗史東洩氣的真相是如果我們仔細分析西部片慣有的主題，諸如上下世代的衝突與取代，復仇、救贖以及殲滅惡勢力……，那麼金哈克曼所飾演的大壞蛋更有資格被視為本片的真正主角。他幾乎群集了西部片裡所有等著被取代的象徵於一身：兒子渴望獲得他的肯定而與之對抗，牧師

畫虎不成反類犬，《致命的快感》徒有致命的無力感。

沙朗史東夾處在男性世界裡，也沒能變出足以顛覆傳統的花樣。

為了揮去罪惡的過去而與之對抗，女主角也為了復仇而與之
對抗。他是惡勢力，他是痛苦，他是記憶，和他比起來，幾
個年輕角色在份量上立刻顯得虛浮無力。事實上，這整部電
影後面三分之一的「解決」部分，都落入一廂情願的窠臼，
而顯得頭重腳輕。

　　本片導演叫做山姆雷米，除非是同名同姓，否則他應該
就是拍過《鬼玩人》系列、《魔俠震天雷》等等小成本但出
色的科幻恐怖片的 Sam Raimi。但是本片除了炫技般的攝影
機運動，以及子彈穿破腦袋留下個窟窿這種特效外，他過去
一些精彩的創意與幽默感，似乎也被好萊塢大製作這頭怪物
給吃掉了。

　　致命的快感，其實充滿了致命的無力感。

⊙原載於1995年6月10日〈工商時報〉

告別大師

瘋狂殺手俏媽咪

Serial Mom

瘋狂、幽默、暴力、變態的黑色喜劇

導演：John Waters

編劇：John Waters

攝影：Robert M. Stevens

演員：Kathleen Turner, Sam Waterson

　　《瘋狂殺手俏媽咪》是一部瘋狂、幽默、暴力、變態的黑色喜劇。「看完會給你全新的一天！」有位朋友如是說。

　　編導約翰華特斯是深受地下崇拜的美國鬼才，之前我只看過他一部作品《哭泣寶貝》（錄影帶有發行），典型壞男孩愛上好女孩的通俗愛情片，卻被詭異的氣氛和造型突梯的演員們弄得趣味盎然，甚至帶有幾分B級片的荒唐創意。關於他的資訊並不多見，只知道聲名狼籍和熱烈崇拜經常「同時」尾隨著他，按照以往經驗，這種演導一定「夠味」，絕無冷場。

　　果然，雖然《瘋狂殺手俏媽咪》擁有大明星（凱瑟琳透娜）、大投資（跟他以前的作品比較）、大新聞（號稱真人

（真事改編）種種不利於「叛逆」的條件因素，約翰華特斯照樣把它拍成玄機暗藏的好玩電影，甚至顛覆並再重塑他握有的這些條件。

影片一開始，是一個光明得宛如廣告片的家庭即景；窗外是陽光普照、蟲鳴鳥叫，屋內是窗明几淨、父慈子孝，賢慧的媽咪把一切都打理得井然有序。突然——一隻多事的蒼蠅破壞了整個畫面，媽咪開始變臉，目光幾經搜索，一拍子下去，蒼蠅立即血濺當場。

我們可以把這個開場視為媽咪日後連環殺人的前奏，也可以把它解釋成一種完美主義的偏激表現。做為一個好媽媽，她不僅滿足丈夫子女的需要，更主動地為他們拔除眼中釘，或者只是她看不過去的一些人事。

她開車輾斃了批評兒子心理有問題、專澆家長冷水的數學老師；用撥炭棍刺穿玩弄女兒感情的男孩的肚子，還鉤出了一塊肝；又拿剪刀、冷氣機殺死一對找她先生看牙，不但想賴賬還不聽醫生指示，拼命大吃大喝的惡夫妻；創意所及，她甚至利用一隻羊腿敲死一個到兒子打工的店裡租錄影帶，不倒帶又口出惡言的老女人……。

行兇的手法既好笑又殘忍，然而當部分觀眾已發出不適的聲音時，銀幕上的瘋狂媽咪依然彷如替天行道般從容不迫，她衝的是那一點啊！說穿了，也只不過是放大我們對某些人的小奸小惡的不悅，不同的是我們大多隱忍，她卻予以「

消滅」，而這種清除奸惡的手法，卻被體制視爲罪大惡極。當我們看得狂笑不止時，也等於招認自己也有類似反體制的傾向。

　　所以，如果以殺手媽咪的行爲做重心，看到的是導演對所謂賢妻良母標準的顛覆。如果把殺手媽咪當做一面鏡子，或者投球機，則映照出眾人的多重性格，以及揮落僞裝後的真相。譬如爲男友慘死哀痛欲絕的女孩，才抬頭看到帥氣的警探，就開始忙著拋媚眼了；全家也趁著殺手媽咪打官司的新聞，大賺其效益；而那些搶著買她的傳記的女人們，又有多少也想殺人呢？資本主義社會根本就是個表裡不一的大染缸，殺手媽咪在法庭上自辯成功的法寶，就是揭穿所有證人不可告人的那一面來打擊其可信度，結果髒話、黃色書刊、吸毒、窺淫狂等等違反法庭「潔癖」的行爲全跟隨著證人曝光。誰才有多重性格呢？每一個人。

　　正由於真實是如此的複雜善變，拍到「絕」的結果，就是荒謬橫生。約翰華特斯刻意採用歌舞、喜劇這種天真類型才用的高調打光，在一片光明中尋找殘酷，就像大衛林區、提姆波頓喜歡在純白的郊區住宅中凸顯人性的腐敗一樣，都是反諷。凱瑟琳透娜在《威探闖通關》被視爲絕頂性感的低嗓音，到了他手上，竟然變成假裝「男聲」打色情電話的利器，還有一反舊式女性殺手粗枝大葉的嫻熟姿態，更把家庭主婦描述得有如地雷一般，隨時都能觸爆。在外表單純的世

瘋狂殺手俏媽咪

479

界，挖掘內在的不安聳動，是約翰華特斯最精彩的時刻。

很多人為電影片頭一再強調的「這是真實故事」困擾不已，因為約翰華特斯誇張的手法，實在不像我們印象中「真實故事電影」應有的模樣。這份弔詭，也是創意，彷彿是針對好萊塢而發。好萊塢電影一向喜用「改編真人真事」來鞏固其敘事的可信度，然而事實上人生怎麼可能全像三幕劇、五幕劇般發展呢？如果你認為《瘋狂殺手俏媽咪》的描述不可能是真的，那些披著通俗劇外衣的真實故事電影就誠實嗎？約翰華特斯其實是有意打破這道迷思的。如果我們放下這點刻板堅持，看看本片從誇張中迸發的人性剖面，是要比告訴你片中人幾年幾月幾日幾點幾分做什麼事情來得真實吧！

顯然，約翰華特斯在放大他的電影同時，並未縮小他的力道。做為他和台灣影迷正式的「第一次接觸」，《瘋狂殺手俏媽咪》除了極盡娛樂之能事，更是辛辣有勁的。

⊙原載於1994年7月2日〈工商時報〉

告別大師--外語電影1990～1996 / 聞天祥著.
-- 初版. -- 臺北縣中和市：知書房出版
：書品文化總經銷, 1996〔民85〕
冊；　公分. --（電影閱讀書系：3）
ISBN　957-8622-45-7（平裝）

1. 電影片 - 評論

987.83　　　　　　　　　　　　　85012216

電影閱讀③

告別大師

作　　　者・聞天祥
發 行 人・陳益達
編　　輯・陳淑娟、林秀滿
讀者服務・E-mail:reder@clio.com.tw
封面設計・麥克菲爾創意製作
內文製作・敲磚塊工作室
出 版 者・知書房出版社
　　　　　　台北縣中和市中正路七六○號五樓
　　　　　　TEL:(02)226-5396　　FAX:(02)225-2265
登 記 證・行政院新聞局局版臺業字第伍叁捌零號

總 經 銷・書品文化事業有限公司
　　　　　　台北縣中和市中正路七六○號五樓
　　　　　　TEL:(02)226-5431　　FAX:(02)225-1119

印 刷 廠・漢藝彩色製版印刷有限公司
　　　　　　TEL:(02)307-5312　　FAX:(02)307-6944
出版日期・1996年十二月初版
定　　價・320元
ISBN 957-8622-45-7（平裝）
※本書如有缺頁、製幀錯誤，請寄回更換※

■知書房文化小棧 URL:http://www.clio.com.tw/